U0822133

我会帮你圆梦，为你筑家

从此你的世界温暖如春，再无寒冬

大鱼

有爱的青春陪伴者

我家夫人财猫双全

My lady

凤久安 著

百花洲文艺出版社
BAIHUAZHOU LITERATURE AND ART PRESS

图书在版编目（CIP）数据

我家夫人财猫双全 / 凤久安著. — 南昌 : 百花洲文艺出版社, 2018.7

ISBN 978-7-5500-2822-7

Ⅰ. ①我… Ⅱ. ①凤… Ⅲ. ①长篇小说－中国－当代 Ⅳ. ①I247.5

中国版本图书馆CIP数据核字(2018)第106410号

出 版 者 百花洲文艺出版社
社　　址 江西省南昌市红谷滩世贸路898号博能中心A座20楼 邮编：330038
电　　话 0791-86895108（发行热线） 0791-86894790（编辑热线）
网　　址 http://www.bhzwy.com
E-mail bhzwy0791@163.com

书　　名 我家夫人财猫双全
作　　者 凤久安
出 版 人 姚雪雪
责任编辑 王俊琴
特约编辑 李文诗
装帧设计 米　籽
封面绘制 imiko 君
经　　销 全国新华书店
印　　刷 长沙鸿发印务实业有限公司（长沙黄花工业园三号 邮编410137）
开　　本 880mm×1230mm 1/32
印　　张 9
字　　数 252千字
版　　次 2018年7月第1版
印　　次 2018年7月第1次印刷
书　　号 ISBN 978-7-5500-2822-7
定　　价 34.80元

赣版权登字：05-2018-226

目 录

WOJIAFUREN
CAIMAOSHUANGQUAN

目录

WOJIAFUREN
CAIMAOSHUANGQUAN

第一章

WOJIAFUREN
CAIMAOSHUANGQUAN

一见钟情

黑色玛莎拉蒂总裁车停靠在了路边，驾驶座上戴着墨镜的女人紧紧抿着红唇，修长的手指轻敲着方向盘。她微微歪头，蓝牙耳机里，助理还在尖叫：“姐，导航真的不管用吗？中心展厅很好找啊！”

女人看着屏幕上显示已经到达目的地的提示，道：“Fiona，只告诉我左转还是右转。”

助理心累无比：“姐，你是从哪个方向去的？人民路还是和平路？”

女人倒是也仔细思考了，虽然只有一秒。她轻飘飘道：“不记得了。”

“老天爷啊……车头朝哪个方向？要不你问路？早说让你带司机……”

女人笑：“Fiona，左和右，你更喜欢哪边？”

“我喜欢平安！”助理濒临崩溃。

车后传来“哐当”一声，车纹丝不动。

女人抬起眼皮看向倒车镜，隔着墨镜，只见一抹颀长挺秀的火红色身影扶起自行车，呆滞在车尾。女人勾起嘴角，轻声说：“Fiona，我被撞了。”

安静地停在路边的车都能撞上，这位“肇事者”运气真差。

助理魂飞魄散：“啊？严重吗？姐，你别下车，我马上去处理。”

“没事。”女人说，“何况对方是自行车……哦？过来了。”

那抹火红色身影停好自行车，摘下耳机线，掏出纸和笔，弯腰写了张字条，迈开笔直的长腿，每一步像踩着节奏，款款走到副驾驶座这边，准备把字条卡在车窗上。然而附身朝车里看了一眼，见有人，那人愣了愣，慢慢睁大了眼睛，五官明艳漂亮，高马尾，红衣银甲配高靴，赏心悦目。

女人按下副驾驶座那边的车窗，慢悠悠道：“放轻松，我有保险。”

那人明显愣了，写好联系方式的字条夹在纤长的手指间，递到一半，不知道该不该收回去。

脸上带着微笑的女人，目光停在这位肇事者脸上，忽然坐直了身子，轻声道：“不对……”

“肇事者”开口说话了：“谢谢……真不用赔吗？”

声音很低，是完美的男中音。

驾驶座的女人倾过身子，钩下墨镜仔细地看他，脸上的笑容越来越明显：“男的？”

还真是男的。

女人双眼一亮，差点当着他的面吹出口哨来。

“嗯。”肇事者可能遇多了这种情况，低头看了眼身上的火红戎装，不急不慢地解释，“那边展览中心有活动，我来参加漫展，这是游戏角色的衣服……漫展需要，您别把我当怪人就行。”

他身上穿的女式戎装，是东时科技开发的时下最受欢迎的大型网游《六界点将录》中人气角色女将秦英的代表形象。

女人点了点头，收好墨镜，懒懒地勾了勾手指，示意他上车，慢悠悠地道：“既然是男的……那就赔吧。”

她玩味地笑，斜过眼去看他的表情变化。

肇事者眼睛瞪得更圆了些，从嗔怒中悄悄泄出了一丝可爱，想恼怒却也不敢放肆：“你是不是有性别歧视？”

说好的不用赔呢？她刚刚说过，没关系可以不用赔，现在又出尔反尔，什么叫：是男的，那就赔吧？

“上车。”女人抽掉他悬在半空的字条，淡淡看了眼字条上的联系方式，随手放在一旁，“我们商议如何赔偿。”

不容拒绝的口吻，尽管她并没有命令什么。

肇事者垂下眼，皱眉犹豫了会儿，乖乖开了车门钻进了副驾驶室。

女人按掉电话，打断了助理说请陌生人上车不安全的絮叨。

肇事者低落道：“你说吧，我需要赔偿多少。”

这种……玛莎拉蒂总裁车，修理费不是小数目。

女人发动车，车门上锁。她伸出一只手，扯过副驾驶座的安全带示意已经蒙圈的肇事者扣上，之后一脚油门，娴熟地斜插进车队：“左转还是右转？”

“漫展中心吗？右转……”

果然，拐个弯就到了市里的中心展厅，女人轻笑了一声，气音莫名酥麻。

她在停车区流畅地停好车：“下车，我到了。”

“赔偿的事……”

女人好心情地笑出声来：“这么老实？不用了，你帮我指路，就算赔偿了。”

见他呆着，女人帮他按开安全带，又歪过身子给他开了车门。她突然做这些动作，那位肇事者想推她又不敢碰到她，神色拘谨，呆呆地下了车。

女人戴上墨镜，披上黑色西装外套，甩手带上车门，转过头，对他一笑，潇洒离开。

回过神，肇事者感慨：“总裁本裁了。”他从侧腰处的腰带隐形袋中掏出手机，这才发现直播一直没关。屏幕上飞过一大片乱七八糟的弹幕：

“妖精原来这么好骗，哈哈哈……”

“谁能告诉我他撞的是啥车？”

“玛莎拉蒂 QP 啊，妖精你要发财了！”

“要破财了吧。”

“刚百度完型号回来，瑟瑟发抖……”

“看来车主是真总裁了，竟然没要他赔，大气。”

“可能看出来咱家妖精卖身赔都不够……唉，叹息，太穷了。”

以及，一大片的：

“妖精你的自行车！”

“你那小破车不要了？”

“别慌，他那除了车铃不响其他哪儿都响的破车没有偷的价值。”

“前面，卖废铁还能卖二十呢……咱家妖精穷，要节省点。”

肇事者这才想起他的自行车，瞬间天崩地裂：“我的车！”他那自行车还没锁呢！

于是，展厅广场前，一个长发戎装红衣美人，迈着大长腿飞奔而去。

今日，东时科技和龙易科技要宣布新的合作项目，会场里多了许多安保人员。

入口登记处，工作人员问面前一身火红戎装的长发高个儿男人：“有预约展位吗？”

“C 区 124。”

工作人员翻开名册，找到了预约人：“骆明镜？本人吗？身份证出示一下，签字。”

骆明镜离开后，工作人员拿着名册给同事看：“这字好看吧！”

“好看！”同事问，“这是谁？像混血儿！”

“听说是个……女装主播？”

骆明镜刚坐下，等在摊位前的几个姑娘就围上来，佯装发怒：“你是不是不想暴富了！”

“就你迟到！你还要不要卖本子挣钱！”

“抱歉抱歉，刚刚找自行车去了。”骆明镜笑笑，解开捆本子的绳子，“来，给你们特签。”

等粉丝们离开，骆明镜见左右无人注意，扯开殷红的头绳，散开头发放松头皮。他有一头及腰长发，沉甸甸的，很不方便，但从没动过剪它的心思。

他的摊位冷清，这会儿没人，骆明镜在画纸上信手涂鸦，一件大衣的轮廓渐渐清晰。

不远处的主台上，合作发布会正式开始，开场舞台剧结束后，进入剪彩环节，主持人介绍双方来宾。一个女人红唇噙着笑，慢慢走上台，站定。只一个站姿，尽管本人气定神闲，却气场十足，颇具威严。

“东时科技执行总裁，时敏，欢迎时总！”

骆明镜抬起头瞥了一眼，猛地站了起来。

“时敏？”

他因为画同人本，多少玩过游戏，东时科技比较有名的董事和总裁，他还是知道名字的，比如这个时敏。

只是没想到，她竟然是那个……玛莎拉蒂车主！

隔着人群，时敏的目光慢悠悠地游到他身上，一双凤眼含笑，缓缓勾起嘴角：“找到你了，果然显眼。”

骆明镜从手工牛皮包里取出眼镜盒，架上一副金丝边眼镜，再次朝主台上看去。

他轻度近视，刚刚蒙眬中总有种错觉，东时科技的总裁时敏，好像在看他，然而视线清晰后，再没有四目相对过。

上午的漫展快结束时，一个高个子学生样的姑娘跑了过来，手在他眼前晃了晃："卖出去了几本？"

骆明镜回神："你来了……八十本左右吧，你今天没课？"

这是他的堂妹许倩倩。

"没。瞧你这里冷清的……"许倩倩梳着双马尾，长相和骆明镜有六七分相似，深邃的眼睛高鼻梁，皮肤比常人天生白一个度，乍一看有混血或是少数民族的错觉。

她自觉坐下，好半晌，说道："哥，我想申请意大利的服装设计硕士。"

骆明镜眼神放远了些，轻声应："行啊。申请截止日期什么时候？"

"还早，还有半年呢。"姑娘说，"我没想好作品。"

"不着急，你好好想想作品，毕设初稿要交了吧？"

"嗯。"姑娘的目光落在骆明镜刚刚随手画的草稿上。

她抬起头，眼中闪着光，愣了片刻，拿起这张纸，啧啧两声，玩笑道："天才，把你这张图稿送我吧。"

"自己想去。"骆明镜抽出草稿，折好收起。

许倩倩无聊，跑到隔壁看展。骆明镜收拾摊位准备回画室，掏出手机时，才发现他又忘了关直播！

点进去，发现评论正在讨论他妹妹的学历。

"妖精妹妹是学霸吧，好厉害，要出国……"

"前面，妖精妹妹全国 Top1 美术学校的，以前说过，很牛。"

"妖精呢？"

"他本人没说过毕业学校，应该是只学渣。"

提及学历，骆明镜眼神变得落寞起来，跟粉丝打了声招呼后，关了直播。

许倩倩逛完回来后问道："你设计的衣服什么时候出厂上架？"

"下周。"骆明镜站起来，示意她坐下，"画册还剩十几本，到时候没人要你就拿回学校送你同学吧，我回去了，怕下午有人到店里买画……"

"故事是好故事，没爆点不行。"许倩倩翻着他画的秦英画册，"你的画功真好啊，人体结构简直了……"

“羡慕吧？”骆明镜轻轻笑了笑，带这些自豪，低声说，“毕竟……”

毕竟，也是曾经专业学业双高分被顶尖学校录取的高材生。骆明镜收了笑，哑着嗓子道：“我走了。”

“嗯，改天去画室找你。”

展厅的会客室中，时敏扭开钢笔，在附加协议上签了字。龙飞凤舞的签名，时敏两个字，虽只占据纸张一角，却气势凌然。

对方赞道：“时董好气势。”

时敏微笑：“合作愉快。”

合作方见她起身要走，道：“时董，中午有安排吗？一起吃个饭吧。”

“多谢，有安排。”时敏慢条斯理地卷起白衬衫的袖子，黑西装外套搭上胳膊，点头微笑。

对方又道：“我送一送时董。”

“不用，我有开车。”时敏礼貌道谢，笑容淡淡，走出了会客室。

出来后，她脚下停了片刻，拐向C区，远远站定，眼神扫过去，却没见到那抹红。

时敏微微怔了怔，离开了会场，驱车缓缓驶离广场。经过车站时，余光忽然闪过一束红，时敏一个抖擞，不自觉地就笑了出来，猛地一脚刹车，打了个方向，绕过左右车辆，停在了那束红面前。

突然出现的玛莎拉蒂让骆明镜彻底呆了。

车窗缓缓落下，时敏倾身过来，问他：“你的车呢？”

骆明镜下意识道：“我没车……”

“自行车。”

“哦……应该是被人骑走了，没找到。”骆明镜无奈一笑，时敏眼中燃起两束光。

她打开车门：“上车。”

骆明镜听到上车两个字，鬼使神差地要动腿，又清醒过来，连忙说道：“不用……吧。”

“快点，后面车催。”

骆明镜只好坐了上来，道谢：“给你添麻烦了。”

时敏没说话，慢悠悠戴上墨镜，嘴角扬着。

路口等红灯时，她伸出一只手：“时敏。”

骆明镜怔了怔，轻轻握了握她的手指尖：“时总你好，我是骆明镜。”

时敏好像飞快笑了笑：“哪三个字？”

“马各骆，高堂明镜悲白发的明镜。”

“明镜。”时敏状似无意地重复。

她的声音比普通女生要低沉一些，轻声说话时，气音酥麻，骆明镜心尖一颤，说：“名字有些老派，外公起的。”

“挺好的。”换灯了，时敏问，“怎么走？”

“长安路89号。”骆明镜说。

“左拐右拐？抱歉，刚回国，不太熟悉路。”

“前面直走，第二个路口左拐。”

时敏笑看他一眼，一只手搭在门上支着头，问：“头发真的？”

“嗯。”

“留这么长要多久？”

“四五年吧……”骆明镜说，“一直没顾得上打理，回过神来就这么长了……奇怪吗？”

时敏大拇指摸着嘴唇，看向前方，眯起眼睛笑道：“不会，很漂亮。”

“……谢谢。”

空了一空，时敏又说：“你很适合戴眼镜。”

金丝边的宽版眼镜，戴上后莫名多了温文尔雅的书卷气。

骆明镜这才想起，自己还没摘眼镜。

气氛有些奇怪，车内温度莫名升高。时敏像是察觉到了什么，开了音乐，像极了午夜酒吧的背景音乐。

骆明镜说：“前方路口停就可以了。”

他的画室在一个小胡同里，站路边能看到一小块掉漆的木招牌。

人送到，礼貌道谢，骆明镜没有邀请她进店做客，时敏也没提。

目送他离开后，时敏对蓝牙耳机那端等着的助理说：“调监控，找车。”

小助理问：“姐，上午是在和平路路口还是人民路路口？”

“人民路。”

小助理：“……上午问你还不知道，现在倒是记起来了。”

时敏随着蓝调的舒缓节奏，敲着方向盘：“有意见？”

夜里十点，骆明镜吹开画纸上的橡皮屑，终于定了主打的长版大衣设计稿。

手机振动了两下，骆明镜摘下眼镜，拿起手机，点开新消息。

陌生的号码发来的消息：

“出门。”

骆明镜皱眉。

紧接着，第二条短信也来了。

“门口。”

骆明镜拉开遮挡店门的门帘，他那辆陪伴自己快十年的自行车静静地停在门口。

第三条短信来了。

“备注我，时敏。”

骆明镜的心，猝然被时敏两个字击到，这两个字气势凌然，张牙舞爪的，钻进了他的心。

翌日清晨，时敏把车停在长安路广场，换了运动鞋，一身亮白的运动服，压低了帽檐，沿着街道晨跑。她拨通了助理电话，问她今天的日程安排，小助理报告完，惊恐地问她：“姐，你是起床了吗？”

“嗯。”

小助理吓了一跳，时敏要是这么早起来往公司来，她就必须比老板还要早到，但她现在还在挤地铁。

小助理弱弱道："姐，今天怎么这么勤奋。"

时敏抬头，看着近在咫尺的长安路 89 号，道："晨跑。"

小助理小心翼翼地套她的地点："哎？在家门口吗？"

时敏却笑："长安路。"

昨天指挥他们找车送车，听了一晚上长安路的小助理瞬间反应过来，惊得差点在无立锥之地的地铁上崴脚。

半晌，她试探："姐……你是不是？"别有用心？

"晨跑有益健康。"时敏说，"挂了。我下午去公司，安排好会议议程。"

长安路 89 号坐落在瓶子胡同里，是间画室。

时敏抬起帽檐，又看了一遍牌匾：正直画室。

她再次确认，有一瞬间，她怀疑自己是不是忘了汉字怎么念，但这间复古小清新范儿的画室，头顶那块清新可爱的牌子上，确实写的是"正直画室"。

画室门面不小，特意做旧了的蓝绿色木质门框，两扇玻璃对开门，玻璃内侧的浪花形状把手上挂着"营业中"的木牌，但里头的小碎花窗帘还没拉开，看来店主还没有起床。

总体而言，这是间文艺又清新的画室。

把手旁边除了"营业中"的小木牌，还贴着一张温馨提示，是手写的。时敏走过去，弯下腰，仔细阅读。

温馨提示：成人画室，不收未成年学生。

字很漂亮，有棱有角，立得起站得直，风骨极佳，可以说是字如其人了。

时敏笑："好奇怪的温馨提示。"是不喜欢小孩儿吗？

昨晚追回的自行车就停在门口，用一把破旧的掉漆红锁锁在店门口的歪脖子槐树上。

时敏这才亲眼见到这辆自行车的全貌。

二八式自行车，车前新装了一个木制车筐，应该是纯手工制作，精巧别致，和破旧的车身比起来，像是两个世界的东西。

时敏站在门前看了一会儿，轻轻打了个响指，沿原路跑了回去。她要给这个小画室，添点情调。

早上八点，正直画室内，外间画板架上的老式闹钟跳了起来，惊天动地。

骆明镜长发糊了一脸，打着哈欠，踩着拖鞋走出来拍掉了闹钟。他慢吞吞地换好衣服，刷牙，整理画室，拉开帘子。

推开门，欣赏一下失而复得的自行车。车全全乎乎被送了回来，和平常一样，在温柔的晨光中安安静静地靠着槐树。

忽然，骆明镜的目光凝住了。他亲手做的小车筐内放着两盆蓝色的小花，霎时间，即便是老旧的二八自行车，也变得生动可爱起来。骆明镜懒散的眼神一下子变温柔了。

他推开门，走过去，蓝色花球上别着一张名片，普普通通，没有烫金也不加花边，干净清爽的卡面上写着：

东时科技股份有限公司执行总裁 时敏

骆明镜夹起名片，抱出车筐内的两盆小花，笑道："不服不行啊……"

这个总裁太会做人，还特地安排人送观景花到店里来，不得不说，事情办得真让人舒服。

八点半，骆明镜把躺椅从里屋推到画室门口，关上玻璃门，边看书边酝酿睡意。

他是自由职业者，越到晚上越精神，上午则是睡回笼觉的时候。

每天八点开店，接着，店主在店门口小躺椅上睡到中午，之后起床做饭，吃完午饭开直播画画或者卖衣服。

每一天，基本都这样度过，至于这家画室，通常情况下是没有生意的。

九点，吃完早饭的时敏再次推开门，骆明镜已经睡熟。

时敏站在门口思考了三秒钟，决定不打扰他。

画室里面空间不大，墙上地上摆满了画。时敏对画多少了解一些，此时，她对着墙上的这些画，仔仔细细品了，莫名就从他的画作里，瞧出几分正直和可爱来。

“怪不得叫正直画室。”

确实会给人一种认真的感觉，不是画得认真，而是……仿佛能够看出，画画的人在认真地品生活，认真地做梦。

时敏被地上裱好的一幅小画吸引了目光。

画的是这间画室门口的槐树，自行车和拉着碎花窗帘的店门，多了一只在阳光下睡懒觉的黑白猫。

这幅画叫《正直画室》，标价 28 元。

骆明镜还没睡醒，因为个子高骨头沉，躺椅被他压得几乎和地面平行，他大长腿舒展着，随意搭着，一本书拍在胸口，侧着脸，光勾勒着睫毛，墨黑的长发垂在地上，折了几道弯。

他，也是一幅画。

画室内铺的木地板，太阳常晒到的地方颜色变得浅一些，也更鲜活一些，他就睡在这束太阳光下，整个人暖洋洋的。瓢虫沿着地板的缝隙爬过来，时敏走过来，手指轻轻扭转了瓢虫的方向，绕开了他的头发。

“还不醒。”

即便是在他耳边轻声抱怨，这家懒洋洋的小店和它的主人也都不愿醒来。

太安逸了，简直和她在公司的生活是两个极端。

骆明镜再次醒来，已经是上午十点半，吃饭时，才后知后觉，给时敏发了短信表示感谢：“谢谢你送的花。”

至于为什么送花，骆明镜想了一秒，没敢自作多情。何况人家送的是盆花，不是扎成束的鲜花，那两盆花旁边就差写上祝生意兴隆了，他还能怎么想？

时敏看完感谢短信，关掉屏幕，问小助理："假设你早上睡醒，推开门，发现门口有束花，你的第一反应是什么？"

单身二十四年的Fiona认真作答："邻居男友送邻居的？"

时敏挑了下眉："假设花就是送你的，而且送花人留了名字，你昨天刚刚见过这个送花人，那么，你收到花之后，会怎么想？"

"他对我有意思？"Fiona回答完，痴笑，"哈哈哈，做梦吧，肯定没人送我花。"

"事情就奇怪在这里。"时敏说，"我今天送了骆明镜两盆花，但他的回复让我很迷惑，他是还没收到我递出去的信号吗？"

Fiona嘴张成了O形："你送花？姐，你……"

"有点感觉。"时敏淡淡道，"想尝试一下。"

惊讶了半晌，Fiona说："姐不愧是……女中豪杰，雷厉风行。"

旁边默默处理文件的特助小皮推了一下眼镜，关注点清奇："时董，您再重复一遍，是两盆花，还是两束花？"

时敏转着笔的手停了下来："我懂了。"

骆明镜慢吞吞地吃完饭，开直播前洗了头发，吹干，再抬头时，已经是一个小时后了。

他垂头看着自己过长的头发，好久之后，像是做了一个重要决定。他抽出剪刀，打开直播，说道："直播剪头发，剪到过肩长度。"

弹幕顿时疯了，炸出一堆潜水党：

"你失恋了？"

"妖精受刺激了吗？"

"看到银行卡余额想不开了吗？"

"前面的，昨天他蹭了一辆玛莎拉蒂，可能赔光了，倾家荡产了，要卖头发赔钱。"

骆明镜默默拿过垃圾桶，一剪子下去，少了一半。

弹幕炸了：

"我有预感，他下句话可能是——这是我第一次剪头发……"

"你说，你说！你不是多才多艺吗？剪头都不会，跟村口老大爷有啥两样！咸鱼！咸鱼一条！"

"我男友是理发师，我来负责任地告诉大家，他这一剪子下去，基本没救了，已经剪坏了。"

"你男友是不是叫托尼？"

"暴风式哭泣！妖精的头发啊！"

骆明镜抬起头，笑："好像剪坏了。"

弹幕整整齐齐："点蜡。"

一个粉丝老母亲般提议："儿啊，你还是找托尼师傅好好修修吧……"

骆明镜又下了剪子："托尼师傅一次要八十，太亏。"

弹幕又疯了：

"看不下去了，姐妹们，集资给他理发钱！"

"我捐五毛巨款！"

"妖精你买张火车票来我家小区吧，小区门口保安大爷剃头不要钱。"

"你家少林寺吗？哈哈哈哈哈哈！"

"放下剪刀，立地成佛。"

骆明镜三剪子完事，头发长度短了一半，刚刚过肩，他随意在脑后绾了个丸子，开始给粉丝们画图。

粉丝们还在哭他的头发，骆明镜一边画一边道："没事，反正我有颜值撑着。”

弹幕轰炸：

“闭嘴，不想听。”

“怎么，有颜值还任性了是吧？”

夜晚收工，关掉直播，收到了淘宝合作店家的私信：“新款试样已经发货，就那件灰色毛衫墨绿连衣裙假两件，明天应该能到，你注意查收一下。”

骆明镜开心道：“好的，谢谢。”

我在改变，以后会越来越好的。他想。

第二天，拉开碎花帘，骆明镜怔住。

自行车筐内，放着一大束玫瑰，骆明镜声音都抖了：“这……搞什么？”

他是被总裁相中了吗？玫瑰？

骆明镜推开玻璃门，丁零丁零，一阵风铃脆响。他抬头一看，发现玻璃门外装了一只复古风铃，他惊道：“这又是什么？”

短信来了。

“送你的，不必谢。时敏。”

收到短信不久后，时敏打来了电话：“送你的，怕你误会，还是打电话说更直接。”

骆明镜松了口气，就知道是误会。

时敏问：“你有女朋友吗？”

骆明镜这口气断了一半：“没……”

“好。”那端，总裁似乎笑了。

骆明镜问：“时总的意思是……”

“我直说，想恋爱吗？”时敏歪头夹着电话，端着咖啡侧身推开会议室门，“给你时间考虑，我先开会，回聊。”

多么直接，连挂电话都无比直接。

骆明镜低头看着车筐里的玫瑰，诡异沉默了一会儿，笑出了声。

做梦一样。

二十七年，前半段的狂傲粉身碎骨后，他一直静悄悄地活着，现实中的存在感被自己有意无意地一点点削薄，终于磨成了习惯。他就像这间画室，仔细看倒也有亮眼的资本，但无人问津，于是惬意又孤独地一个人生活着，慢慢消磨时光。

但，前天与时敏的意外邂逅，像砸破平静水面的小石子，有人给他送花，有人试图进入他的生活。

她捧着玫瑰，以霸道的直击方式砸开了门，一只脚踏进来，说要给他时间考虑。

说不清心里什么滋味，只是，开心一定是有的。这些年他虽然习惯了可有可无地和时光同行，在城市一角慢吞吞蹉跎，但心底，隐约渴望着来一位同行者，不回头看他的过去，只和他一起把目光放到将来。

骆明镜收不住笑，夹着七十七朵红玫瑰回了画室，翻出花瓶，灌了清水摆在了窗台上，和昨天那两盆蓝色花球摆在了一起。

中午尚能淡定下厨，做饭，摆盘，吃饭，刷碗。杂事做完，他三个月前设计的新款秋装连衣裙到了，签收了快递，打开，检查了做工，布料，一切符合要求后，他熨烫好衣服，拉上了前后厅的隔断帘，试穿新衣。

年前请许倩倩吃饭时，许倩倩提到市面上高个儿女生可选择性的衣服太少，样式少，价格贵，每到换季，买衣服对高个儿女生而言，就是一场苦战。

“买不到心仪的衣服。”一米七七的许倩倩说，“想照着模特穿，可是钱包支撑不起，就没有经济实惠的……唉！”

妹妹的苦恼给了他灵感，于是，骆明镜有了要给高个儿女孩儿做服装的想法。

“既然是个空缺，我来填上怎么样？”他说。

半年时间，图稿出来后，他摸索着销售渠道，一家家尝试，自己做样品出来，试穿，推销，最终借直播平台，慢慢有了起色。

起初，试穿的模特是许倩倩，偶然有一次，一个身高一米八三的姑娘向他咨询合适的衣服号码，那姑娘半夜下单，他没办法联系许倩倩试号，只好自己亲身上阵，没想到一穿成名。

骆明镜曾问过堂妹：“会不会让人反感？”

许倩倩道：“大哥，你瞎啊，看不见你这唰唰涨的人气吗？再看看你这个销售额。”

骆明镜眯眼笑了，笑得跟招财猫似的：“既然这样……”

从此以后，每一批服装出厂后，骆明镜的女装试穿成了固定环节。

认真做事一直是他的风格，骆明镜简单地扫了一个淡妆，换上女装，开了直播。

弹幕热烈欢迎：

“终于等到了，女装大佬本职。”

“新衣服吗？好看！颜色搭配舒服。”

“长得好看的穿什么都好看……”

“楼上大实话，他就是披麻袋也好看。”

“为什么他把头发剪坏不影响颜值！”

“我一个男的，竟然心动了……”

“活捉楼上男粉！”

看来效果不错，骆明镜穿着新衣，调试麦克，挑了首舒缓的粤语歌给粉丝唱歌发福利。他唱歌时，声音干净，低音舒服，仿佛耳边低语。

直播间热火朝天，金币连番轰炸，弹幕消息提示叮咚叮咚响不停，这时，门口的风铃响动，声音细碎。

有客人？骆明镜停住，在慢悠悠的伴奏中，撩起遮挡帘。

倒是时敏先愣，她甚少有这种明显被震惊到的表情。

过了一会儿，她慢慢换了表情，噙着笑，又放松下来，低声赞道："很不错。"

骆明镜惊了一惊，关掉了伴奏。

"咳，你来了……"

镜头录不到遮挡帘那头，弹幕疯了，疯狂猜测是谁来了。

骆明镜拉了张小椅子，客气道："你坐。"

时敏歪着头，眼里含着别样的笑："你的头发？"

"自己瞎剪的。"

"有空吗，现在？"时敏神情自然地坐了下来，接过他递来的速泡茶水，缓缓喝了一口，拿开，落下口红印。

茶水热气氤氲，速泡茶水，竟然也慢慢沁出了茶香。

顿了顿，骆明镜收回视线，答："有。"

时敏垂眼，从怀里抽出一条灰色方巾，慢条斯理地擦拭白瓷茶杯上的口红印。之后，她放下茶杯，站了起来，叠好方巾，放好，说："跟我去个地方。"

骆明镜犹豫了会儿，答应了她。

胡同口停着一辆白色卡宴，不是玛莎拉蒂，骆明镜不太确定这个是不是时敏的车，结果只这一下，时敏见了，轻笑一声，从驾驶位绕过来，给他开了门："请。"

骆明镜下意识地道："这真是……本来应该是我给你开车门的……"

时敏微微眯起眼，自然道："你开心就好。"

而店里被遗忘的直播间里，粉丝们还在发送评论。

"哈哈哈哈，妖精呢？要不要报警？"

“喂，妖妖灵嘛？这里有人拐走女装大佬。”

“跟谁走的？我刚来，求科普。”

“下注下注，我赌玛莎拉蒂总裁！”

“什么，男的吗？”

“前边的，是女！总！裁！”

“噫——[悄悄擦鼻血]好带感。”

车开着，时敏调低了车内音乐，问：“没有女朋友？”

骆明镜道：“没，时总早上的意思是？”谨慎起见，他还是主动问一问比较好。

时敏没回答，又问他：“现阶段有恋爱打算吗？”

骆明镜一时沉默，路口亮起红灯，他微微吸了一口气，问了出来：“时总……是想包养还是……”

时敏侧过脸看向他，面无表情，路灯打在车内，一半脸浸在阴影中，目光专注又危险，充满了侵略性。

骆明镜也看着她，任她目光碰上，停滞。

绿灯，后面的车按了喇叭。

时敏一脚踩下油门，她说：“骆明镜。”

“时总你说。”

“听清楚我的话。”时敏说，“我从一开始问你，问的是，想恋爱吗？”

她慢慢笑了起来，微微挑眉：“而不是，跟我睡。”

她的车驶离市中心，平稳快速，时敏转头看向他：“我讲清楚了吗？”

隧道的灯飞速闪烁，车内寂静无声。

时敏平稳加速，超车，淡淡提醒道：“给个反应。”

好久，骆明镜问：“为什么？”

他蹙起眉：“你之前……见过我吗？”不然，怎么会如此突然说要……恋爱？

时敏撑着头，单手开车，答："前天第一次见，这就足够了。"

"然后就看上我了？"骆明镜满脸惊奇。

"对。"时敏说，"你是我喜欢的那类。"

骆明镜收起惊讶，表情无比认真，说："其实，如果你说，你只是想睡我，我会觉得更符合逻辑……"

时敏笑："比起一见钟情，你更相信见色起意？"

骆明镜愣："一见钟情？"

"不信吗？"时敏压低嗓音，"你有让我一见钟情的资本，骆明镜。"

一时无话。

时敏按了下喇叭："回魂。我应该先自我介绍，但我认为，介绍不如相处来得快，相处之前，能看到的都已经看到了。我喜欢你的外貌、气质，并且性格也在可以考虑的范围内，目前来看，你给我的感觉不错，可以深入交往。你对我还满意？"

她带跑了骆明镜的思路，骆明镜沉吟道："你指外貌吗？实话说……出乎意料，我以前听过你名字，但从没想过你……这么漂亮。"

她有双凤眼，目光清澈，仿佛一眼能看进人心底。

时敏瞥见他认真的表情，轻轻笑道："既然这样……"我们就能进行下一步了。

骆明镜恍然回神，惊觉自己被带跑了，于是抢先道："我需要朋友。"

"嗯？"

"我现阶段，需要朋友。"骆明镜说，"如果时总……"

时敏纠正："换个称呼。"

"如果时……姐，想相处的话，就先交个朋友吧。"骆明镜还算流畅地换了个称呼，"我们可以从朋友开始，过程中……慢慢了解。"

骆明镜说完，发现时敏的表情很玩味。

她沉默了好半晌，眯起眼睛问："你今年有多大？"

“……二十七，我叫错了吗？”骆明镜想问她年龄，但想起年龄是女人不可告知的秘密，没开口。转念一想，自己这把奔三的年纪，也确实不是被包养的料。

时敏说：“随你高兴。”

骆明镜问：“那就先做朋友，时姐同意吗？”

“没问题。”时敏说，“反正对我而言都一样。”

话题结束，车也到了目的地，是市郊的别墅区。

骆明镜惊道：“你家？”

时敏锁车，开门，回答：“理发师家，过来给你修头发，进来。”

“理发？”骆明镜一头雾水，却还是跟着她进了屋。

门一开，饭菜的香味立刻飘来，屋内很暖和。

时敏换上拖鞋，浑身放松，听到厨房的动静，问道：“在做什么？”

“煎蛋。”厨房里，一个男人冷冷回答，“没你的，回来前不打电话。”

骆明镜好奇，指了指厨房，时敏笑而不语。她示意骆明镜到客厅坐下，自己则靠在单人沙发上闭目养神。

骆明镜轻声道：“真的是来这里剪头发吗？”

“嗯。”时敏轻轻发笑，“你为什么自己剪了？”

“之前的太长，不方便。”骆明镜说，“就剪短了些。”

时敏想起他睡在躺椅上，长发垂在地板上的画面，微微遗憾。

厨房里一阵轻响，声音像极了遥控车玩具车轮在地上摩擦的声音，刚刚那个男人的声音越来越近：“我不想多做饭，你要饿了就自己找东西吃。”

骆明镜抬头，和房主四目相对，惊愕。

房主是个穿黑毛衣的瘦削男人，眼睛和时敏是一样的凤眼，配上修长入鬓的眉，更是凌厉。

只是……骆明镜点头示意，目光收了回来，没再往下走。

那个男人有一双似时敏的凤眼，他挑了挑眉，操控着电动轮椅绕过沙发，放下自己的晚餐，问道：“他是谁？”

时敏慢悠悠答：“朋友。”

“哪种朋友？”

时敏不答，只道：“吃完饭，帮他修一下头发。”

男人冷声道：“家里破产了吗？”

时敏说：“蒸蒸日上。”

“造型师开天价了吗？”

“要请就请最好的。”时敏说，“请赏脸。”

男人吃饭时，时敏歪在沙发上，这才对骆明镜介绍：“这是我哥，亲的。你有兄弟姐妹吗？”

骆明镜愣了一下，摇头：“没。”

“哦，独子。”时敏说，“那你日子过得应该很舒心。”

黑毛衣男人冷冷刮了她一眼，转动轮椅，调整姿势，递过来手，自我介绍：“时楚，楚河汉界的楚。”

“骆明镜，明镜高悬的明镜。”

两人都只介绍了自己的名字。

时楚坐着轮椅，骆明镜没敢多问。

饭吃完，时楚吩咐：“时敏，过来帮我送碗。”

到厨房，关上门，时楚问：“你签的艺人？”

“不是。”

“带回来几个意思？”

“怎么样？”时敏说，“我要和他谈一段试试。”

“……这种？”

时敏道：“他，我的理想型。”

时楚呵呵：“女装。”

“好看就行。”时敏说。

“多久了？”

时敏回：“前天刚认识。”

时楚皱眉：“睡过？”

“没有。”时敏挑眉，强调，“我前天刚认识。”

时楚眉的皱得更狠：“没试过长短，你就要跟他谈一段？谈什么，感情吗？”

沉默片刻，时敏说：“时楚……你是不是太 open 了些？”

时楚说：“你是不是太傻了些？怎么，想先费时间精力谈好感情，然后再睡？万一不搭拍呢？那就是浪费时间。”

时敏嘴角一抽，不置可否。

“你当心点。”时楚说，“真想好好谈感情，就得十二分小心。”

时敏点头表示自己明白，又说：“你不觉得他很贤惠吗？长相。”

“不觉得。”时楚说，“他的长相很危险。”

“那是因为头发剪坏了影响了你的判断，所以你帮忙修一下。”

时楚“啧”了一声，转动轮椅，取出一包剪发的工具：“改天请我吃饭报答。”

“没问题。”

看到时楚拿着一包剪发工具出来，真要给他剪发，骆明镜说：“这……不太好吧。”

“他的爱好。”时敏说，“当初从名校辍学，跑到外地拜师学艺，起了个艺名从十八线发型师混起，最后成了影后的专属造型师……就是他干出来的事。”

时楚摆好剪刀，拉出一把小板凳让骆明镜坐。

“学历对我来说没用。”时楚一边说，一边拿起喷壶迎头喷上去，“千金难买我乐意。”

水雾扑来，骆明镜闭上眼睛，轻蹙起眉。时楚哼笑道：“表情不错。”

时敏在旁边坐着，双手搭在沙发两旁，像坐着一把龙椅，轻飘飘道：“你别变态，吓跑了人我找你算账。”

骆明镜好奇：“时大哥剪一次头发……大概什么价位？”

时楚皱眉：“要么时楚，要么楚哥，时大哥是谁，我不认识。”

骆明镜改口：“楚哥。”

时楚挪动轮椅，说：“给你剪不能算钱，我们换一种计价单位，就以时敏现在的身价，换算成小时的话，我一剪子，相当于你陪她一……”

时敏抬头，淡淡道：“闭嘴。”

时楚笑得狡诈。

两个小时后，两人回到车上。

骆明镜忽然问：“我是不是被你哥调戏了？”

时敏说：“你是在向我告状吗？”

“他原本想说什么？他一剪子，我要陪你什么？”

“一晚。”

沉默一会儿，骆明镜由衷道：“好贵。”这可能是他剪过的最贵的头发。

送回胡同口，时敏也跟着下了车。骆明镜昏了头，脱口而出：“进来坐坐？”

时敏一笑：“包晚饭吗？好。”

骆明镜进了店，搬出懒人沙发，从里间抽屉里拿出一个铁皮罐子：“里面有零食，你先垫着，我去做饭。”

时敏的身子完全陷进懒人沙发里，打开这个复古样式的铁皮罐子，瞥了一眼，瞧见里面的小饼干棉花糖巧克力，偷偷笑了笑，找了个看起来不太甜的饼干，拆开封口，一口吞嘴里。

她头向后一昂，靠上沙发上端，慢慢嚼着嘴里的饼干，目光随着骆明镜移动。

骆明镜换了衣服，白衬衫黑裤子，化妆棉浸了卸妆水，边走边擦。

厨房在外间，骆明镜装了个推拉门和画室展示区隔开。

时敏起身，挪了下沙发的位置，让它正对着厨房区。

骆明镜浑然不觉，洗手，洗锅，开火，问她：“有忌口吗？”

时敏说：“随意就好。”

“那就蛋花蔬菜汤……葱花小面吃吗？”

“嗯。”时敏慢慢歪头，专注地盯着他看，目光从上到下，最终停在了他的下半身。

骆明镜这次察觉了，抬头看过去，恰巧捉到，愣了愣，问她：“你在看什么？”

时敏完全没有被抓到的慌张，慢悠悠收回目光，移到他脸上，笑：“看你。两次见你，都是女装，现在终于见到你原来的样子，这么好的机会，不能不多看。”

骆明镜卸了妆，换了衣服，五官变化不大，但气质跟女装时完全不同。尤其现在，不笑的状态下，整个人很冷冽，连眼神都锐利了些。

时敏越品越上瘾，目光似狼，连他从肩头垂下的发丝都不放过，全部流连一遍，再一遍。

骆明镜低头切菜，动作流畅，手指擦去刀上的菜叶时，时敏眼睛微微眯了起来。

其实就是见色起意。时敏想，他说得没错。自己所说的一见钟情，只是为见色起意披上一层温柔礼貌的外皮，撕了这层皮，剩下的只有对他的占有欲。

理智是情感的伪装，情感是欲望的伪装，她现在，怕是要撕下第一层伪装了。怪就怪这个男人，从头发丝到手指尖再到脚趾，完全是她的菜。

骆明镜再抬头时，时敏已经闭上了眼睛，双手搭在两侧，有一搭没一搭地敲着。

等着急了吧？骆明镜关切道：“困了吗？有毯子，我给你拿。”

时敏没出声，骆明镜擦了手，调小了火，到里屋取了毯子。

里屋一片漆黑，包括电脑。

因为空间小，里间的收纳柜非常多，洗干净的床上用品在床下的折叠收纳箱里放着。他跪下来，把收纳箱拉出来，翻了条洗好晒好的毯子。

直播室一片欢乐祥和。

“妖精没看见直播开着吗？”

“他电脑应该是黑屏状态……”

“我今天就把话撂这里了，晚上要是能看见妖精对镜头脱衣裸睡，明天一人支付宝转一千！”

“抱紧楼上富婆！”

“机智的我赶紧抄楼上小姐姐的ID。”

“姐妹们！我们拭目以待，看穷鬼能不能抓住这次一夜暴富的机会！”

骆明镜抱着毯子站在沙发前，见时敏没有要自己动手的意思，只好代劳，亲自给她盖上。

盖肩膀时，时敏睁开眼，抓住了他垂在自己胸前的一缕头发，轻声道：“我提个要求，请你务必答应。”

骆明镜差点趴她身上，他撑着身子，垂眼问她：“什么？”

“放轻松。”时敏慢悠悠笑着，手指从发间滑下，情意绵绵道，“离近些，我想摸一摸你的头发。”

骆明镜低声问道：“你……喜欢长发？”

“非常。”时敏的手指绕着他的头发，忽而一笑，双手搂上他的脖子，把他拉下来。

那双眼睛近在咫尺，目光交织，这次，谁都没退让。

在触碰到她利剑一样高昂刺来的欲望时，骆明镜选择了褪下铠甲，避让她的锋芒。他别开脸，轻声问道："所以，你想做什么？"

时敏翻身，按住他的肩膀，换了位。

骆明镜放弃抵抗，在时敏小声笑他这么好推时，他回答："我刚刚一直在想……见色起意和一见钟情，包养和恋爱，到底有什么区别。"

时敏轻轻碰了碰他的嘴唇，问道："结论呢？"

骆明镜没躲，轻轻呆了呆，苦笑："对你而言，没有区别。"

刚刚趁他不备尝到滋味，时敏意犹未尽，目光在他的唇角处逡巡，寻找好攻略的位置："那，对你而言呢？"

"还是有的。"骆明镜说，"可能包养的话，我会稍微有钱一点。"

时敏抓住时机，毫不费力地撬开了他的唇。骆明镜怔愣一下，着魔了一般轻轻回应，好久才推开了她："你一般……会开价多少？"

时敏目光一沉，低声说道："抱歉，我不了解行情，你是在正经给我谈价格，还是只是咨询？"

"咨询一下。"骆明镜说，"好让我知道，自己放弃了多少钱。"

静默许久，时敏笑了。她说："我不了解，也不想开价，那样给我的感觉不对。我只想问你，恋爱会谈吗？"

"普通的可能会。"骆明镜展眉，笑道，"跟总裁谈……不会。"

时敏道："很公平，我也不会。"

她低下头来，眯起眼睛看着自己的猎物："不过我现在确信，跟你恋爱一定不亏，你呢？"

她认为自己还算注重双方之间的交流互动，毕竟这种事情不能只一方来电。

骆明镜坐起身，看着她带着一抹水色的嘴唇，慢慢凑近了些。

越来越近，温热的鼻息，细小的喘息声，一点点放大……电话铃响了。

暧昧烟消云散。

时敏指了指他放在台子上的电话，说道："中场休息，去吧。"

骆明镜彻底清醒，猛地摇了摇头，自己刚刚可能被她迷了心窍。他像逃避一样，连忙抓起电话。许倩倩说：“哥，你直播没关。”

这句话太有清醒效果了，骆明镜仿佛被人从沙漠里捞出来直接丢进了冰窟。

他跑进里间，刚碰到鼠标，电脑屏幕就亮了起来。

真的没关，目前直播室有三百多人在线。

骆明镜傻了。

“都……听见什么了？”

电话那头的许倩倩说：“不知道，我来得晚，但是看弹幕，我好像知道了什么不得了的事。”

骆明镜飞速查看弹幕记录，看到三分钟前的高频词包养，疲惫扶额。

许倩倩说：“别对着镜头拗造型了，要不要我现在过去啊？谁在你哪里？”

骆明镜直接关了直播，并关了电脑拔了插头。

许倩倩叫：“你好歹说两句话再关啊！”

骆明镜说：“没力气解释，明天吧。”

“谁跟你在一起啊？”

“朋友……我现在有点乱，先挂了。”

时敏撩着帘子站在门口。

两人沉默了一阵，时敏问：“你做什么工作？本职。”

“……卖衣服。”骆明镜说，“网红吧，三流小红的那种。”

“直播？”

“……直播。”

“哪个平台？”

“摸鱼直播。”

时敏笑了：“你想红吗？”

“我……说不好。”骆明镜道，“我穿女装是为了卖衣服赚钱。时敏，我很俗，可能并不是你想的那么好。”这些话说出来，莫名委屈，又能激起自己骨子里的倔强。

时敏看他的目光，更加炽热。

骆明镜走到厨房关了火。他撑着灶台，低声说："给我时间考虑。时敏，我一个人生活惯了……有些事我想明白了，才能做选择。"

他必须想清楚，刚刚鬼使神差要爱上的感觉，到底是寂寞作祟，还是他真的想拿出几分真心换陪伴。

"好。"时敏说，"你想你的，我继续做我该做的。"

时敏穿好外套，眼中满是自信的笑："时间还长，你可以慢慢想，想明白就给我个答复。但如果你拖的时间太久，我等不来答案……"

骆明镜皱眉，回头看她。

时敏转着车钥匙，说道："那，耽误我的时间，你要一分一秒不差地全部还给我。"

骆明镜无奈轻笑："霸道。"

"我不是总裁吗？"时敏说，"这就是区别。"

第二章

WOJIAFUREN
CAIMAOSHUANGQUAN

总裁攻势

窗外阴天，秋风扫落叶，骆明镜睁开眼睛，怔怔地盯着天花板。

房间里到处都是画稿，昨晚情绪一团乱，无法睡觉，他熬夜画了一堆设计稿。

骆明镜随手理好，找出拖鞋，绾起头发，经过镜子时，他忽然愣住，面上呆滞，内心却狂啸："昨晚那算我的初吻？"

妖精先生这才反应过来，距离他失去初吻，已经十个小时了。

也不是什么光彩的事，他作为一个风流倜傥又正直善良的帅哥，硬生生单身了二十七年才在昨晚尝到女孩儿的嘴唇，说起来很丢人。可能因为长相太"花心"，太不安全的原因，周围和他有来往的人都默认他情史丰富，前女友遍地。想起这种事情，骆明镜刚刚因为成功送出初吻的愉悦心情又低落了下去。

"算了算了，吃亏是福，都过去了。"

他系上围裙，拉开门帘，开门扫落叶。

因为天气的原因，门外一片昏黄，火红色的玫瑰格外亮眼。数量比昨天还要多，"玫瑰们"拥挤着，边缘从车筐溢出来，堆成了玫瑰小山，骆明镜哭笑不得。

“哥！”许倩倩来了，她看到骆明镜怀里的玫瑰花，眼神发直，“谁送你的花。”

“朋友。”

许倩倩心直口快：“昨晚要包养你的朋友？”

骆明镜冷笑，下巴抬了抬，示意许倩倩帮他拿扫帚，自己则抱着玫瑰回了画室，并且撂下一句话：“扫完进来。”

许倩倩扫了两下，忽然意识到不对，扔了扫帚跑进去算账：“你身为哥哥，不仅不把我捧在手掌心，还要让我当灰姑娘扫地！”

骆明镜笑而不语，戴上眼镜，慢悠悠地修剪花枝。

“我担心你才来的……”许倩倩坐了下来，拿出手机，翻出一条微博，“昨天担心死了，我翻了一晚上微博，才搞明白怎么回事。”

是直播录屏。

——涨姿势，原来三流小网红们是这么跟金主爸爸谈价格的 [视频]。

许倩倩调大了声音，骆明镜听到自己的声音从视频里传来。

“包养的话……有钱……你……开价多少……多少钱……”

视频一直是黑屏状态，隐约能看到外间画室的光，只有短短两分钟，能听清的也就这几句。

许倩倩一脸崩坏：“昨晚我看了不下三十遍，确定这就是你声音……这话你也能说出口？”

“……”

骆明镜“咔嚓”一下剪断花枝，眼神冷冽得可怕，但开口，却是极轻的一句：“又来。”

又是这样。

许倩倩听到了他的低语，愣了愣，明白了：“哦，既然是误会……你要怎么解释？”

骆明镜愣了会儿，叹道：“顺其自然吧。”

“那……能跟我说，昨晚的朋友是谁吗？”

“前几天在漫展上认识的游戏公司高管。”骆明镜说，“昨晚请她来店里吃饭，玩笑了几句。”

“男的？”许倩倩八卦。

骆明镜拍桌：“女的！”

收拾完花，骆明镜洗手煲汤，指挥许倩倩动一动，帮他收拾一下画室。

许倩倩浑身懒肉，看在早饭的面子上，起身整理房间。

过了一会儿，许倩倩在里间问他：“哥，这是你什么时候画的设计稿？”

“昨晚。”

“下一季的服装吗？”

“不是。”骆明镜拿着勺子过来，指着这些稿子给她解释，“只是雏形。我想做一个中国系列，全套，不仅仅是衣服，还有发饰妆容，按照二十四节气，每一个节气一个风格，一个节气一种主打色，包括颜色以及图案的选择，都用中国传统的文化符号。比如这张……”

讲起自己的创意想法，骆明镜的眼中闪烁着遮不住的光芒：“这个是白露，属于秋装系列，主色调为花青，白露的风格我初步定为淡雅，图案花绣白鹤，大概依托《蒹葭》中蒹葭苍苍白露为霜那种古朴的旷远感来设计。”

“一个节气，一首诗，一套衣服。一年四季，一季度六个节气，六个系列。包括发饰耳饰的搭配，妆容……而且可以做一套二十四节气的节日复古系列，以及一套二十四节气的日常系列。”骆明镜讲完，问她，“如何？”

许倩倩狠狠点了点头：“赞！你要和现在的那个合作商合作这些吗？”

“不会。”骆明镜揉了揉许倩倩的脑袋，“那家合作商的市场定位不会接受这种，而且我现在人微言轻，如果提出合作，设计图很有可能会被剽窃……我这种衰运，你又不是不知道……以后的事以后再说。”

吃完早饭，许倩倩瞧上了窗台上的玫瑰：“送这么多，你又没足够的花瓶，我拿回宿舍好了。”

“装作男朋友送的吗？何西不送花？”

何西是许倩倩的男友，比她低两届，同校学编程的学弟，平时很崇拜许倩倩，把她奉为女神。

“不送。”许倩倩说，“不解风情啊，所以借你几朵玫瑰，回去也震震她们。”

骆明镜想了想，点头：“拿去吧。”

他去洗碗，许倩倩则站在窗台处，一枝一枝地挑，她把不新鲜的挑出来插花瓶里，把新鲜的拿走。

“哥，你剪头发了？剪得还不错，很好看。”

“好看就行。”

“贵不贵？”

骆明镜笑了一下：“不便宜。”

齐肩长度，下沿整齐，还修出了层次感，和他之前那一头肆意乱长的分叉头毛比起来，精致许多。

“哥……”许倩倩说，“我前两天不是跟你说过，我想申请意大利的学校嘛，我爸吧，他说不管，让我自己想办法……”

骆明镜沉默不语。

“我想试试奖学金，但要想在那边生活，除了学费，还要有生活费，又是学设计……租房子、材料……算下来，也不便宜。”许倩倩搓着窗台上枯萎掉的花瓣，扭捏了一会儿，说，“我爸让我找大伯要……”

骆明镜盯着水池发呆：“多少？”

“我不是太清楚，但要读两年的话……”许倩倩说，“三四十万……吧。”

许倩倩没等来答复，转头看了一眼，只看到骆明镜的背影。

她鼓起勇气，说道：“哥……要不，我不去了。”

“你先申请。”骆明镜终于说话了，“offer 拿到手……我跟他要。”

他深吸口气，闭眼。

东时科技的写字楼里，Fiona 接到时敏“到我办公室”的信息，急匆匆小跑而来。

“姐，有什么安排吗？”

时敏从桌子下拿出一捧玫瑰花：“拿去。”

Fiona 接过，问：“姐，送谁？”

时敏放下笔，端起咖啡，懒散靠在椅子上，说道：“送你的。”

Fiona 嘴巴又惊成了 O 形：“啊？姐？送我？”

“上次，你说没有人送你花。”时敏笑道，“我送你。Fiona，你工作做得不错。”

Fiona 呆立在办公室，捧着花，鼻涕一把泪一把：“我我我……我感动死了！”

“每天早上一开门，看到门口的花。”时敏问，“和当面收到花，哪个更感动？”

“当面！”Fiona 一边哭一边说，“我差点都要爱上你了，姐！啊……我太丢人了……你要是，要是在我工位上放花，我不会这么哭的……好感动，心热乎乎的！”

小助理捶着胸膛，已经感动到语无伦次了。

听小助理这么说，时敏心里了然，她披上风衣，拍了拍 Fiona 的肩膀让她回去工作，绕过去，吩咐特助小皮备车。

小皮拿出一堆车钥匙，快步跟在她身后，问道：“时董，要司机吗？”

“不用，钥匙给我。”

进了电梯，时敏忽然想到了什么，挡住电梯门，问道：“男孩子们当面收到花，会有 Fiona 那么激动吗？”

小皮说：“不清楚，我从没收到过花。”

时敏笑："怎么，你也想要我送花？"

小皮说："如果是时董送的，我可能回家后才会哭。"

"哦？"

小皮打了个冷颤，说："回家后，跪搓衣板。"

许倩倩走后，骆明镜挽起袖子给画室进行了一场大扫除，刚刚收拾利索，风铃响动。

他一回头，愣了好半天。

"送你的。"时敏倚着门，单手插兜，拿着一大束玫瑰，红得张牙舞爪，十分猖狂。

"你名下……"骆明镜说，"是不是有万亩玫瑰田？"

时敏红唇微勾，款款走来，撩起他的一缕头发，轻轻吹气，低声道："这不是玫瑰，这是爱情。"

于是，接下来的每天清早，都能看到时敏和她的玫瑰。

这日清晨，开门后，依旧是玫瑰，时敏把花塞到他手中后，朝躺椅上一靠，拿起书自顾自地看起来，看样子今天有空长留。

骆明镜问："吃早饭了吗？"

"你做？吃。"

上次因为种种原因，时敏没能尝到他的手艺，这次是打定主意要在这儿吃饭。

骆明镜说："那你等着，我去买菜。"

"远吗？"时敏起来，"我送你。"

"不用，二十分钟路，我骑车过去。"

时敏慢悠悠走出来，站在旁边看他擦车子，开锁，大长腿跨上去，叼着钱包一角，低头整理买菜用的纺织袋。

秋叶落，满地金黄。

他摆了摆手，说了声"走了"，脚一蹬车晃悠着滑了出去。

自行车刚骑稳，后座一沉，时敏提醒道：“我把手放上来了。”

一双手圈起了他的腰，他麻了半边身子。

隔着衣服，也能感觉到这双手的温度。

“时总也要去？”

“换个称呼。”

“姐。”骆明镜笑了起来，“我买菜你也要去？我店门没关。”

“我看过了，你没有客源。”

骆明镜轻笑：“嗯。”

“你靠什么吃饭？卖衣服还是直播打赏？”

“卖衣服，其实也有卖画。”骆明镜说，“都是网上交易，一般没人到店里买。”

“一个月营业额？”

“没算过。”骆明镜说，“但能生活，能攒下钱。”

时敏道：“攒，是死的，让钱流通起来，才是活的。”

骆明镜笑笑，并不在意。

时敏道：“你很特别，你上次对我说你没梦想，就是要赚钱，话也不假，看得出你是真心实意这么想的，但你并没有这么做。”

画室的装修，明显是个教室，可见他原本是想收学生教画画的，可他没有。

长安广场附近，东一所长安路小学，西一所长安路中学，生源一定是有的，但他不收。

那则奇怪的温馨提示时敏没忘，她观察过，这附近的成年人要么是忙工作的上班族，要么是陪读的全职妈妈，根本没时间学画画。骆明镜不要未成年生源，几乎等于放弃了这个区域的绘画培训班生意。

他说自己想赚钱，却并没有拼了命地全力以赴。他仍然以自己的慢步调，依照喜好做生意，靠缘挣钱，钱多钱少都是缘，顺其自然。

骆明镜车子扭了几下，努力平稳了，说道：“随缘吧。”

他的状态不像年轻人，反而像退休后的老人，没有野心，慢吞吞地消磨着时光。

菜市场热热闹闹，鸡飞狗跳，吵吵嚷嚷。

骆明镜让时敏帮忙推着车子，他抖出纺织袋挑菜。

时蔬鸡蛋买好，骆明镜问她："鸡肉吃吗？鱼呢？"

"没忌口。"

卖菜的大多都认识骆明镜，见他身边跟着一个穿着考究、浑身上下散发着精英气息的女人，问他是谁。

骆明镜很自然地回答："我姐。"

时敏神情复杂。

处理好鸡，捞了条鱼，车筐装满，车把挂满，骆明镜载着鸡鸭鱼肉和总裁回店。

路上，把菜单报了，不仅有早餐，午餐、晚餐也一起想了。时敏单手圈着他的腰，表情高深莫测道："你这是要留我到晚上的意思？"

骆明镜似乎很开心，轻声哼着歌，说道："你吃了我做的饭，一定不愿走了。"

果然，真的像骆明镜说的那样，吃完早饭，时敏就赖在画室不走了。

骆明镜刷碗时问她："今天不忙？"

"不忙。"

"你们公司不是要发行新游戏了吗？"

"东时科技吗？"时敏笑，"不忙，东时科技不用我操心。"

骆明镜静默了会儿，问："你有多少家公司？"

"我名下不多。你画室的画，有价标的都卖？"

"有你喜欢的？"

时敏道："有，《正直画室》。"

“我给你包起来，不要钱。”骆明镜笑笑，“当我送朋友的。”

时敏没有推辞。

中午，骆明镜到厨房炖鸡，时敏坐在沙发上看书，有一瞬间，她抬起头，或许是水雾朦胧了骆明镜的眼角眉梢，总之，她从骆明镜身上品出了家的感觉，内敛、沉稳，还有那若隐若现的压抑，摇摇欲坠却要温柔待人。

他身上有种……倔强的脆弱感。

时敏舔了舔嘴角，目光越来越欢喜，放在男人身上的那种不屈的脆弱感，对她而言，有着致命的吸引力。

这份家的感觉，让时敏当真留下吃了三顿饭。

晚饭后，时敏要走，骆明镜送她到胡同口。

时敏坐到车上，摇下车窗，忽然道：“骆明镜，你欠我一个答复。”

“时敏，再给我时间考虑……”

时敏莞尔一笑：“不给了。从明天开始，我默认你就是我的男朋友，一日三餐，我陪你吃。”

她说完，驾驶着车离开，留下骆明镜一人站在原地。好久之后，他笑了起来，如果每天陪他吃饭的人是时敏，他……愿意接受。

骆明镜慢慢踱回店，默默关门，打开电脑，发了微博提醒直播。

不一会儿，直播间里粉丝慢慢多了起来。

在满屏谁包养你的评论中，骆明镜摇了摇头：“没有。”

他眼中流光溢彩，缓缓笑道：“我放弃了一个暴富的机会，换了个朋友。跟我约定，一日三餐都一起吃的……朋友。”

骆明镜一个人的时候，每天只做中午那一顿饭，中午吃完剩点，晚上加点水，煮开当晚饭。

自从时敏会不定时地来蹭饭后，骆明镜做饭都有劲了，为了让她来的时候有热饭吃，每天每顿都做。

有一阵子，时敏工作不太忙，天天都来。

每天，她拿着鲜花进店，骆明镜无比自然地接过，然后给她盛饭，递筷子。

总裁每天用玫瑰换饭，骆明镜每天用饭骗玫瑰。

天渐渐冷了起来，时敏来得更勤了。

骆明镜煲汤给她，听着瓦罐里咕嘟咕嘟的声音，举着勺子，忽然道："要想抓住一个男人的心，必须先抓住他的胃……原来男女适用。"

时敏挑挑嘴角，倚在新换的大号冰箱上，一条一条，慢慢削萝卜皮。

骆明镜擦干手，给她挽袖子。

时敏停下，垂目看他挽好，道："下周忙，不来吃饭。"

"嗯，知道。"骆明镜说，"我还做着你的饭，想吃了，来就有。"

时敏推了下他滑到鼻尖的眼镜，问："像不像老夫老妻？"

骆明镜说："不要得寸进尺。"

情侣关系他都还没点头承认，时敏已经想要老夫老妻了。

"我就想试试，你的破绽在哪儿。"时敏侧过头，吻上他嘴角，"怎样你都不拒绝，可也不主动。"

"我在等。"骆明镜认真道，"等完全动心的那一刻。"

果然，新的一周开始后，时敏忙了起来，顾不上来画室吃饭。

三天之后，骆明镜失去了做饭的动力，他开着直播削土豆，准备盐水煮几个土豆填饱肚子。

下午三点多的光景，看直播的人也不多，正无聊时，短信来了。

时敏："海鲜粥。"

骆明镜立刻回："今天要来吃吗？"

时敏："忙，下次吧。"

总裁可能突然想喝海鲜粥，就预定了下次要吃的饭。

骆明镜盯着短信发呆，三秒后，他果断披上风衣，骑着自行车去了菜市场。

回来开火下厨，速度极快，菜板咚咚响，厨房热火朝天。

粥煲好，装瓶，已经是下午五点，骆明镜发了个短信："做好了，给你送去。"

他打开导航，定位东时科技。只需要半个小时路程，不远，他骑上自行车，晃晃悠悠上路。

时敏没再回复，骆明镜想，她要一直还没看到短信，自己突然送粥过去，她会不会很惊讶。

还剩一半路程时，对面的机动车道上，一辆玛莎拉蒂飞驰而过，在后面的路口转了个弯，慢悠悠地驶到了这边。

骆明镜戴着耳机，哼着歌，专心致志地蹬自行车，车筐里除了海鲜粥，还有一枝玫瑰。

车内，时敏笑了一声，从他身边开了过去，看倒车镜，他根本没察觉。

时敏看到短信就赶来了，因为她根本不在东时科技。时家的产业并非只有一个东时科技，这周她一直在月锋娱乐那边忙上市前的准备，她把车停在东时科技门前，打开车门等骆明镜。

十分钟后，人群中非常亮眼的骆明镜慢悠悠地出现在东时科技门口，他停下车，支起大长腿，发短信。

时敏按了按喇叭，骆明镜怔了一下，看到她，笑了一下，拎着保温杯过来："看到短信了？"

"嗯。"时敏接过，扭开，香气扑鼻。

她抬头，笑道："骆明镜，爱上我了？"

骆明镜微红着脸，伸手揉了揉时敏的脑袋："想太多了。"

他把花别在倒车镜上，摆摆手骑上自行车离开，仿佛，真的只是来给她送粥。

猝不及防被揉了脑袋，时敏眼睛蓦然睁大，好久，她抱着保温盒杯，笑了起来。

“危险。”她看着骆明镜渐渐变小的背影，嘴角弯起，“我要沦陷了。”

周六，时敏来到店里，骆明镜立刻关了直播洗手做饭。

他今日女装，女式衬衫搭卡其色披肩，灰色九分裤，腿又直又长，妆容也很不错，色调偏暖，五官比平日柔和许多。

时敏见他桌上放着一堆还未收起的化妆品，问道：“学画画是不是对化妆有帮助？”

“嗯。”骆明镜说，“阴影的处理，修容会更容易一些。”

“懂得挺多。”时敏拉过桌子，研究起这些瓶瓶罐罐，表情变化十分丰富。

“我看你好像不太了解这些。”骆明镜说，“平时只用粉底和口红吗？”

“能看出来？”

“嗯。”骆明镜说，“一眼就看出来了，没修容，没眼妆。”

时敏道：“太繁琐，没研究过。你见过我哥的化妆室吗？我哥叛逆期对化妆造型非常痴迷，有一个时期，家里的化妆品多到让我产生了阴影。”

“想起来了。”骆明镜敬畏道，“楚哥是造型帅。”

“如果你有那样的哥哥，你就会对他狂热的东西敬而远之。”

“但……你化好妆会更漂亮。”骆明镜研究着她的五官，比画着，“好的眼妆能放大你的优势，你眼睛好看。”

时敏抬眼，笑道：“如果是你，我很乐意一试。”

时楚说过多次要给她化妆做造型，时敏全部拒绝。然而今天，时敏兴趣盎然，主动要求骆明镜给她化妆。

骆明镜调小火，擦干手，坐了过来。

“我已经想好要给你化什么妆了。”他把要用到的都挑出来，坐近了些，“如果不满意，还请姐姐多担待。”

时敏又把他拉近了些，低声道：“不必太紧张，我只是想占你便宜。”

让骆明镜化妆是件很舒服的事情，他那双漆黑明亮的眼睛会专注地盯着你看，指尖轻轻抚摸脸上的每一寸皮肤，沿着轮廓，一点点添妆上彩。

时敏舒服的眯起眼睛，心想，这个项目不错，要保留。

化眼妆时，骆明镜点了点自己的下巴，说道：“看这里。”

时敏微微一笑，凑过去，轻轻落下一吻。

骆明镜没料到她会来这一招，手一抖，求饶：“别撩……手抖。”

接下来，时敏完全配合。静静化完眼妆，骆明镜推来一包口红，问她：“要哪个？”

时敏毫不在意这些：“随你高兴。”

骆明镜对着那堆口红低头沉思，好半晌，他问：“我嘴上这个色号怎么样？”

时敏点头：“完全可以。”

骆明镜默默收好口红，笑了笑，凑近：“那就……它了。”他印上时敏的唇，轻轻厮磨。

时敏罕见地愣了，骆明镜顺势推倒了她，压在沙发上，舔吻着。

时敏一笑，伸手钩掉了他摇摇欲坠的眼镜，而他握住她的手，放在了自己心口。

“感受到了吗？我的心跳。”

他说：“我想，我是动心了。”

或许是今天，或许是在毫不犹豫给她送粥的那天，不是因为寂寞，而是，想就这样细水长流地在乎一个人，去关心，去仔细品赏她的每一个表情，感受她的温度。

时敏眉头动了动，若有所思。她伸手钩下骆明镜的脖子，在他耳边低低笑着：“反应太慢，我……还是要罚你。”

呼吸间，温度渐渐攀高。

两人距离很近，近到时敏能看清楚骆明镜的每一根睫毛。

家中老人曾说过，目光对视时，就是两个人灵魂的交锋，若败了，就会被对方的瞳孔吸去魂魄。

时敏向来不信这些，可是今天，她望着骆明镜的眸，忽然像进入了浩瀚宇宙，茫茫然迷失了方向。

他眼尾淡淡染红，眼眸深邃，含笑非笑，眸中如映星光，轻轻洒落在时敏的眼睛中。

时敏心漏跳一拍，暗暗道："不妙。"

时家做娱乐业起家，自己毕业回国主要接手的也是月锋娱乐的项目，不管是明星偶像还是网红，不管是天然的还是人工的，她见过的美人多了，早已免疫，可当骆明镜的目光淡淡扫来时，她心乱了。

时敏抬起手，手指缓缓沿着他修长的眉，高挺的鼻梁，游弋到唇。

骆明镜便捉住她的手，轻轻吻了她的指尖。

他眼中，分明蕴着情欲，像火光一样，每一次与她目光相融，都摄人心魄。

从他的眼睛中，她看到了支离破碎后拼命藏起的悲伤，这半遮半掩在笑眸背后的悲伤对于她而言宛如诱人罂粟。

好危险。时敏默默想，好想知道他的过去。

她嗅到了一丝悲伤的气息，妄图从他的眸中汲取更多的，有关过去的东西。她爱这种男人，像孤独的夜行人，经受过风雨冰霜洗礼，摇摇欲坠却又咬牙坚持着前行至今，竭尽所能来致敬生命。

骆明镜身上，有这种气息。

更令她着魔的，是他身上还有一种消不掉的傲气，仿佛只要给他一束光，他就能挣掉枷锁，展翅飞翔。

时敏的手指缠着骆明镜垂下的碎发，她凑上去轻轻吻着，在他耳边低语："妖精……"

妖精，勾人心魄的魔物。

骆明镜愣了一下，只是尚在迷蒙中，分不清是幻听还是她真的说了句妖精。

气氛大好，接下来或许可以趁两个人都神魂颠倒的时候顺水推舟了。然而没想到，骆明镜刚吸口气，欺身上去，忽然一阵天旋地转，“咣当”一下，小小的单人沙发翻了个底朝天。

这下，刚刚暧昧的气氛分崩离析，碎成了渣。

骆明镜趴在时敏身上，而他背上，是那个从旧物市场淘来的单人小沙发。

时敏笑出了声，她把骆明镜推开，坐在地上，顺手将脸前的头发捋到了脑后。

总裁即便是摔了，坐起来之后，依然是总裁。时敏单腿支起，手撑着额头，侧过脸，一双凤眸带着无奈的笑，淡淡看着骆明镜。

骆明镜起身，伸出手，把时敏拉起来：“咳……差点……”他有些不太好意思，脸上尚有浅红未褪。

差点就失身了，说不清心里是失望还是庆幸。其实，不应该这么草率，说来，这个沙发翻得很及时。他不能在意识不怎么清醒的状态下，稀里糊涂就让一个姑娘许终身，虽说总裁姑娘不一定会在意这些，但他得负责才是。刚刚说完心动，就要顺势而上，吃干抹净，等总裁回过味来，肯定也会觉得他骗的多，真的少吧。

时敏笑看着他，不言不语。

看那不怒自含威的眼神，骆明镜有了个预感，他连忙道：“姐，打住，我知道你现在想把我这间房子里的东西都换一遍，但是……”

时敏讶然挑眉，似乎没料到他能猜到自己的心思。

骆明镜说：“我要面子的，你给的东西已经很多了，我不想让你再破费……沙发我明天就去买个长的、新的，这个我不要了，但你别再破费了，我还不起。”

时敏既新奇又有些生气，沉声道："只要是我给的，从不需还。"

"话不是这么说的。"骆明镜说，"送礼人虽无让人归还的意思，但这世上并没有白送的东西，拿人的，迟早是要还的。人生到头来都是一笔账，不管别人如何，我这里不能留下一笔糊涂账。姐，我怕你一口气给得太多，我无论是钱还是情，都还不起。"

时敏不置可否："没有这样奇怪的道理。"

"里屋有躺椅，你要坐的话，就坐那个。"骆明镜挽袖子抬沙发，"我去扔沙发。"

他长腿长手，单手扶起碎掉一只脚的沙发，毫不费力地举起出门。

时敏慢悠悠晃到里间，打开房间的灯，站在里屋中央打量着他的卧室。

空间狭长，尽头搁着一张靠墙的床，深蓝色床单，灰色被子，低调的冷。床下和床边是一个个整整齐齐的储物柜，木制的，无纺布的，材质倒是不统一。电脑桌放在靠近门的地方，正对着后面的风景墙。

风景墙是骆明镜自己画的，依然是画室门口的槐树和他的自行车，槐树下窝着晒太阳的猫咪。时敏面带微笑，手指轻轻拂过墙壁上的画。

她的手指抚过画中自行车的时候，顿住。时敏一脸惊奇，退后几步，双手抱胸，歪着头仔细端详着这幅墙画。

不止一只猫咪，树下有三只，树后有一只，露着白色的尾巴尖儿。车筐里藏着一只黑白色的猫咪，车前轮挡着一只白色的猫咪。槐树上，金黄色的树叶中，隐约能见一只橘黄色的猫咪。

正直画室四个字的招牌旁有一只黑色的正在打哈欠的猫咪，画室的画字中，藏着一只猫咪，露着姜黄色的耳朵尖儿。

"可爱，喜欢猫的男人。下次，送你猫好了。"时敏眼中尽是温柔，笑看着这些可爱的小猫咪，心里想象着骆明镜画这幅画，藏这些猫咪时，嘴角带笑的表情。

门口的风铃响了。

“哥——我跟何西来了！”

时敏正要撩帘出去，忽然觉得不妥，好在骆明镜回来了，应道：“来干吗？”

许倩倩说：“我跟何西来买画。”

一个年轻男孩儿的声音也跟着叫了一声“大哥”，他是倩倩的同居男友何西。

小情侣在画室里挑画，骆明镜则走到里屋，撩起帘子，看到时敏倚着他的电脑桌，闲闲地翻着书。

两个人对视一眼，莞尔。

许倩倩说：“四幅啊，我们走了，红包转你。”

骆明镜应了一声：“拜。”

等风铃静下来后，骆明镜低声对时敏说：“回来见你不在了，以为你走了。”

“你还欠我晚安没说。”时敏抬起眼皮，“没听到你说，我舍不得走。”

“我发现你……”骆明镜笑，“很会撩。”

拐上长安路，何西胳膊底下夹着画，牵着许倩倩的手，经过广场时，许倩倩眼前一亮，说道：“何西快看，保时捷卡宴！”

“什么车？”

“我超想买的车！等我以后成那种国际知名的服设师了，我就买辆卡宴，我爱死保时捷的设计了。”许倩倩咂咂嘴，“大伯家十年前就有，羡慕死人，那个时候就想要保时捷，流线是真漂亮。”

“大伯？对了，倩倩，你这个哥是表哥还是堂哥？”

“堂哥。”许倩倩说，“他就是我大伯家的，超有钱。”

“表哥吧。”何西以为她不知道，解释，“不一个姓的是表哥。”

许倩倩翻了个白眼：“别把我当白痴好吗？我爸爸这边的，我跟骆明镜一个奶奶，他就是我堂哥。”

何西不解：“你跟你妈姓？”

“哪有，是我大伯倒插门。”许倩倩说，“大伯当年辍学跑到船坞厂给人家打工，勾搭上老板千金了，当时以为就是个开厂的，没想到是家族企业，沿海的那些造船业都是他家垄断的……所以我大伯结婚就改姓了，跟老板姓骆，生个儿子也是人家的，所以我和我堂哥不一个姓。”

何西总算是弄懂了这家子的关系。许倩倩说：“虽然我哥现在很落魄，但只要他回家去，那些钱都是他的。”

何西明显听出了里头有故事：“他怎么不回去？留在这儿干什么？”

许倩倩愣了一下，好久才道：“算了，不说了。反正也挺惨……”

第三章

WOJIAFUREN
CAIMAOSHUANGQUAN

明镜哥哥

时敏回到家，时楚瞄了她一眼："嗬，今天不是死人白加吃人红了？哪个给你化的妆？竟然还卷了头发……你不适合大波浪，二十出头的小女孩，装什么成熟姐姐！"

听听这些形容词，多么亲切，死人白，吃人红，敢这么说她的，绝对只有亲哥。

时敏不喜别人在她脸上摸来摸去，因而每日妆容都是自己打理。说是打理，其实也就是涂层粉底擦个口红，喷点定型水，用手把头发从前面捋到后面。

一切从简。

时敏把化妆当琐事，琐事就不需要费精力，因而可以简之又简。

当然，时楚和她截然相反，因而兄妹俩经常会因为化妆穿衣的事情相互嘲讽。

往日时楚这么说，时敏绝对要呛他两句的，但今天，她心情好，不理他，低低哼笑一声，上楼。

时楚操控着电动轮椅追到楼梯下，说道："今天也没睡？"

时敏后退几步，探出半个头，问他："你为什么总关心我下半身生活？"

“你露怯了吧？”时楚说，“我就看你装深沉能装多久。”

时敏挑眉：“我无怯能露。”

“就你学我的那点皮毛……”时楚歪着嘴角摇头，“是不是想睡又不敢，怕镇不住？”

“懒得跟你掐。”时敏果断关门。

胡同口有家开早餐店的，店主有辆小三轮。骆明镜起了个早，借来三轮，从旧货市场淘回来了两个长沙发，还买了几块木头，原本打算直播做画框，后来量了长度，高兴道：“做把琴吧！”

他关了这边的声音，拿着锯条锯木头，袖子高高挽起，长腿跷起，踩在木板上。

直播间内，粉丝们热热闹闹地发评论：

“我可能记错了，粉的画手其实是个木匠……”

“钢琴吗？”

“楼上钢琴的那个，我笑了……”

“姿势销魂。”

“你们不懂，这个姿势显得腿长。”

“就没有人感受到大触气息吗？”

“没有。”

“没有 +1。”

寂静的画面中，老粉们看到骆明镜停下来，急切地拿起手机，很快，他离开了镜头范围。

“又来，差评，不敬业！”

“出去浪不给通报！”

“谁打的 call，谁？长腿没了，你们所有的加起来赔得起吗？”

短信是时敏发来的，只有四个字："排骨焖饭。"

骆明镜几乎是条件反射性，接到短信就下厨。快到正午，排骨出锅，再骑车给时敏送饭。

出发前时敏告诉了他新的地址："月锋娱乐。我有个会，你先到我办公室等一会儿。"

到了月锋娱乐，前台问他："请问你找哪位？"

骆明镜进了时敏的地盘，也跟着转了称呼："你们时总。"

"请问有预约吗？"

"嗯。"

"八层，这边请。"前台安排了个妹子帮他带路。

年轻的小姑娘把他领到总裁办公室，敲了敲门，没在，在门口写了张预约条，让骆明镜在里面等，自己客客气气地点了点头，回到了工作岗位。

总裁室里的秘书位也是空的，人都不在，看来还没开完会。骆明镜把保温瓶放在桌子上，坐在老板桌前的沙发上乖乖等待。

总裁办公室面积虽大，但堆满了东西，只书柜都有三个，里面塞着各种相册、图册、海报卷，七拐八扭地堆到天花板上，随时可能倒塌，却能达到一种奇异的平衡。

可能是散会了，走廊里响起说话声，一直到门前。

"那就按照三台的主题色来，我回去跟服化组联系，服装的话，我联系我的团队先拿出初稿，时间有些紧，不过既然是时总要求，我们肯定全力以赴。"

"我放心你，五年前就能做出惊艳中外的精品，你的能力，作品已经告诉我了。"

“哪里，过奖了。”

门开了。

骆明镜抬头，看到门口站着的男人，惊讶之后再接着惊讶。

对，时总……时楚也是总裁。但最让骆明镜震惊的，不是自己走错了办公室，而是之前还坐轮椅的时楚现在好端端地站在他面前。

“楚哥的腿……”

时楚跟门外的人点了点头，反手关了门，两脚生风，半点毛病都没有，直直走过来，把手中的资料往桌子上一拍，挑眉道：“来我办公室做什么？想让我潜你？”继而，目光转向桌子上的保温瓶，“来给我送饭？”

“时敏的。”骆明镜说，“不好意思，我以为只有时敏一个人，只说了找时总，结果……”

时楚看了他半晌，道：“时董，时总，不一样。找时敏，出门左拐，董事长办公室。”

“打扰了。”骆明镜也不打算问他腿是怎么回事，拿起保温瓶就走。

时楚一把拽住他，笑道：“骆明镜，明镜高悬照妖精。”

骆明镜停住，笑问：“时总这是……把我户口查了？”笑容有些不稳，连眸中的光都想要躲避什么。

“我没那个兴趣。”时楚耸肩，“只不过刚好知道了你是我们的签约主播。摸鱼直播，是我们月锋娱乐线下重点发展的直播平台之一。”

摸鱼直播正是骆明镜现在用的直播平台，他诧异了许久，心里松了口气，看来时楚并没有调查他，只是知道了他是摸鱼直播的签约主播。

“我看到你签约的合同了，附页身份证……”时楚说，“跟你说件事。”他意味深长地笑了。

骆明镜有些紧张，但想了想，身份证好像也不能暴露什么信息，于是点头：“楚哥，你说。”

时楚伸出手指，指了指他，又指了指自己，玩味地笑道：“咱俩……同龄。”

时楚看着骆明镜一脸错愕的表情，心情十分畅快，指着门口，低声说：“我妹妹，时敏，两岁差距。你品品这个年龄吧，骆大哥。”

好久之后，骆明镜找回了自己的声音，看着坐在老板椅上，双腿高高跷起放在桌上的时楚，问他：“所以，你的腿？”

时楚枕着双手，吊儿郎当地眯着凤眼，说道：“我只是懒得走路。”

出了总裁办公室，骆明镜问了董事长办公室的方向，经过电梯口时，他余光看了一眼，瞥到一个熟悉的背影。他猛地停下，再去确认时，电梯已经关门下行了。

骆明镜呆了呆，闭眼平复情绪。他听许倩倩说过，那个人回国了，载誉而归。

“站在那里干什么？”

骆明镜回头，时敏走来，自然地从他手里接过保温瓶，拉着他的袖子进办公室。

时敏的办公室和前面那个不正经人的办公室完全两个极端。文件夹按照颜色大小，摆放得整整齐齐，窗明几净，但毫无人味儿，倒显得有点冷。

“坐。”时敏说，“一起吃。”

骆明镜扔掉刚刚的情绪，拉住时敏，说道：“董事长，我有事要问你。”

“问。”

骆明镜把她推到墙边，抬手撑在墙上，拦住她的去路。他低声道：“小小年纪，为什么要骗人？”

听到他说小小年纪，时敏顿时明白了。她眼中沁笑，根本不紧张，双手搭在了骆明镜的肩膀上，拉近他，笑：“是你要叫姐姐，我说过，你开心就好。”

她顺着他的头发抚下来，轻笑：“称呼什么，向来不是年纪决定的。”

骆明镜抬起手，缓缓搁在她发顶，半晌，在她额头轻轻弹了一记：“算了，你开心就行。”

时敏，骆明镜想，她到底是怎样的女人？从认识到现在，时敏这个女人，其实很简单。

她是直线条，黑白色，简约，高效。话少，总是一副稳操胜券，天地浩大任她纵横的样子。

她生来骄傲，喜欢掌控，任何关系里，她都想一直占据主动权。她实在不像二十多岁的人，骆明镜不是没见过时敏这样的事业型女人，但哪一个不是三十岁之后才有这种野心外显、喜怒不形于色的气场呢？

骆明镜叹气，所以不怪他称呼时敏姐姐。

时敏坐下来，很自然的，又是那种皇帝高坐龙椅觐见朝臣的姿势。

她说：“如果叫哥哥你会更高兴，那么……”

时敏用一种哄逗的语气，温柔迁就道：“吃饭吧，明镜哥哥。”

两个人这种淡淡的暧昧关系持续了一段时间后，时敏给远在国外的父母打了电话。

时妈问她：“最近都还好吗？”

时敏微微笑了笑，笔在手指间飞快转动，末了，停下，对电话那头的时妈说道：“我看上了一人。”

时妈立刻紧张了起来：“谁？”

“说了你也不认识。”时敏伸了个懒腰，望着天花板，微笑道，“是个自由职业者，开画室的。”

时妈连忙嘱咐：“你要记住，知人知面不知心，要提高警惕，哪怕不动真格，也别松懈，你身上能图的东西太多了，你哥就是前车之鉴，你可要……”

“挂了。”时敏直截了当地收了线。

过了不久，楼下客厅响起了电话铃声，时敏挑了挑眉，无奈叹息。

时楚接了电话，时妈追问：“你妹谈朋友了你知道吗？查了吗？快跟妈说人怎么样？是不是公司艺人？”

“八字没一撇的事。”时楚说，“没到查户口的那一步。你女儿谈个恋爱跟过家家一样，亲亲抱抱送送饭，你现在不用操这份结婚的心，等她什么时候动真格了，我好帮你把关，你这时候瞎担心什么……”

“我不是怕她被小妖精给带沟里嘛！”时妈对儿子说话可没这么客气，直言道，“兄妹俩要都被人坑沟里去，我面子往哪儿搁？我对时敏以后的结婚对象没别的要求，只一点，人品要好，要顾家。他要也是个事业狂……”

“行行，我知道了。”时楚预感她要翻旧账，连忙打断。

时妈却不轻易饶过他：“你看你，当初又给资源又给钱，结果人家拿着你的钱把你给白睡了，还把你当成提高身价的垫脚石，根本不稀罕你那点爱情，你说你傻不傻？掏心掏肺的……”

“……挂了。”不愧是兄妹，表达不开心的方式都一样。

骆明镜为了五斗米折腰，网购了一副硅胶假胸，尽职尽责做了回女装大佬。

开直播时，仍是羞耻，面对满屏卧槽的惊叹，以及恭喜他完全打开新世界大门的祝贺，骆明镜说道：“是这样的……”

弹幕：

“编，我看他能编出什么花来！”

“就爱看他口是心非的模样。”

“这个难为情的表情真是太棒了！”

……

骆明镜理顺了思路，说道：“是这样的，给高个子姑娘试衣服，还要考虑到胸围大小……以前只考虑到了平胸姑娘们的上身效果，是我的疏忽，所以从今天开始，我要尽到应尽的责任，以后女装试衣就试两版……”

弹幕纷纷嘲他假正经，抹不开面子。

骆明镜道：“……你们知道就好，不要说出来。”

他继续锯木头做琴，黑色直裙露着大长腿，短筒小皮靴咔嚓踩在木头上，撸起袖子干活。

粉丝们快要笑傻了，纷纷夸赞女汉子。

“不许笑我。”骆明镜说，“都是为了赚钱，不然你们以为呢！”

粉丝们纷纷笑着拍键盘表示理解。

上午段的直播结束后，骆明镜洗手做饭。风铃响起，时敏夹着一个白色长方形礼盒走了进来，摸了摸他的下巴。

“不忙了？”骆明镜早已经习惯了她的抚摸。

“今天不忙。”时敏说，“来看看你，明镜姐姐。”

骆明镜提着刀笑出了声，他低头看着自己的胸，问时敏：“怎么样？”

“你很像……”时敏歪着头认真打量着他，慢悠悠地说，“模特。国际上有一些模特，雌雄莫辨，但很美，就像你这样，天然的衣服架子，样貌也好。”

“别扭吗？”

“不，很合适。”

骆明镜笑：“那就行。”

汤汁调好，去皮切菜，等都准备完，他才放下刀绕出去问时敏：“拿的什么？”

时敏坐在长沙发上，手搭在沙发背上，盒子放在骆明镜新添的矮桌上，她垂眼道：“打开看看。”

骆明镜半跪下来，拆开浅粉色的绸带，问她：“不会是送我的吧？”

时敏颔首：“正确。”

“还用粉色绸带包装……”骆明镜低笑，“好吧，粉色就粉色。”

盖子慢慢掀开，画室内静悄悄的，时间和骆明镜都呆滞了。

“这什么？”他指着盒子里的东西，轻声问道。

“送你的。”时敏坐起身，胳膊支在腿上，笑看着他，“试试。”

“裙子？”

“嗯。”等了一会儿，时敏问，“会不会不舒服？如果我送你裙子的话……”

“这倒没有。”骆明镜小心翼翼地拿出了这条白色礼服裙，“很漂亮……只不过刚刚吓到我了，这个颜色。”差点以为是婚纱。

“旁边那个小盒子，打开看。”时敏指着深蓝色的天鹅绒首饰盒，里面躺着一对长款流苏耳夹，温柔地散发着钻白色的光。

“你告诉我。”骆明镜说，“你送这个，打算让我什么时候穿？”

“随你开心，穿不穿都无所谓。”时敏说，“我今天忽然想给你买套礼服裙，你看起来很适合，而且白色裙子会更温柔一些，比黑色要更适合。”

骆明镜拍桌：“你看我直播了！”

时敏点点头：“抱歉。不过你脸红的样子很有看头。明明能看出是期待的，却还放不开……你别担心那么多，美这种东西从不分性别。”

骆明镜平静了好半晌，看着盒子里的礼服裙，垂眸思索了片刻，忽然心头一动：“要玩刺激的吗？”

时敏挑眉，仿佛不信他这种性格的人会玩什么刺激。

骆明镜压低声音，轻声说道：“时敏，和我约会吧，女装。”

时敏微愣之后，低笑出声：“你真有情调。”

时敏几乎是第一时间定了约会地点，江边最高建筑顶层的旋转餐厅。

见她真的应了，骆明镜换了件旧毛衣，端来了两盆清水，之后又拿了瓶洗发水，搬着小矮凳坐在了厨房排水口旁。

时敏好奇地看着他，直到他湿了头发，才明白他要干什么。

“洗头发吗？”

“嗯。”骆明镜揉着长发，泡沫声沙沙响。

“这么麻烦。”时敏慢悠悠地走过去。

骆明镜提起兑了热水的水壶，冲洗头发，一手拎一手洗，换边再来。

他没有跟她讲店里没装热水器，也不想在她在的时候，哆嗦着洗澡。

他只说："说起来也是第一次约会，我很重视，所以洗个头发。"

时敏垂下眼看着他，慢慢笑了笑。她脱下外套，慢慢挽起袖子，从他手中拿过水壶，轻声说："松手，我来。"

骆明镜红了耳朵，他低着头，又不能大幅度动作，只能小声反抗："使不得。"

时敏按住他的头，温水缓缓倾倒出来，冲洗掉泡沫。她面色平静，正大光明揉着他脑袋，还问他："害羞？"

骆明镜低叹一声："不是，是不知道手应该往哪儿放。"

他的两只手因为总裁的上位而光荣下岗，正无精打采地耷拉在膝盖上。

"骆明镜。"

"你说。"

"为什么留长发？"

半晌，他答："懒，剪短发没几天又要进理发店。主要留了长发，除了洗不方便，其他都很方便。省了理发钱，省了跟人打交道浪费的口舌，省了假发费……"

骆明镜开始跟她聊天，试图忽略她的指腹穿过头发时，从头皮传来的令人战栗的酥麻感。

"我觉得你……"他说，"给我一种，你急切地想跳过一些过程，直接进入到结婚多年的夫妻相处模式。"

时敏没有发表看法，又把他头往下按了，开始冲洗最后一遍。

骆明镜又说："你掌控欲很强，但是……"

水糊了他一脸，他闭嘴了。

他闭着眼睛，心中想：她想忽略我们之间的距离感，要直接入城，达到一种结果，想要在拥有了之后，就一劳永逸。

时敏给吹风机插上电，帮他吹头发。

骆明镜透过暖风中纷飞的发丝缝隙看她，思索着。

时敏。

一开始，自我又强硬地闯进来，个人宣布关系确立，之后忽然停掉了所有的动作，就像个没长大的孩子，发现了自己感兴趣的玩具，买下来，宣布所有权，抱在怀里。

时敏关掉了吹风机，揉着他头发，说道：“去换衣服，等你。”

骆明镜抱着盒子进了里间，那是件全袖秋款长裙，上身领口袖口点金，包得倒还严实，高雅大方。

骆明镜脱光上身，重新戴那个假胸，一低头，正巧撞见一只修长干净的手，从背后伸来，沿着他的腰摸到前面，抚着他的小腹。

“身材不错。”时敏轻轻吸气，语气中带着一点惊喜。

骆明镜在紧要关头，捉住了她的手，歪过头，对上她那双永远含着精光的凤眼：“姐姐，别再往下了，再往下就是要打 110 报警的危险区了。”他迅速把裙子提到腰，时敏自然地帮他拉上后面的衣链。

骆明镜垂着眼，耳尖微红。

骆明镜化好妆后，眉眼温柔，转过头，笑着对时敏说：“有点紧张，还真的没这样出过门……”

时敏错开目光，手指从盒子里挑出一根黑丝绒珍珠贴颈项链，俯下身，贴近骆明镜，慢慢将这根遮挡喉结的项链扣上，在他耳边轻语：“很漂亮。”

她单膝跪在椅子上，闭上眼睛，慢慢寻到唇，轻轻舔吻，微愣之后，骆明镜回应了她，圈住了她的腰，时敏却推开他，得逞一笑：“出发吧。”

关店出门，时敏已经把车停到了门口，见他从胡同里出来，下车帮他拉车门。

骆明镜笑她：“又来。”

时敏抬起手指，轻轻嘘了一声：“不要说话……”

她就着车内的暖光细细打量着骆明镜，怎么看都是瘦高气质佳的长腿美人，今天尤为温柔，眼睛里像开了桃花。他头发散着，下端卷了弧度，温柔了侧颜的棱角。

骆明镜叹气：“看完了吗？我可以上车了吧。”

时敏关车门前，忽然探进身子，撑着靠背，偷偷吻了吻他脸颊，起身，连安全带也顺手帮他系上了：“你真美。”

骆明镜哭笑不得：“别搞突袭，妆花了就真的要刺激了。”

时敏绕回驾驶座，一边开车，一边说：“生活很无聊，需要一些刺激。”

“所以才同意我女装跟你约会？”

“一部分是。”时敏满眼笑意，连骆明镜都能感受到她高昂的情绪，她少有这种情绪明显外露的时候。

“骆明镜，我从中学起，就喜欢长发男人。”她说，“长发，身材好，个高腿长，长相是偏东方的混血……”

中二期少女的幻想，骆明镜默默点头，表示理解。

“还带有悲剧气息，痛苦却温柔。”时敏接着说。

骆明镜笑出了声：“我以为你是那种从小到大的优等生，不喜欢看这种青春悲伤类型的幻想小说。”

“我是。”时敏带着些傲气，挑眉答道，“我一直全A，直到大学毕业。”

“我以为你没有少女期……”

“有。”时敏极快地回忆了三秒，“可能很短，但一定有。少女期，包括成人后，我很长情，一直喜欢一种类型，就是你这种，模糊性别感，跳出束缚，只是纯粹的美，复古和现代感糅合在一起……”

骆明镜快被她逗乐了，摇头：“我可不认识你说的这个，你的理想型真的很理想。”

时敏问他：“你是混血？”

“不是。”骆明镜道，“父辈那边的人都是这种长相，我……也比较像我爸，所以也是这种很能欺骗人的长相。”

车内没有灯光，骆明镜说起这些时，神色有些阴沉，然而语气却一如平常。

时敏没察觉，问他："家是哪里的？"

"沿海小城市。"

"你一个人跑这里开画室？为什么？"

"……在这里读的大学，毕业就留下了。"

"哪所大学毕业的？什么专业？"

"服设。"骆明镜笑着说，"全国最好的大学，排名第一的那个。"

"但我没毕业。"他又添了一句。

时敏不愧是做大企业的思维，完全不惊奇："中途辍学创业了吗？紧接着创业失败了？"

骆明镜轻轻笑出了声。

"你跟我哥差不多。"时敏见他不说话，接着道，"名校生，实力非凡，野心自然也大，不可能循规蹈矩的。当然，我哥是为了爱情放弃的学业。你呢？"

骆明镜睫毛微阖，看着窗外不断倒退的路灯，低声说："不一样……我原本走的就是最好的路，想得到的就在路的前方，根本不用费力气，也不用我放弃什么，只要循规蹈矩地走下去，目的地就是我的梦想。"

时敏好像听懂了，又好像没有听懂，她问："所以？"

"路断了，我是迫不得已才离开的。"骆明镜说，"大学肄业。"

时敏没再接话，餐厅到了。

时敏把车交给门童，她伸出手，拉住骆明镜："跟我来。"

电梯门开，领路的服务生热情道："两位女士，这边请。"

他们穿过大半个餐厅，来到角落的一张桌子前，玻璃窗外，半座城市的夜景尽收眼底，跨江桥上，车灯路灯汇成流动的光海。

"百分之百回头率。"坐下后，时敏说道，"当然，可能更多的是好奇你的身高，骆小姐。"

服务生在，骆明镜只微笑，不说话。他侧过头，去看窗外的夜景，头发滑到前面，藏在长发中的流苏耳饰隐约闪着柔光。

时敏托着下巴看着他，等服务生离开后，她忽然喊了他的名字。

“骆明镜！”

骆明镜刚转回头，贴上了柔软的唇。时敏站了起来，一手撑着桌子，深深吻了下去。

耳边传来旁边那几桌客人异常清晰的抽气声，推服务车来倒酒的服务生震惊到不敢迈步，呆呆地站在二十步开外，下巴差点脱臼。

好久之后，时敏放开他，抬手擦了嘴边的水印，笑道：“骆明镜，这才叫刺激。”

日上三竿，时敏睁开眼睛，大脑缓缓重启，她坐起来，认出了这是自己的房间。

看来她昨晚习惯性地回了家。

昨晚她和骆明镜在餐厅喝了酒，有些微醺，出来后，她提议到江边醒酒，不想中途起了兴致，买了一箱啤酒，和骆明镜席地坐在台阶边望江饮酒。

后来……就断片了。只依稀记得她跟骆明镜玩了很多小游戏，他说了很多话，她记得他有几句话，让她当时真的有被感动到，可今早酒醒后，那些话都随着酒意消散了，半点想不起。

时敏伸了个懒腰，抓起手机，发现黑屏，翻出充电器连上，打开门，看到时楚神经病似的坐在她房门口。

时敏轻踹了一脚他的电动轮椅：“起开。”

时楚坏笑：“友情提示，收拾行李快逃难去吧，爸妈已经登机了，晚上到家。”

时敏立刻醒了神：“有事？”

“昨晚喝得很开心吧？”时楚说，“接你回来的时候，跟你说的事你还有印象吗？昨晚月锋娱乐的媒体部和公关小组，包括你的助理小姑娘，都在通宵加班。”

时敏隐约有了猜想："说事。"

时楚举起手机给她看："这是对家的狗腿媒体夜里十一点发的。"

娱乐先锋新闻：月锋娱乐新任董事时敏出柜 [视频]。

果然和她想的一样，被人拍了。时敏笑："有什么用？"

"新闻稿用的词不是东时传媒，而是月锋娱乐，目的性很强。"时楚说，"看视频发布时间，应该是拍完就发布了出去，期间我们没收到任何消息，也没有记者来议价。你这是被人盯上了，时敏小朋友。"

他往下刷了两条，说："再看这些，我们正在和这些二传的小媒体做交易……"

东时传媒接班人时敏深夜江边激吻女友 疑出柜 [视频] 时敏今年初刚回国，接手东时传媒以及旗下东时科技、月锋娱乐等公司……其兄时楚是杨鹤前任男友，杨鹤前日刚刚摘得飞鸽奖，荣获年度视后桂冠……

这个用词就更大胆了些，而且选择了东时传媒接班人这个知名度更广的头衔，但顺着这条内容看下去，时敏乐了，这分明是现在风头正旺的话题女星杨鹤的公司发的通稿。

"被前女友又隔空蹭了一把，滋味如何？"她笑嘻嘻地问。

"闭嘴。"

怪不得这条转发点击量最多。

时敏顺手点开视频看了，脸上露出惊奇的表情："我都忘了这一段了……不过这种程度，也算激吻？"

时楚翻了个白眼。

"我不是跟一线明星恋爱。"时敏一脸轻松，"所以我的话题爆不了多少，麻烦的就是公司内部，股东会你去解释，证监会那边盯着点，保证明年初顺利挂上牌就行。"

时楚说："出柜就是爆点。"

时敏撇嘴："压下去，不能让他们再挖。"

时楚支着头，好奇地问："这么好的机会，你那位不想红吗？"

"他不是想红的人。"时敏说，"后续交给你了，这件事到此为止。"

时楚兴致勃勃地看着她搬家当，明知故问："哦？既然爆你出柜你不在意，现在何必收拾行李呢？躲谁呀？"

时敏冷冷刮他一眼，关上了门。

时楚在门外大笑："敏敏啊，你完蛋了，妈说她心脏都要吓出病了。"

门内，时敏罕见地怒了："你没跟她说那是男的啊？"

正午时分，正直画室依然锁着门，里面亮着灯，但骆明镜的电话打不通。

时敏摘了墨镜，站在画室门口透过窗帘缝向里面望，见沙发尾端露着一截腿，骆明镜像是脸朝下在沙发上闷着。

"骆明镜。"时敏拍了拍门，"骆明镜，开门。"

沙发上的人动了一下，骆明镜抬起身，睡衣上扣到脸前的毛绒帽子垂了下去，露出他的脸。

骆明镜睡眼蒙眬地呆看了会儿门口，时敏又叫了一声他的名字，他这才反应过来，顶着俩黑眼圈晃悠着过来给她开了门，像个小丧尸。

时敏拖着行李箱进来，回身把门又锁了，窗帘也拉严了。

"家里菜够吗？"

骆明镜跟在她身后，一脸迷茫地点了点头，指着她行李箱，慢悠悠地问："这是什么？又要送我什么？"

他可能只醒了一半，不管是表情还是说话，都比平时慢了一拍。

"送人给你。"时敏忍不住揉了揉他的脑袋，"没睡醒？"

骆明镜极慢极慢地给了她一个笑，拉着她指着桌子上飘零散落的稿纸："看……我的设计稿，给你看。"

他歪倒在沙发上，抱着靠垫傻傻笑着，小声说："昨天跟你聊完回来，有很多感悟，通宵了……画得很顺利，好看吗？快夸我。"

“冬。”画稿第一页旁边写着一行字，时敏念了出来，“孤舟垂钓醉寒江……”

“六个节气，共十八张，冬的一个系列，我按顺序放好了……”骆明镜眼睛都要睁不开了，他半张脸埋在柔软的靠垫中，像是梦呓般说，“还差春夏……”

时敏翻看着这几张画稿，可能是因为他喝醉了画稿，这些草稿线条肆意，连第一张的孤舟垂钓醉寒江这行字都像飞仙，飘飘然欲跃出纸张。

时敏不是很懂服设，尽管如此，她这个外行还是从这些设计稿中看出了很强烈的个人风格。

像他这个人，像他画室里的那些画，虽然随意，但很认真，认真到可爱。流畅的线条和温柔的笔触，能看出设计师心情昂扬，遮掩不住想要一飞冲天的傲气和才气。

于是，时敏给出了最高的评价：“很像你。”

骆明镜放松了几分，闭上眼，很快睡了过去。

时敏坐在地上翻他的画稿，一只手顺着他的头发，像在揉猫。看完，她轻声问：“这些设计稿你给谁？合作还是自己做品牌？”

骆明镜闷声笑了起来，断断续续的：“做品牌要钱的，国内服设……自己做品牌的，都有名气有资源，我不行。”

“你想做品牌吗？”

“设计师……谁不想。”骆明镜翻了个身，勉力睁开眼看着时敏，“以前搭的台塌了……再想撑起来很难，我输不起了……”

“是中间出了什么意外吗？”

骆明镜闭上眼睛，歪过头去，好半晌才苦笑着说：“认命了。不是意外，是最紧要的时候，很多件事情堆积到了一起，把我给搞垮了。现在想想……人生低谷，低到尘埃里头……众叛亲离。”

时敏没有追问，骆明镜似乎又睡着了，呼吸绵长。

时敏高效率地帮他收拾了画稿，宣布：“我要在这儿住几天。”

骆明镜慢悠悠"嗯"了一声，忽然惊坐起来："什么？"

"跟你同居一阵子。"

骆明镜吓醒了："为什么？"

时大总裁淡声道："因为想你。"

骆明镜愣了一下，慢慢笑了起来。他起身找拖鞋，小声嘟囔着要给她做饭。

他套上围裙，这才察觉店门没开，正要去开锁，只听时敏说："劝你不要开。"

骆明镜回头，问她："你是有仇家吗？上我这儿躲仇人来了？"

时敏短促一声笑，回答："比仇家更凶险。"

骆明镜忽然来了一句："……丈母娘？"

时敏怔愣完，笑道："你可真是个天才。"

骆明镜忐忑了一整天，丈母娘并没有来。倒是时敏，气定神闲地卧在沙发上喝喝鸡汤，尝尝小点心，看看骆明镜，一派悠然自得，提前进入退休的清闲生活。

晚饭吃完，骆明镜鼓起勇气，问出了那个关键的问题："你要留宿？"

"嗯。"时敏点头。

骆明镜为难道："可是……我这里没地方住。"

她要留宿，还能睡哪里？只能是他的床。因为店里地方小，骆明镜的床也不大，自己搭出来的四四方方小床，两个人睡必定要紧紧挨着。

时敏指着他的耳朵，慢声道："耳朵红了，害羞吗？我是迫不及待了。"

"不行吧？"相比之下，骆明镜惊觉自己像个被调戏的良家妇女，扭扭捏捏害怕被登徒子占了便宜。

"同居女友。"时敏指着自己，又指向骆明镜，"你是我男友，很正常。"

"我这里只有一床被子……"

"那更好。"她眼睛里的笑意非常直白，带着一种攻城略地的霸道。她优哉游哉地观察着骆明镜的窘态，像一只猫，开荤前仁慈地给予猎物一点点表态的时间。

当然，她根本不会考虑他是接受还是拒绝，到开吃的时候，她都会毫不犹豫地亮出獠牙。

猎人与猎物。

猫和她手掌心的老鼠。

时敏和骆明镜。

“来吧来吧。”骆明镜放弃了挣扎，“我看出来了，你就是要睡我。让你睡让你睡，来吧……”

人小姑娘都提出要求了，他一个大老爷们，还要扭扭捏捏寻找借口推辞就显得太不要脸了。

骆明镜哆哆嗦嗦洗了澡，出来见时敏换了身睡衣，倚在床边看书。

“过来睡，别站着。”时敏拍了拍里面的空位。

骆明镜愣了愣，问她：“我睡里边？”

“嗯，来。”

骆明镜睡衣睡裤穿得整齐，轻叹了一声，卷着被子滚上了床，自觉地贴墙边。很快，他意识到了自己犯了个错误。

他靠墙睡里侧，就是把主动权完全交给了时敏，自己无路可退。

果然，所料不差。

时敏慢悠悠卷袖子，这个动作，像极了厨师在处理砧板上的肉之前要做的准备工作。她倾身过来，慢条斯理地舔着骆明镜的唇，一吻即离，满意笑道：“挺好。”

骆明镜有点恍惚，时敏拽过被子，干脆地擒住他的手腕时，他本能地反击，动作到一半，被时敏给扣押了，双手被束缚住，无法动弹。

她解着他的睡衣扣子，指腹轻轻擦过他的胸膛，沿着人鱼线一路抚摸下去，欣赏着他的表情。

骆明镜闭上眼睛，轻声说：“我一直觉得你很奇怪。”

“哪里奇怪？”

“我以为感情没有到那么深的时候，你不会动手。”

“一见钟情，你以为是什么？”时敏理所当然地说，“是欲望。我不是青春期的女生，幻想柏拉图式爱情。”

她剥开骆明镜的上衣，轻笑一声：“刚刚就想说，还穿什么，你总是不坦诚……若不是我，你什么时候才能坦露真实的想法？”

骆明镜把脸埋在枕头里，紧锁着眉，等时敏真的没有停下，一直向下走，碰到最敏感的地带时，他抖动了一下，微微挣扎着想躲开。

时敏好奇地看着他的反应。忽然，她好像明白了，按住他，转过他的脸，问道：“谈过几个女友？”

“好多个。”沉默了好久，骆明镜闷声说。

时敏冷笑一声，骆明镜连忙交底：“王祖贤、邱淑贞、林青霞……我知道错了，停手停手。”

时敏脸上的表情高深莫测。

骆明镜自嘲一笑，微微喘息着说：“没有。”

“初恋呢？”

“虽然承认起来很丢人。”骆明镜说，“没有。”

时敏垂下眼，思考着要不要脱掉他的睡裤。

骆明镜瞧见她的关注点，顿觉不妙：“正常！一切正常……”

时敏完全不信：“就没人跟你表白？”

“印象里好像有吧。”骆明镜说，“上学的时候没精力考虑这些事，即便是学生时代的恋爱，也要耗费很多精力时间，我妈……她身体不好，精神状态不太稳，家中情况比较复杂，我分不出神来去想风花雪月。”

“一直到现在？”时敏很不能理解，“我以为你起码明白一点。”

她俯身，给了骆明镜一记深吻，之后，笑着抬起头，眯起眼说道：“你真容易动情。”

她把骆明镜的衣服穿好，欣赏着他在热浪中沉浮的恍惚神色，然后，她说：“你还记得，我说过要罚你吗？”

骆明镜哭笑不得：“别是我想的这种罚……”

“答对了。”

时敏慢慢脱下自己的睡衣，在看到骆明镜眼眸变深，一抹向往的欲望之火燃亮后，她轻轻亲吻了他的眉心，道了一声：“晚安。”

骆明镜差点哭了，他动不了，也不敢动，前面就是时总裁柔软的身躯，而他正在滔天的热浪中苦苦挣扎，汗水浸湿了额前的发。

黑暗中，骆明镜的喘息声一直未停。时敏笑着，听着他酥麻的嗓音在耳边轻轻喘，仿佛在欣赏美妙乐曲。

骆明镜说：“时敏，我心服口服了……”

总裁并没有吃他，而是把他撩拨起来后，自己睡了。

终于，到了后半夜，骆明镜平息了，他疲倦不堪，浑身都是汗，陷在床中，昏昏欲睡。

然而，就在这睡意蒙眬中，门口传来了激烈的拍门声和一个女人极具穿透力的喊声：“时敏，你开门！我知道你在里面，开门！”

骆明镜睁开眼睛，一脸惊恐。

时敏迅速坐起身，安抚道：“没事，别慌。”

她不急不慢地穿衣，回身撑着床，低头看着骆明镜，笑了笑，极快亲了一下，开了灯。

时敏穿好衣服，坐下来给他揉手腕，轻声道：“不着急，你慢慢穿。”

“你妈？”

“嗯。”

玻璃门都要被时妈拍碎了，但她仍然没停：“时敏，我看见灯亮了！快出来！我知道你在这儿！”

时敏叹了一声，抓起电话，开了机，先给时楚拨了过去。

时楚悠悠一声：“喂？”

“你既然说了地址，为什么不说他是男的？”

时楚神经病似的爆出一长串畅快的笑，慢慢说道："毕竟，耳听为虚，眼见为实。还不如让妈亲眼见见……怎么，坏你好事了？"

"滚！"时敏扔了电话，前去开门。

骆明镜起身，被时敏拦了："你先别出来。我妈虽然讲理，但情绪激动的时候会先动手。"

骆明镜乖乖拉出小板凳，垂头坐在了里间。

门一开，一位裹着男士羊绒大衣的素颜女士，指着时敏的鼻子，高跟鞋咔咔咔走了进来："时敏！"

时妈是一下飞机就问出了女儿的所在地，直接从机场杀到了这里，因为睡眠不足，她眼窝青黑，头发随意绾着，嘴唇都没上色，身上披着从时爸身上扒下来的大衣，一副睡醒就吃人的表情。

而时敏的爸爸，在母女俩对峙的时候，无声无息地，猫一般晃到了里间，掀开了帘子。

俩男人目光对上了，骆明镜站起来，有些紧张。

画室前，时妈抚住自己受惊的心，指着时敏："我跟你爸爸！从来没往这上头猜过，你看不上妈妈介绍的男孩子没关系，过日子咱们挑对的、上眼的，妈妈都理解，你特立独行也没事，你事业心重、好强好胜，这妈妈都能理解……但你恋爱前，能不能先跟妈妈打声招呼？"

时妈开启了夸张舞台剧模式，捧心张嘴，预备大哭："你要谈女友为什么不先跟妈妈说？妈妈是猝不及防啊！"

"张女士。"时爸回头叫道，"不用演了，是个男孩子。"

这个看起来与时楚有几分相似，样貌气质非常显年轻的父亲转过脸，对骆明镜轻声说道："出来吧，她冷静了。"

骆明镜小声道了歉，摇摇晃晃地站起来，脑袋有些发蒙，他扶着墙慢慢走出来，顺手开了灯。

屋内一亮，时妈就罢演了。

她恢复平静，看到从里间出来的长发男人，脸上呆滞了片刻，蒙道："男孩儿？"

她上下打量着骆明镜，货真价实的男孩儿，虽然是长发，但身高在那儿放着，漂漂亮亮的一个男孩子，不会认错。

时妈拿出手机，对着截图看了半天，问他："胸呢？"

时敏替骆明镜回答："假的。"

时妈怔住。

时敏趁机先发制人："我以为你们会礼貌一些，半夜来……"

时妈自知理亏，默不作声，时爸则淡淡说道："顺路。"

"没什么事你们早点回去。"时敏慢声道，"有什么明天再问，现在过来是要欺负谁？你们不尴尬我尴尬，早点回去睡。"

房间里弥漫着尴尬的气氛，而骆明镜像掉了线，他静静站着，始终垂着眼，蔫巴巴的。

他是不会赶客了，时敏拽过他，果断道："关店，睡觉。"

骆明镜迷蒙了一阵，问道："这样好吗？"

"非营业时间，耽误休息。"时敏回头，对时妈说，"看也看过了，你们应该放心了。别到店里来闹，给我男朋友留个好印象。至于……这是怎么回事，回家问问你儿子，我反正是不知情的。"

她说："要礼貌，赶紧走吧，没看他都困成什么样了。"

两口子本来是来把出柜的女儿拽回家去好好反省的，然而事情发展得太快，剧情突然变更，时妈路上准备好的剧本一下子没接上，顿时失了招架之力，加之长途飞机耗心费力，家长威势还没端起来，就被女儿给拍碎，揉巴揉巴赶出来了。

出来后，时妈反应过来："不对！我们什么都还没了解，她就跟人同居了？"

时爸表情没有丝毫波动，面瘫道："我信她，她心里有主意。今晚咱先回家，明天再说。”

骆明镜病了。

时敏是早上起床时发现的，手一摸，一脑门儿汗。她叫了几声他的名字，骆明镜反应迟钝。

时敏帮他掖好被子，翻出体温计一测，发烧。她给 Fiona 打了电话，到厨房烧上水，回到里间，坐在床边思索，最后得出了答案，骆明镜是被她妈给吓的。

骆明镜能睁开眼时，一翻身，发现自己被裹成了蚕蛹，奋力探头一瞧，他病恹恹地笑了起来，对床边给他换凉毛巾的时敏说：“你……还说你没特殊癖好，拿这个绑我。”

时敏拿了两根长皮带，把他和被子一起扎紧了。

“听起来精神还不错。”时敏眼皮都不抬，回道，“你要是指那两根皮带的话……这是给你发汗用的。”

她抚去他额前的头发，问道：“饿吗？”

“饿了。”骆明镜期待道，“我……有点想喝热的炖肉汤。”

“好，”时敏笑道，“我让人给你做。”

骆明镜好奇：“谁做？”

时敏笑而不语。

不久后，骆明镜又听到了那个熟悉的喊门声。

“时敏！”时妈提着保温箱，拍门道，“你快开门！妈妈要冻死了！”

骆明镜又是一吓，昨晚的事，跟断片了一样，他想不起来多少，就知道时敏的父母来了，时敏的父母又走了。他紧张道：“你妈怎么来了？”

“来给你送汤。”时敏笑道，“母亲牌，喝了汤，就做我家女婿吧。”

时妈妆容精致，衣着得体，脱下皮手套走进画室，但在听说骆明镜生病卧床后，她自觉在门帘前止步，叮嘱时敏放完汤出来，到车上跟她谈心。

骆明镜小声问时敏："要紧吗？哪能劳烦阿姨做这些，阿姨会不会不开心……"

时敏却道："我妈除了戏瘾大，其他的都处于正常状态。接受度高，乐观开朗，心眼不多，从不多想。你吃，我去跟她聊聊。"

时妈早已候在车中，没叫司机，也没叫时爸一起来，车里只她一个人。

时敏上了车，搂着她脖子给了个拥抱。

"问吧。"

"什么时候同居的？"

"昨天。"

时妈噎了一下，又问："交往多久了？"

这个问题，时敏想了很久，最终一脸不悦地说："因为他的性格原因，如果说他真的把我当回事，接受我的追求，可能就是从昨天开始。"

时妈八卦道："怎么回事？"

"他人很安静，就像块懒石头，不抽不走。"时敏形容道，"不坦诚，不主动。我观察摸索了有两个多月，才算是有点对策，他是个必须要我主动的人，不然不会回应。"

时妈愣了愣，说："那不正合你意？"

时敏笑着搂过妈妈的肩膀，摇头感叹："张女士，你还是很了解我的。"

"你性格像你爸，什么事都想掌握主动权，谈个恋爱能累死人……"时妈吐槽完，又问，"打算认真吗？奔婚姻去？"

"还早。"时敏说，"但他是我理想型，八成差不多了。我若定下来，会给你提个醒，所以现阶段你也别太关注他，还没到那种程度。"

"看出来了，你理想型。"时妈挑了挑下巴，"乍一看眼泛桃花的，怪轻佻，好看得太明显……你就喜欢那种的，从小就是。"

骆明镜五官出众，可能出众得太明显，第一眼很吃亏，并不能加好感度。与他共处一室，目光总要被他占去，时日久了，给人一种他这人霸道张扬、不好相与的错觉。这种不亲切的出众容貌放在演艺圈，就是业内常说的：

有毒的美人。

时敏皱眉："有吗？"

时楚也这么说过骆明镜，说他长相看着好，其实不占优势，咄咄逼人容易引人恶感。

时妈补充："不过仔细看，这男孩儿的眉眼没什么戾气，也不刺儿，挺乖的。"

这算是夸奖了，时敏眼中两点笑意亮着，垂眸道："他其实，是个很傲的人，跟我差不多。"

时敏拍了拍母亲的肩膀，说道："人们择偶，最终想要找的，还是自己。他与我既相似又对立，我是把那部分自我摊开放在了外面，而他是把那部分与我相似的东西藏在了里面。所以和他相处久了，很舒服。"

"你开心就好。"时妈软下来，轻笑道，"昨晚跟你爸说过了，你爸爸无条件信任你。他跟我说，你看上的，一定不会差，他信任你的眼光。我一想啊，是这个道理，今天放松了许多，你爸爸让我不要过多干涉你，他很放心你。"

时敏充满自信地笑道："爸爸懂我。"

"但是，作为妈妈，我还是有些担心……"时妈说道，"妈妈一直觉得，一段关系中，主动的那一方会付出更多。"

"应该的。"时敏笑道，"如果我喜欢这种感觉，我就不会觉得辛苦，放心吧，张女士。"

"你要在这里常住吗？"

"嗯。"时敏说，"试试看。"

"这地方不方便。"时妈忧愁道，"就那么点地方，又冷又窄。"

"没关系，这不是你要操心的。"女儿抱了抱母亲的肩膀，说了声再见。

她下车后，当妈的按下车窗，忧心忡忡地问道："妈妈昨天好丢人，给人留下那种印象，他会不会觉得妈妈很无礼……"

"别想那么多。"时敏说，"你自己戏演得过瘾就好，他身体不舒服，昨晚没注意你。但是你大晚上来……确实欠妥。”

时妈脸上露出了庆幸又失望的表情。

“敏敏，最后一句话。”时妈说，“那孩子有正经事做吗？”

“做服设的。”时敏若有所思地望着画室，“感谢提醒，让我想起了一件重要的事。”

送走时妈，时敏要到了房东的电话，当即租了画室楼上的阁楼，叫来家政和装修队，让 Fiona 买了空调和热水器，让阁楼焕然一新。

她让骆明镜看了简装设计图，得到首肯后，立刻让人敲掉了隔离墙，扩大了厨房空间，又打通了上下两层的通道门，铺好了楼梯。

骆明镜躺在床上，心道：“日子要到头了。”

至于是好日子，还是坏日子，他本人也说不清楚，唯一可以肯定的是，当他默认时敏进入他死水一般的生活后，变化就来了。

这些年，他像电池电量低的手机，只静静地保持着续航，任何一点改变，都会让他产生我即将被消耗殆尽的危机感，于是他钝化了自己，缓慢地生活着，又渴望有人为他充电，又小心翼翼守着安全区，抵触改变。

反正梦想还很遥远，也没有了家，前路和后盾都失去后，他提前成了孤魂野鬼。除了许倩倩来时会有一点还与世界有联系的感觉，其他时候，他就像被整个世界忽视了，在一条荒凉的野道上踽踽独行。

后来，时敏来了。她迅速地切入他的生活，他默许了，完全交给她掌控，距离拉近还是拉远，他一概不管。不知不觉中，改变已经发生。

她牵引着他，加速了步伐。

骆明镜想，什么都行，她来便由她支配，这样，就算她离开，也不会从他这里带走什么。

生活还是生活，只要他不主动，只是配合，有朝一日她要走，他也不会受伤。

时敏买了张双人床，放在了阁楼中央，被褥、枕头也都一并准备好了。

她心情不错，还在楼下挑了几幅画挂上，亲自装了观景灯，通了电。

一间卧房装饰完成，时敏退后两步打量了一番，自语：“勉强可睡。”

晚上，叫退烧的骆明镜上楼来看，时敏拍着那张床，让他坐过来。

骆明镜像是去别人家做客般，拘谨地坐在床边，也不敢碰别的东西，表示：“这太破费了，我都不好意思……”

“钱花在喜欢的事情上，是件很舒心的事情。”时敏拍了拍枕头，让他躺下来试试看。

骆明镜躺下，问她：“你是要住这里吗？”

“是的。”时敏说，“因为你的不坦诚，我需要多做些努力，所以我休假了三个月，和你同居。”

骆明镜摇头：“不要乱讲……我很坦诚。”

时敏不置可否：“那好，告诉我，你喜欢我吗？”

骆明镜不答，看他的表情，似乎还在喜欢与不喜欢之间犹豫着。

“我来告诉你答案。”时敏伏在他身上，手指沿着他下颌和脖颈的线条，慢慢在人最脆弱的咽喉区游弋，之后，她埋在他的颈窝处，咬着他的喉结，轻轻厮磨。

骆明镜急促地吸了口气，仰起头，将这片区域完全献给了她，他伸出手，紧紧抱住了时敏。

时敏说：“人反感的时候，会有本能反应，骆明镜，答案很明显。你没有推开我，反而把我拉近。”

她轻轻在骆明镜耳边说道：“我很好奇，换一个人这样对你，你也是这种嘴上不承认，实际上却不拒绝的反应吗？”

骆明镜愣住。

时敏低低笑了：“还是说，只有我，你不拒绝？”

她等了很久，骆明镜呆呆地望着天花板，终于，她的耐性即将消磨殆尽，她皱起眉。

看样子，这个男人比想象中的还要不坦诚。

时敏起身，骆明镜抱住她，说道："只有你。"

时敏轻轻挑眉，动作微小得几乎看不到，像她现在有些雀跃的心。

骆明镜说："想好了，你说得对，我可能……身体比心更诚实一些。只有你，时敏。"

时敏笑了起来，她轻轻吸吮着骆明镜的唇，压下眉梢即将遮掩不住的喜悦，沉声说道："感谢你的坦诚，作为回报，给你一份礼物。"

"什么？"

时敏说："你不是想做个人品牌吗？出份策划案吧，钱不是问题，我投资。"

骆明镜惊坐起来，满脸不可思议。

"当真？"

"你想做多大规模，品牌定位，市场定位，还需要什么，尽快写出策划案给我。"时敏说，"骆明镜，我休假三个月，帮你把梦想搭建起来，你接受吗？"

骆明镜轻声道："不是小数目，而且……我没资历，没学历……可能会失败。"

"无所谓，钱不是问题。"时敏回答，"关键在你，你做好准备了吗？学历、资历都无所谓，你要团队，我可以找给你，你要人脉，我帮你疏通打理，你要是想自己做，那我们就做市场营销，把你的市场价值做出来，直播也好，炒热度也罢，我都有渠道给你做，就看你愿意还是不愿意。"

真的不是小数目，如果要做个人品牌的话，前期宣传，品牌的知名度，定位，以及整条支撑链，都是要靠源源不断的砸钱。

骆明镜艰难道："那就，当我借你。"

"不用。"时敏说，"要真不想欠我，那你就给我拿出十二分的感情来还。"

时敏说："骆明镜，我不缺钱，当然也不缺爱，我什么都不缺，我就是图个开心。"

她指着骆明镜："现在，你开心，我就开心，所以，快点头。"

骆明镜别过脸去，嘴角微微扬起，笑了起来。

他点了点头。

时敏伸手："合作愉快，设计师。"

骆明镜握住了她的手，认真道："合作愉快，时总裁。"

第四章

WOJIAFUREN
CAIMAOSHUANGQUAN

似光的女人

骆明镜交了八页的策划书，三天之后，时敏出了份合同，签字。

他们二人的字都是一样的恣意昂扬、龙飞凤舞。

签完后，时敏慢悠悠地扭着钢笔盖，低声说道："签的如果是婚前合同会更好。"

骆明镜小心翼翼地收好合同，说道："这个也差不多了，签了这份合同，我这条命就是你的了。"

说来也是，这纸合同价值千金，时敏作为投资方，自然是要有分成的，前期预计要砸进去的资金，卖了现在的他都还不起，所以，要想不让时敏赔本，那就要卖命干活了。得过且过，行尸走肉一般的日子，终于有了终结，他在合同上签名的这一刻，迎来了新的开始。

骆明镜对着时敏笑。时敏察觉出他的不安，说道："我作为投资人，不管经验是多是少，人品一直有保障，不必怕。"

骆明镜惊讶，她竟然能看出他的担忧。

时敏人如其名，目光敏锐，问道："你之前和人合作过？"

“大四那年。”骆明镜点了点头，虽然想起时会有酸涩和不甘，但那种被背叛的锐痛，终究是被时间磨钝了。

时敏喝着咖啡，又问：“合作人背信弃义，梦想流产了？”

骆明镜平静地回答：“差不多。我和……发小，还有一个同学，我们三个人合作办毕业展，当时是规划好的，只要成功办起来，留学、名声、归国成立品牌，人生会很顺利……结果我运气太背……”

时敏微微皱眉：“也就是说，三个一起合作，其中两个人把你踢掉了？”

“算是吧……”

“那你是挺背的。”时敏道，“不过，给你一颗定心丸——人一般会在想要贪图他人利益时，做出背信弃义的事，所以你放心，无论是名还是利，我都不再需要，说帮你就是帮你，不会做出撕毁合约，贪图钱财，抢夺你创意之类的有损我人格和身价的事情。”

这是有名有利有能力的人才敢做的承诺，时敏可以。

“时敏，谢谢。”骆明镜心头微热，“我会努力保证你的投资不是做慈善。”

“不必太在意我，我的目的是让你开心，所以，成败是次要的，压力不要太大，事无论大小，只要做着开心就好。”

“你开心就好”这句话可能是时家人的家训，时家的父母对儿女这么说，时敏也对现在的恋人这么说。

骆明镜轻声道：“时敏……我很羡慕你，你的现在，就是我一直以来追求的理想状态。”

“那就成为我。”时敏指了指他，又指了指自己，“骆明镜，我今天来回答，一见钟情和见色起意的区别。”

“见色起意，我图的可能只是你，外表、身体，所有我能看到，其他人也能看到的东西。”时敏说，“而一见钟情，中意的是他们看不到的……你就是我，你身上那些相似的，能够让我有共鸣的东西，不用许多相处，只一眼就够了。”

骆明镜呆愣愣的，看着眼前这个永远自信、独立的女人，她比自己年轻，却比自己通透，她不必体验生活的艰辛苦辣，也没遇到过不去的坎坷，但她却活得明白，活得自我。

真羡慕啊……这样的人，也真幸运，能遇到她。

“你让我惊喜。”时敏说，“见色起意也有，是因为你的确秀色可餐，而且完全是我有兴趣品尝的口味，但我更多惊喜的，是终于有人，能让我一见钟情，我运气一向不错，对吧？”

骆明镜点头，差点流泪：“你是上天宠儿。”

“所以，跟我一起，你的运气也会很好。”时敏探过身子，隔着桌子摸了摸他的头。

骆明镜狠狠怔住。

时敏笑道：“他们都说，如果摸一个高个子人的头顶，这个人就会柔软下来。一样的道理，如果给常年不被人关注的人投来欣赏的目光，那他就会充满力量地奋斗下去。欣赏不是同情，蒙尘的明珠需要有人帮忙拭去灰尘，你有才华，不是庸才，所以我帮你。”

“骆明镜，不管之前摔得有多痛，这次，什么都别怕，张开翅膀，能飞多高就多高。”时敏说，“这次不会让你摔，有我在。”

合同签好后，时敏叫来 Fiona 给骆明镜做个人品牌的宣传策划。小姑娘饭点来的，尝过骆明镜的手艺后，挥舞着筷子，说道：“既然这里没有单身男性，我就不隐瞒食量了哈，姐夫可不要被吓到。”

骆明镜：“叫名字就好。”

Fiona 道：“不不不，姐夫，你别矜持了，这不是叫给你听的，你还是让我拍一下上司的马屁吧，快年底了，我还指望姐给我封个大红包呢！”

时敏慢悠悠道：“别贫了，吃了他做的饭，就要出一份对得起这顿饭的宣传策划案。”

Fiona 狼吞虎咽，边吃边说：“姐夫这种策划案好做极了！有才有貌做饭还这么好吃，就往国民老……”

“老公”两个字，Fiona想起她的奖金，迅速嚼碎随着饭吞了，补救道：“……国民哥哥上炒！”

她掰着指头数：“你看，长得好，个子高，会画画，会裁衣做小裙子，会做饭，会化妆，温柔款，声音还好听，还是个女装大佬！你瞅瞅，多少个炒点！多少少女梦寐以求的哥哥！给我一个我做梦都笑醒了好吧？！”

时敏拍板：“出个方案，适合他的，半年时间，每个月把数据报给我。”

“行嘞！”Fiona举着筷子对骆明镜发誓，“从现在起，你就是我亲哥！我以让你的品牌爆红为目标，尽心尽力为您服务！”

时敏挑了挑眉，笑道：“交给你了Fiona，务必让我看到效果。”

“绝对的！”Fiona说，“我看过姐夫的服装设计图，这么好的东西，我一定让它大红大紫！姐，你等着跟我亲哥过个好年吧！”

Fiona走后，骆明镜开了直播：“好久没直播，再不直播就要凉了……”

他拿了六幅装裱好的画作为长时间不直播的赔礼：“你们看喜欢不喜欢，喜欢了，我就送这些画给你们。”

“六天没直播，送六幅画，真会想，哈哈哈哈！”

“喜欢喜欢，一直都喜欢！”

“特喜欢你的画风，所以才粉到现在……”

“哈哈哈哈，楼上文化人，我就简单粗暴，就喜欢男孩子穿小裙子。”

“妖精，怎么送？”

想了想，骆明镜说：“微博吧……从转发里抽。”

他把漆好的琴从外面拖进来，说道：“琴也送，转发微博抽送。”

最抑郁的时期，骆明镜会做一些手工打发时间，因为在制作某件东西的过程中，会淡化世界的存在，也不会想太多。于是，五年时间，他练出了一双出神入化的巧手。

琴弦是他从乐器行买回来的，琴身则保留了原木的颜色，螺钿做徽，还加了白紫色的流苏装饰。

骆明镜慢慢说：“可以当练习琴入门用……123 厘米，伏羲式的，该有的都有，我感觉还不错，要吗？”

“选我选我！蹦起来让妖精看到！”

“我要哭了！我啊！一直想学来着！”

“妖精单身多年的手就是厉害……”

“楼上克制一下，本来想夸妖精的，忘词了……”

骆明镜拍了照片，直播发微博：“记得微博转发，月末开奖。”

不久之后，骆明镜发了微博。

明镜高悬照妖精：琴做好了，加六幅画，转发关注，月底抽奖［九张图］

照片里，穿女装的骆明镜笑着展示了他要送给粉丝的礼物。

而 Fiona 也收到了时敏帮忙转发的指示，回复了一个 OK。

给合作两个的营销号发完任务，Fiona 转过椅子，问旁边的同事：“记下数据，九点半让他们推送。策划案怎么样？切入点分析好了吗？”

同事点头说好了，在交给她策划案时，又压低声音，神秘兮兮地说：“大学肄业，不能炒高学历人设；没有国际知名作品，不能炒背景……啧，挺难的。”

“啧什么，咱二把手也是大学肄业。”

“时楚吗？他虽然是大学肄业，但出身背景不一样。要是咱炒二把手，我现在都能写一篇长微博营销文案出来。娱乐帝国太子和接班人，高智商高学历，为爱弃学，离家自己拼事业，两年内就在圈内立足，作品国际获奖，好莱坞重金聘请他去做金牌造型师，结果人家看不上拒了，富贵公子哥没学历也能炒成天才，起码二把手实打实地有作品，不一样懂吗？”

同事说：“大姐头让咱推的这位，本来长相就没路人缘，看着太傲，不怎么好炒，火候掌握不好，一把就煳，你再看看身价背景，大学肄业，没有作品，没知名度，我能怎么样？我也只能给他炒多才多艺人设了……”

“啧，你瞎啊！”Fiona 说道，“人家高考好歹能考上国内的 Top1，你看好学历好吗？”

同事摆手：“拉倒吧，服设肯定走的是艺术生，能考多高的分？”

“你歧视艺术生？现在风头最盛的服装设计师 Kevin 王，人家也是艺术生出身，怎么不见你歧视？呵呵，上次开个会，瞧你那巴不得要人家看你一眼的表情，说白了，你这就是阶级歧视……”

Fiona 心中愤愤想：捧高踩低，呸。

“哈哈……”同事尬笑，“我从来没歧视过谁，这要看实力。人家 Kevin 王大学毕业就国际成名，所以还是实力问题。时董包养的这个要是有能力早成名了，这年头，有才华是不会被埋没的，真的，妹妹你别不信，到他这个年纪，还混不成名的，说不好听的，就是自己没实力还没脑子呗。”

Fiona 撇嘴：“还是你瞎，人家设计的那么好看的裙子，你看不见？”

“看不懂。”同事耸肩，“不都那样？设计这种，要的是眼界，没眼界，那都是三流设计。”

“你这是偏见，先入为主。”Fiona 说，“再提醒你一遍，没事别乱说，被大姐头听到了，炒你鱿鱼！”

同事做了个缝嘴的动作：“不说了。”

夜里十一点半，骆明镜的微博转发奇迹般破了万。

Fiona 躺在床上，在热门刷到这条微博时，慌了：“要死……是不是太明显了？”

她点开转发看了眼，除了公司旗下的两个有合作的营销号，大多都是自发转的。

“火了？”Fiona 张大了嘴，“这是真火了？”

这条微博二十四小时热门榜第十七位，评论近两万。她又看了眼热门转发，记下了几个号，对照着检查下来，热门里十个转发，八个是没有合作的自发转。

Fiona 说：“女装大佬……就是能打。”

“Kevin 哥。”一家写字楼里，助理追上一个浓眉大眼、长相周正的西装男人，“你手机忘带了。”

西装男人接过手机，点头微笑：“辛苦了，早点回家。”

电梯里，他登上微博，看了几条评论和私信，删掉了几家地方电台的合作邀请，点开了热门。

叮——电梯到了一楼，门开了。

西装男盯着手机，半晌没动。

写字楼大厅里静悄悄的，电梯内男人的轻语，清晰地回荡着。

“骆明镜……”好久之后，他回过神，收起手机，按开电梯门，走出写字楼后，忽然笑了起来。

“岁月啊……”

他点开通讯录，找到李翔的电话，拨了过去。

那端响了两声后，接了电话：“王振宇？有什么事？你回国了？”

“回了。”王振宇舌头舔着牙，“改天见一面？你还在家呢？来京呗，我请你吃饭。”

“你现在是贵人，我可高攀不起，直说什么事？”

“哈哈哈哈……知道骆明镜现在在做什么吗？”

李翔愣了一愣，半晌回道：“提他做什么？”

王振宇摇头笑道：“真感慨啊……三流网红，穿女装卖画。”

沉默片刻后，李翔突然挂了电话。王振宇怔了怔，似乎不信他挂了自己电话，收起手机，吐出一句：“去你妈的。”

晚饭后，时敏抱着笔记本，问赶图稿的骆明镜。

“喜欢什么颜色？”

骆明镜推了推滑下来的眼镜，心不在焉道：“那要看用在哪里……”

时敏回答：“用在床上。”

图画不下去了，骆明镜盯着图稿，好半晌才找回声音，沉声问：“内衣吗？”

“嗯。”

“是不是为睡我做准备？要选战袍了？”

“聪明。”时敏说，“所以挑个颜色。”

“将军，你还是自己决定吧。”骆明镜抬起头，目露无奈，“问我的喜好，就像假仁慈，不管颜色我是否喜欢，最终都要脱了战袍把我收拾了，你说对不对？”

瞧瞧，多通透。时敏点头：“那我就随意选了。”

骆明镜连忙补充：“战袍就可以了，武器就不需要了。”

时敏淡淡答道：“嗯，不要多虑，对付你徒手就够了。”

当一个女人下单买成套的内衣时，这就是个危险的信号，它意味着在即将到来的夜晚中，这个女人将要拿过驰骋的指挥权，做好准备，主宰双人床上的战场。

骆明镜轻声低笑，过了一会儿，这位钝感系数高的先生提议：“我给你做一套内衣吧？”

时敏凤眸微微张大了些，嘴角不受控地勾了起来。想想看，你要俘虏的猎物亲手给你做战袍，然后，你披上这件战袍，第一个要俘虏的就是他。

她不动声色，问道：“内衣也会做？”

“当然。”骆明镜说，“我现在就能出一份设计图给你。”

他另抽出了一张纸，埋头画了起来。

时敏起身，双手抱胸，慢悠悠踱步过去，问他：“不量尺寸先出样式？”

骆明镜笑了起来，极轻地说：“人从眼前过，三围心中留。我可是专业的……总裁，第一眼就知道你三围了，这是设计师的本能。”

时敏低低笑了一声，不紧不慢地把他逼到了墙角。两人离得很近，骆明镜几乎要屏住呼吸，眼镜滑落到鼻尖也不敢抬手去扶。

时敏伸出手，缓缓帮他推上眼镜，手指轻抚着他的唇：“内衣若想舒适，是否还要考虑佩戴者的胸型？”

骆明镜回答：“上次你当着我面脱睡衣，我看见了……”

时敏歪头，眼中含着笑意：“嗯，看清了吗？”

“足够了。”对于专业基本功扎实的他而言，一眼就够了。

“这种，要用心做的东西，需要实地考察，综合考虑多方面数据。”时敏拉着骆明镜上了楼，“来，床上说。”

“啊……”骆明镜终于反应过来时敏并非是在说做内衣的事，她从一开始，就是打定主意要调戏他。

骆明镜微微笑了起来，乖乖躺平：“你来，任你调戏。”

时敏反复打量着他，末了，她说：“我真的很好奇，能打开你的钥匙在哪里。”

“什么？”

“你应该和我很像，但现在却意外的乖顺，还很被动。”时敏说，“你习惯性地顺着他人的意思去做，但你不是这样的人，你把自己的本性包裹住了，所以……怎么才能打开这层包裹，让我看到真正的你呢？”

骆明镜眉头微微皱了下，思索道：“我大概知道你说的是什么。我年轻的时候很横，有些傲，总想主导所有，后来吃了大亏，不敢了……还是包起来好，这样不容易疼。时敏……你是运气好，才能一直这样，所以我才说我羡慕你。”

“有故事的男人。”时敏躺过来，看着他，“也好，我有时间慢慢琢磨你，品味你。”

许倩倩一大早来叫门，骆明镜披着外衣去给她开门。

妹妹半只脚踏进门，就叫了起来："哥！你红了啊！"

"快进来，我关下门，好冷。"骆明镜哑着嗓子，把她请进门，从里面把店门反锁了。

店里很暖和，非常暖和，像一夜之间春暖花开的暖和。

许倩倩擦了擦暖出来的鼻涕，愣在了原地。

厨房加宽了，放了台洗衣机和新换的大冰箱，壁纸也换了，沙发长了，还添了茶几，铺了长毛地毯，锁着阁楼楼梯的门不见了，取而代之的是木质的台阶，两旁挂着画，通向上方的阁楼。

而更让她惊讶的是，二楼款款走下裹睡袍的女人。

木质楼梯咔噔咔噔响着，下楼的女人长发披散，凤眼微微挑着，含笑看着许倩倩，她眸光半敛，周身气势令人无法逼视，掩在睡袍中的身材也颇有风情韵味。

许倩倩半张着口，指着时敏："包……包养？"傻妹妹转过头，声音也不知道低几度，张口就是，"哥你被她包养了？"

她话出口的瞬间，就被骆明镜给揍了："男女朋友！"

兄妹俩安静下来后，骆明镜去准备早饭。

时敏伸出手，自我介绍道："时敏。"

"噢噢，你好，我叫许倩倩。"妹妹轻轻抓着时敏的指尖晃了晃，收回手，正襟危坐。

"我听骆明镜说过你。"

"嗯嗯，堂兄妹。"许倩倩像是被班主任训话，心里咚咚打鼓，不敢有丝毫怠慢，"你是……什么时候跟我哥开始的？"

"三个月前。"

许倩倩睁大了眼睛，浅浅的瞳孔中露着震惊。

过了一会儿，她不好意思地笑了笑，起身，悄悄溜进厨房，低声嗷嗷嗷表达被哥哥隐瞒的愤怒："怎么不告诉我！"

骆明镜说："迟早会见面。"

"那也要提前告诉我一声啊！"许倩倩说，"不过，哥，你时来运转了！"

她掏出手机，刷到热门微博第五，给骆明镜看："嘿嘿，火了！"

骆明镜脑袋轰的一下，死机了。

许倩倩开心道："爱情事业双丰收，不请客就说不过去了！你赶紧收拾收拾直播，今天你直播间的粉丝铁定多，我就知道昨晚你没看到微博，不然早打电话跟我说了。我就说嘛，微博最具人气的两种你都占了，一个男人女装穿得好看，一个是同人图画手，你要是蹭热点，估计更爆炸！"

骆明镜若有所思，他转过头，见时敏倚着门，正一口一口地喝茶。

他担忧道："是不是太明显了……"

"可能吧。"时敏不太高兴，给 Fiona 拨了电话。

Fiona 接起电话就知道她要问什么："姐！我拿我的年底奖金发誓，这真的是姐夫自带爆点啊！我们都没想到，我们现在在改营销方案，打算先停手一段时间，不然容易露出痕迹……"

"嗯，那你们看着办吧。"

许倩倩眨了眨眼，好像听懂了。她表情立刻严肃了起来，拉着骆明镜到厨房一角，压低声音问："她做什么的？"

骆明镜一时不知该怎么向妹妹解释，只好含糊着说："之前漫展我撞车的车主。"

"啥玩意儿？"许倩倩蒙了。

"……千真万确。"

许倩倩叫了起来："所以你签卖身契赔偿车主了？"

骆明镜忍无可忍，扳着许倩倩的肩膀晃动："你醒醒，你脑洞怎么总是走偏门！"

许倩倩嘿嘿笑了起来："玩笑嘛……我知道，这是缘分，真是奇了。"

时敏幽幽飘走，许倩倩连忙拉低骆明镜，小声说："这么火……网上会不会扒你，万一扒出来以前的……”

“应该没事。”骆明镜眼中闪过一丝低落，“时间过去这么久了，早该翻篇了。”

许倩倩撇了撇嘴：“也是，那群贱人也不可能自取其辱。哼，要是谁敢回来再提那件事，我这次就跟他们撕到底！”

骆明镜揉着她的脑袋：“没事，你好好准备申请材料，真要有人说起来了，你也别管这些，别被影响了。”

许倩倩怔了怔，轻轻点了头：“嗯。”

骆明镜通知粉丝们要开直播后，刚进入直播间，就被左上角的在线观看人数给震慑住了。

下方评论的滚动速度和观看人数的增加速度基本保持同频率，快速变化着。骆明镜惊得倒抽气，半天说不出话来，但看到那个惊人的六位数，忍不住先笑了。

大红大紫不至于，但这个粉丝数很让人神清气爽了。关注度高，果真是件令人开心的事。

老粉们见他进来，来不及夸他自觉穿上的女装和今天的妆容，先迅速刷屏：

“恭喜暴富！”

“妖精你红了呀！看把你给乐的，哈哈哈哈！”

“妖精！妖精苟富贵啊！”

“我为啥想哭，我泪点太低了……”

“快接广告！赶紧富起来！把你的服装厂办起来！”

“前面的小姐姐逗死我了，办也是办个人品牌的设计工作室啊，哈哈哈，服装厂是什么鬼……”

老粉们的祝福在新粉们成片的“来看看”和“小裙子好好看”的评论轰炸中，艰难地凭着暴富两个字，逐渐统一起来。

骆明镜低声说了谢谢，道：“今天没有直播计划，最近在忙着出设计稿，但还是要来感谢大家，因为昨晚红了……谢谢大家转发，其实我是早起才看到……来了好多新粉丝，所以今天就答新人问吧。你们问，我挑问题回答。”

许倩倩和时敏都在客厅。许倩倩主要是来找骆明镜补习意语的，时敏作为临时监护人，在画室窗台角给她收拾了个小书桌，让她专心复习。

不过，妹妹的复习状态不甚乐观，骆明镜开直播，她也偷偷点进直播间围观了。

有新粉问：“为什么叫妖精？”

“说来话长……”骆明镜笑道，“刚直播那会儿有个姑娘问我，为什么叫明镜高悬照妖精，我说因为里面有我的名字，结果她们不猜明镜，不猜高悬，偏说我叫妖精……好吧，妖精就妖精吧。”骆明镜想起时敏的话，眼含笑意，轻柔道，“毕竟，你们开心就好……”

“整容了吗？整了吗？开眼角打玻尿酸了吧？”

骆明镜沉默片刻，回答：“说天生丽质会不会被你们揍？”

弹幕飘过一大片“哈哈哈”，但这个新粉还在不停地问他整没整。

“开眼角了吧？”

“绝对整了，没整我直播吃键盘！”

骆明镜心情好，笑眯眯回答：“你说整了就整了吧……开心就好。”

“哈哈哈哈，妖精是中开心病毒了吗？”

“废话，你睡一觉睁开眼发现自己红了，能不开心吗？”

“哈哈哈哈哈，你们看他今天佛光万丈啊，哈哈哈，整个人都平和了。”

“妖精别理那些人，红了以后什么烦人精都来了！”

“哼，真是让人窝火。他一个画画做衣服的又不进演艺圈整容干什么？

你家卖衣服还要先整个容啊？”

骆明镜说：“淡定，翻篇。还是要说一句，我这人很好，戾气一点都不重，新粉们可以在这里放心卖萌。好了，问问你们，对什么比较感兴趣？可以点播……十八禁不考虑，因为肯定有未成年人。”

偷偷看直播的许倩倩嘿嘿笑了起来，笑完感觉头顶仿佛压了千斤石，抬头一看，“嗷”的一声叫了出来。

开小差被时敏抓个正着。

许倩倩大叫：“妈呀，吓死我了……”

时敏手指在她翻开没动的书页上敲了敲，示意她好好复习。

许倩倩唉声叹气，捂着嘴，压低声音道：“我哥让你监督……你还真监督。”

直播间里，弹幕纷纷问骆明镜：

“好像听到了女声？是女朋友？”

“原来不是我幻听？踢翻这碗狗粮！”

“不听不听，王八念经。”

骆明镜道：“是我妹妹。”他转过头，叫来了许倩倩，侧身让出位置，“来打个招呼，一句就可以。”

许倩倩欢呼雀跃地跑来，对着镜头比了个剪刀手：“大家好。给说个秘密，我跟我哥一起整的容，兄妹套餐，第二人半价。对了，还拉上我伯我爸我弟弟享受了家庭套餐，可划算了。别的就不知道说什么好了，给大家拜个早年，祝大家都活得有意思点，说话过下脑子！”

骆明镜连忙把她推了出去，轻声嘱咐：“好了，别闹，学习去吧。”

再坐回来，评论已经变了画风。

“兄妹俩真的好像啊……”

“刚刚问整没整的那位，看到你这么快就被打脸了我好开心。”

“妖精好坏啊，故意拉妹妹来的吧，不过围观打脸好爽！”

“你们兄妹俩是来凡间旅游的吗？”

……

骆明镜比了个手势：“可以了可以了，见好就收，不要吹过头了，会膨胀的……给你们速涂个福利吧，今天要赶图稿，再摸半个小时，让我想想画什么好呢……嗯，猫夫妻的床照吧。”

弹幕笑成一片。

许倩倩哼着歌出来，看见时敏，嘿嘿笑了笑，悄悄挪过去，小声感慨：“好神奇，竟然找了女友。说真的，见到你之前，我以为我哥这辈子不会找女朋友了……”

时敏微微挑眉，只听许倩倩接着道：“我哥一般对女人都是保持距离的……啊，他不是生理上排斥，你别误解他厌恶女性什么的，他主要是避嫌成了习惯……有时候，我以为他这辈子要孤独终老了……”

许倩倩竖起大拇指：“所以，您真牛，能收服我哥，太厉害。”

时敏默不作声，她望着里间的骆明镜，微微笑了起来。

骆明镜红了之后，很快就接到了不少合作邀请。

Fiona 开心道：“姐，很成功了！姐夫能留粉，所以我们后期撤了营销方案，真是给力啊……有合作意向的这几个厂家在国际上也颇有口碑，你让姐夫挑一个。”

半个月后，骆明镜和口碑厂家签了二十四节气系列的共同开发合同以及保密合同，迈出了个人品牌“镜·界”服饰的第一步，年后，将会以“镜·界”的名义，把节气系列投入到市场宣传中，正式启动二十四节气的市场项目。

月锋娱乐内，因快要到年底，公司上下几乎所有人都忙得脚不沾地。

王振宇敲了敲媒体部办公室的门，问道："小周在吗？我来拿三台跨年舞台设计的定稿案。"

办公室里只有实习生在，指了指前面的空位："都开会去了，前辈你找找看，上午周姐有说过，应该放桌子上了。"

王振宇笑道："叫 Kevin 就好，前辈就见外了。"

前辈就太土了。

他走过去，在实习生低头的时候，撇了下嘴，无声说了句：low 逼。

主策划编辑和 Fiona 的工位挨着，王振宇拿到定稿案后，开始打量 Fiona 桌位上的东西，一件件拿起来看，笑这个座位主人的粉红少女品位。

书立里还有几本言情小说，王振宇半嘲笑半鄙夷地瞄过去，抽出了小说旁边的一个文件夹。

摸鱼直播合同（分成转主推）

甲方：月锋娱乐摸鱼直播文化有限公司

乙方：骆明镜

王振宇眼神一凝，翻了几页，看到了一份营销策划方案：

市场营销部主播明镜高悬照妖精宣传策划案（拟订）

策划案上，拟订方案的人在骆明镜的学历后面画了个 ×，标注：大学肄业，宣传需避开。

王振宇回头看了眼实习生，哼笑一声，掏出手机，对着这份宣传策划案拍了照。

第五章

WOJIAFUREN
CAIMAOSHUANGQUAN

事业起步

时敏睁开眼睛，看到枕边人正盯着她的胸看，目光专注，又好奇又向往，莫名孩子气。

极具欺骗性的天真，时敏微微笑着，默默想。

这时，骆明镜的手指从被子里探了出来，小心翼翼又缓慢地戳了戳时敏的胸脯，只轻轻一下，蜻蜓点水，他就缩回了手，挑了下眉，笑意点亮了眸子，然而等目光上移，对上时敏那双微挑凤眼的时候，立刻止住了笑。

骆明镜眨了眨眼：“哦……你醒了。”

时敏轻笑出声，问他：“你刚刚做了什么？”

骆明镜承认：“忽然就想戳一下。”

时敏眯起眼睛，手伸进了被子里，摸了过去。

骆明镜捂着男人之宝贵器官，惊恐道：“不许碰！反应会更大好嘛！让我静静……你又不睡我，还天天撩我。”

“你是在委屈，还是在催促我睡你？”

骆明镜翻了个身，看着她的眼睛，发了会儿呆，轻声说：“我发现……有句话说得很对，对着一个人的眼睛看久了，就会爱上她……”

时敏讶然，伸手要去撩他的头发，骆明镜扭着身子拼命躲她：“不要！

洗完手再摸！我昨晚刚洗的头发！”

过了会儿，他又笑着卷着被子回来，轻轻在时敏脸颊上吻了一下，睁大了眼睛端详了会儿时敏，起身说道：“我给你修个眉。”

时敏想，有个这样的男友确实很不错，许倩倩也曾大力推荐过，说找骆明镜做男友很划算。

“买一送多！”许倩倩说，“会做饭，还居家，生起气来是疯狂做家务打扫房间，贤惠得要死。关键还会化妆，你太正经，玩不转他，你要是个二次元妹子，有了我哥，那等于天天换着花样睡男神啊，今晚想睡哪个二次元男神就点个牌，他给自己来个仿妆，那不就是你男神！多划算！你要是想看同人，他给你画，你点哪个他画哪个，拉郎拉娘统统不在话下，画你俩的私人小黄本都成，最关键的是，他还会给你做小裙子穿！你想想，美不美！”

时敏想：美啊，所以和他在一起，每天都很开心。

骆明镜取来了刀片，端起时敏下巴，轻声说：“你别动啊……”

他做事一直都很专注，连修眉也是，而他专注时，又非常有魅力。

时敏看着他，忽然就笑了起来，笑声听起来就很得意。

骆明镜收了手，无奈道：“为什么要笑……你笑穴在眉毛上吗？”

时敏握住他的手，轻轻亲吻了他的手腕。

“哎，又撩！”骆明镜不自主地发抖，酥麻沿着那轻轻的嗅吻，一起战栗至心尖。

骆明镜说：“我有时候很佩服你。”

“嗯？”

“不怕我是个坏家伙，谋财谋色吗？”骆明镜说，“你看，我现在的手上拿着刀片，很危险。真的很奇怪……你知道我前些天一直在观察你吗？在你睡着的时候……你真的是一点都不设防。”

时敏回答：“对我而言，识人，一周就够了，不过你确实是个特例，我直到现在都在挖掘中，但是，明镜，你知道我现在什么感觉吗？”

“你说……”骆明镜调整角度，端详着她的左右眉毛。

“我挖到了无价宝。”时敏说，“第一眼，我就知道，擦了灰，你会是价值连城的宝贝，但我没料到，你会如此让我着迷，我现在既想让所有人都看到你闪光的那一天，又想把你藏起来，只有我才能欣赏。”

骆明镜放下刀片，叹了口气：“好了，甘拜下风。”

快要圣诞节了，许倩倩翘了亲情补习课，和男友到市郊短途旅行了。妹妹这一走，也提醒了时敏，该跨年了。

恰巧骆明镜交了二十四节气的稿，时间稍微充裕了些，于是，总裁提议要他给自己放几天假，出去约会。

“普通情侣约会吗？”骆明镜说，“谢天谢地，你终于想起来咱俩是情侣不是夫妻了。”

总裁宣布追他以来，除了送玫瑰和第一次的女装约会，其他的，就如同一键结婚，立刻进入了同床共枕，按时一日三餐，在家趴窝诸如此类老夫老妻的相处模式。

“你想去哪里？”骆明镜趁机提议，“要不要去猫咖？我请你。”他语气中充满期待。

骆明镜之前在直播画猫和猫的萌画风小黄漫，后来画多了，索性开始画情景小条漫，一只橘猫和一只黑白猫的日常开车轻松小漫画，发表在微博上，反响格外热烈。

前几天有出版社找上门来商量出版的事，并让他想个名字。他征求时敏的意见，没想到时总裁这种正经人，竟然提笔在纸上写了个让人一言难尽的名字。

把你 X 得喵喵叫！

骆明镜拿着那张纸，深深地看了时敏一眼，说道：“原来你是这样的总裁。”

后来，漫画名字定为了《猫车驾驶指南》，出版社建议他新添几张开车姿势做出版番外，骆明镜想了想，决定到猫咖实地观摩。

时敏又是那句：“都好，你决定，开心就好。”

于是，约会日子定在了二十三号，平安夜前夕。

那天，小雪加大风，骆明镜和时敏出窝后，在瓶子胡同门口感受了会儿，回去添了衣服。

骆明镜拉过时敏的手，放在口袋中，说道：“等我回来给你织双手套。”

于是，时敏按下了立刻购买一双手套的想法，扯过他的一截围巾，裹在了脖子上，两人紧紧连在一起，小跑着到广场开车。

时敏好久没碰车，这次重新摸到玛莎拉蒂的方向盘，一时感慨万千。她边开车，边调戏骆明镜：“明镜，正式向你介绍，这辆车现在是我的一等功臣。”

“嗯？为什么？”

“因为它把你送到了我心里。”时敏说，“我要好好谢谢它。”

“姐，住口……我认输。”骆明镜笑道，“这不公平……我怎么总是被撩的那个，你要给我机会。”

“爱和情话，都是发乎内心，出于本能。”时敏说，“我掩饰不了，说出口才会安心。你不是能把爱说出口的人，但我能感受到。如果你说不出口，那我来说给你听就好，不必追求外在表达，关注你的人，自然看得到你的真心，认真做你自己就好。”

骆明镜目瞪口呆，摸向心口，那里发烫，烫着他的手指，令他万分温暖。

骆明镜在猫咖揉了一天的猫，时敏就坐在角落里，喝喝咖啡，看看杂志，偶尔摸出手机，拍几张照片，看着骆明镜捧着素描本，追在猫的屁股后面，捕捉猫的神情变化。

两个人在猫咖一直待到晚上十点，出门之后，看着旁边空荡荡的马路牙子，时敏第一次明显地露出了呆愣表情——

她停在猫咖旁边的车不见了。

“这里不能停吗？”

“可能停错了……”骆明镜说，“应该是被拖走了，打电话叫出租吧，先回去……”

时敏环顾一周，说道：“来的时候，你不是笑我不会骑自行车吗？”

“嗯？”骆明镜好奇，“你是想骑共享单车回去吗？好冷的，而且没后座，我载不了你……”

“我确实不会骑自行车。”时敏说，“但我会开电动三轮。”

“啊？”

“很早以前，我假期回国，时楚辍学逃家，第一次租房被人骗，不敢跟爸妈说，让我过去帮他搬家，邻居借他了辆三轮，我就拉着他跟一车的家当，把他从城东载到城西，时楚就窝在车上哭，当时还没带纸，我让他用桌布擦，他不舍得，特别丢人。”

骆明镜顺着时敏热切的视线，看到了对面的那辆收旧品的电动三轮。

时敏说：“忽然很想回味一下骑三轮的感觉。”

骆明镜忽然就笑了起来，说：“那就走，我陪你冷风中疯一回。”

收旧品大爷开了价，时敏买下这辆三轮后，载着骆明镜上路。

夜晚，路上车少人少，时敏说：“你扶好，我来试试这辆车能飙到多少码……”

话音刚落，电动三轮就飙了出去，整个车都要飘起来，骆明镜迎着风哈哈笑了起来，解下围巾给她围上，说道：“总裁疯了……”

一辆路虎从旁边开过，司机按下车窗，很是诧异地看着这两个衣着光鲜的傻子。

骆明镜笑得不能自已，时敏瞄了一眼司机，座下电动三轮“轰”的一声，超过了路虎。

路虎司机像发现了新大陆，不紧不慢又超过了他们，炫耀般看了过来，骆明镜双手帮时敏暖着耳朵，说道：“又带疯一个……”

时敏道：“看我超过他。”

话毕，再次超过路虎，风驰电掣，冬天的寒风像刀片，直接怼脸，但这两个人却像俩傻子，哈哈笑个不停。

两辆车就在这条人烟稀少的马路上飙着，直到有人报了警，巡警开着车追上来，让时敏路边停车。

路虎司机一脚油门跑了。

时敏和骆明镜冻得一脸泪，还带着笑容，一扭脸，把巡警给吓了一跳。

骆明镜哆嗦着白了脸，紧张道：“惨了，要被批评教育了。”

“你热吗？”时敏却说，“我好像冻热了。”

“我感觉不到。”骆明镜说，“我麻了。”

疯狂一把的后果就是，第二天起来，两人双双感冒。

骆明镜哑着嗓子直播画猫图，时敏就坐在镜头看不到的地方，抱着姜汤，传字条交流。

——有些困。

——昨晚你太疯了。

——我睡一觉，腿伸过来，枕一下。

骆明镜把腿伸了过去，时敏枕着他的腿上，在手机上打下一行字。

——月底跟我回家吧。

骆明镜停住了，弹幕都在问他为什么忽然愣住。

骆明镜缓缓笑了起来，他说：“忽然想到，下期，就画大橘到黑白双拼家里过年吧。”

弹幕疯狂刷屏：

“终于！！！”

“哟！大橘终于要见公婆了啊！”

“黑白威武，终于把大橘骗回了家！”

“过完年是不是就要结婚了！”

“我一个奔三的人，竟然在关心两只猫的家长里短……”

“我竟然很紧张，这是怎么回事！希望不要是恶婆婆啊！”

骆明镜轻轻纠正：“是见丈母娘和老丈人……”

骆明镜直播织毛线手套，时敏就在他旁边的躺椅上看 K 线。骆明镜感冒没好全，带着鼻音讲解，弹幕里猜测他是不是在给女朋友织手套，他则专心给手套钩花瓣，眼镜滑落在鼻尖上，摇摇欲坠，但腾不出手去扶，织到手指时，他倾身，拉过时敏的手，用毛衣针比画了长短。

时敏把手翻过来，五指落到他的手掌心，轻轻挠了挠，撩拨着。

骆明镜舒开手，慢慢握拳，包住了她的手，脸上也多了一丝微笑。

时敏笑了笑，扔下平板电脑，侧过身把他挂在鼻尖上的眼镜推了上去。

前面的动作在镜头之外，然而推眼镜的动作却恰被镜头捕捉到，直播间眼尖的粉丝们，都看到了出现在视线边缘处的手指尖了。

“真有女朋友！”

“所以是给女朋友织的吗？”

“刚刚是去比画合适不合适了吧，恰巧要织手指了。”

“哼！男人有钱就变坏，我不听我不听，我就要妖精姐姐娶我！”

“去年是谁说，这辈子只会有只猫不会有女朋友的！”

骆明镜这才抬头看了一眼，扫到关键词，回答：“嗯，我有女朋友……你们看见了？都好厉害……嗯，她就在旁边。”

粉丝们立刻要求女友出镜。

骆明镜转头问时敏：“你想过来打个招呼吗？”

时敏勾了勾手指头，让骆明镜举起一只手，她自己也伸出一只手，两只手在镜头面前，摆成了一个心，随后，她动了动手指头，哼声一笑，慢慢收回去了。

弹幕疯了：

“猝不及防，一嘴狗粮。”

“正宫这么嚣张！公开屠狗？这是不把吾等放在眼里啊！”

“公然秀恩爱！火把帮在哪里！ FFF！”

“耳机党听到了皇后娘娘的冷笑！”

“我也……笑得我心里一酥……好攻！”

“妖精在手，俾睨天下，女友很得意嘛。”

“所以……女友其实是女皇陛下？”

“可以可以！疯狂打 call！这种 CP 我吃啊！看似妩媚的纯良妖精和冷酷无情的女皇陛下！”

“嘤，心脏！暴击……妖精，你画不画自己的小黄本？求开！”

骆明镜立即摇头，无比坚决道：“打死都不画！”

等晚上关了直播，骆明镜刚一转头，就被时敏按倒在电脑桌上，口舌交缠吮尽滋味后，时敏凤眸含情火，低哑的声音像带倒刺的豹猫舌头，刮着骆明镜的耳膜：“画吧。”

骆明镜被撩到心乱，好半晌才收拾好，疑惑出声：“画什么？妖妃和女皇陛下？”

“你，我。”时敏的手轻点在他的唇珠上，慢声道，“和床。”

这些引人遐思的言语忽然撩拨，让骆明镜差点失守，继而，又不好意思，抬起胳膊，遮着眼睛笑出声来：“你可真是……”

平静之后，骆明镜推开时敏站起来，如同得道高僧，神色平和道：“你又没睡我，我可画不出来。”

“你怎么画，我就怎么睡你。”时敏挑眉微笑，“完全可以把画册当做实验手册，或者……你可以叫它梦想成真的参考书。”

时敏悠悠道："只有你想不到，没有我做不到。"

吃到妖精的实干家，她这么自信，骆明镜是完全相信的，时敏就是个实干派，行动力、执行力非一般人能比，能想就能做，敢想就敢做，从不会犹豫，也从没见她说过做不到。

所以，千万不要跟总裁在这种领域比，稍不留神就会被压制。

骆明镜瞬间破功，他拥着时敏，轻吻她眉心，之后说道："别急，等缝纫机到了，我就给你缝制战袍，到时候陛下披上战袍，定能不战自胜，我甘做俘虏。"

而在位于市中心CBD区最高写字楼中间楼层的寰宇个人工作室内，助理焦头烂额地挂了电话，打断正在会议室总结会上滔滔不绝描绘明年订单蓝图的王振宇，说道："Kevin哥……三台刚刚的跨年彩排结束，说咱们负责的凤舞新春领舞的那套压轴凤羽舞裙跟伴舞和舞台色彩不怎么搭，他们说会把彩排视频发过来给我们看，说是领舞的那身凤羽挺好的，但台里的一把手说有点杂。"

王振宇停下来，反问道："不搭？那是我们的错吗？"

助理讷讷道："我也觉得是灯光的问题……但是刚刚三台的贺编导说，让我们按照领导的意思，把领舞的凤羽去掉一层，他说是……太鲜明了，对伴舞们不友好。"

"那找伴舞们的服装合作方商量。"王振宇明显生气了，"到现在这时候让我们改主打，可能吗？不挑灯光的问题，不挑他们伴舞服装太次的问题，说主角太突出？Excuse me？"

小助理没敢说，前两次带妆排，三台的舞美总监专门跑过来跟他们沟通过，提出的建议也是稍微去掉些元素。

那时，三台的舞美总监说的是："我们今年的灯光秀和3D舞台是主打，灯光上就不能再动了。关于这个凤舞新春，它是个压轴的合家欢，虽然热热闹闹有领舞不假，但它是个群舞。咱们上次说过，领舞的衣服头饰，最后和定格灯光以及背后的群舞们一起，整个舞台效果是，领舞凤头，群舞凤羽，一个大的凤凰，俯视效果是平面凤凰张开翅膀，航拍给个定格镜头。我看了，咱这个服装造型的要求是都做到了，但有点小建议，领舞的这个服饰造型元素太多，分不清主次感，到时候跟灯光一搭，观众有可能只看领舞，忽视掉整体的舞台凤舞效果，所以……”

那时，王振宇的回答是：“我懂你的意思。行吧，交给我们，我们再改一版。”然而转过头，他就骂对方集体主义绑架个人审美。

“他懂什么？那些元素能扔吗？外行不知道，我们做专业的，也要犯这种被甲方审美绑架的低级错误吗？”

之后，工作室只是把凤羽舞衣改浅了颜色，发了出去。

小助理不敢吭声，也不知道该怎么办，有人劝道：“体制内嘛，能理解，领导的意思最大，这些没办法避免，Kevin 哥别气。”

王振宇对小助理说道：“我先开会，三台的事等会儿再说。”

“可是后天就……”

王振宇不耐烦地摆摆手，对会议室的人继续讲道：“今年效益不错，所以，我们是时候向更远的地方看了。明年春季的新品市场，我们要一鼓作气拿下。Ashley，我让你联系杨影后的工作室，邀请她来做我们寰宇春季新品代言的事怎么样了？”

“经纪人说杨鹤要先看我们的风格再决定。”

王振宇自信道：“你有没有跟她说，我是中国鹤系列的设计师？你经验少不懂，和这些在国际国内有人气也有点口碑的戏子合作，是要先把招牌说出去的，不然人家以为你是来蹭戏子热度的。”

小姑娘愣了愣，她是杨鹤的粉丝，老板突然说自己女神是戏子，她声音有些变了调，道：“说了……我发了几张新品的模特试穿图过去，现在还没回复。”

“一定能拿下。”王振宇道，“我当年的中国鹤系列享誉中外的时候，她咖位还没到，识货的话，肯定选择当我们的代言人。”

年末，骆明镜跟着时敏到了月锋娱乐，他拿着“镜·界”的二十四节气成品图，以及立春的一套连衣裙样品，走进小会议室。

会议室只有三个人在，时楚、杨鹤，以及杨影后的经纪人，大家彼此不交流，气氛怪异。

时敏神色自然地坐下，让骆明镜把图册递给了经纪人。

骆明镜双手递过去，说道：“这是二十四节气系列的衣饰成品图，立春打算元旦过后开始宣发，三月初上市销售，样品我给您带来了，谢谢您能来。”

杨鹤摘掉墨镜，接过图册，翻开，先看了一眼骆明镜。可能没见过这么漂亮的设计师，杨鹤惊讶：“你是设计师？”

“嗯。”

杨鹤把目光移向了图册，本来只是出于面子，过来给老东家帮帮忙，拒绝的腹稿早就打好了，然而寥寥几眼后，她认真地翻看起来。

“谈合作吧。”时敏察觉到杨鹤的表情，带着浅浅自豪的笑意，“元月份宣发，还请鹤姐这两天安排好时间拍宣传照。”

杨鹤放下了图册，交叉着手，皱眉不语。

时敏让骆明镜拿出合同，推了过去。

杨鹤笑了一下，把合同交给了经纪人：“看吧。”

经纪人瞪大了眼睛，满脸不可思议，杨鹤轻轻点了点头，表示愿意签。

时楚探身拿过那本图册，快速翻完，说道：“你这个风格……”

“嗯？”骆明镜聚精会神，“楚哥有什么建议吗？你说。”

时楚顿了半晌，道：“……很熟悉。”

十二月三十日，骆明镜给时爸时妈准备的见面礼——情侣毛衫，正在进行最后的锁边。

情侣衫是浅蓝色的，胸前都用毛线钩出了立体的花体字，一件是张女士，一件是时小弟，这是骆明镜请教时敏后添上的。

得知月末要去时敏家见家长，骆明镜从半个月前就开始紧张，只准备礼物这件事，都让他忧愁到辗转反侧彻夜难眠。

“不然我给阿姨做条裙子……”这是骆明镜最初的提议。

时敏却歪了楼：“你看我妈，也是一眼知三围吗？”

骆明镜没敢吱声，后来，在时敏好奇又探究的眼神威压下，侧面回应道：“……你爸的三围我也知道。”

然而他第一次见家长时，因为发烧，精神状态十分恍惚。即便如此，也能一眼定三围？时敏暗暗佩服，评价：“你专业素质够硬。”

“有些东西不能生疏，尤其是用来吃饭的本事。”骆明镜说，“而且，我喜欢这个职业，我就要对得起它，对得起自己，最基础的东西最不能被丢弃，它是支撑整个梦想的基石。”

他说起本职工作时，一直都很认真。不过给时妈做裙子这个主意，时敏否决了：“我爸我妈最好送一样的，准备情侣衫吧。”

“你爸妈会穿情侣服吗？”

时敏却支着额头，幽幽笑道：“把‘你’字去掉该多好。”

“正经点。”骆明镜道，“那我就做情侣衫了。你爸妈有什么爱情故事能讲吗？我添个小设计。”

“张女士和时小弟。”时敏说，“爸妈之间的爱称。”

“你爸妈……”骆明镜有些好奇，但不知该不该八卦这些。

“青梅竹马，我妈是当年院子里的孩子王，好像他们那个年代，女士这个称呼听起来很厉害，所以我妈自封张女士。工作后，两人还有合作，我爸依然称呼她为张女士，她向旁人介绍我爸，就说时枫是我小弟。”时敏说，“据我妈口述，我爸当年的求婚语是……永远追随你，张女士，当然，我妈的回复是，永远罩着你，时小弟。”

“姐弟恋？”

时敏点头：“你猜年龄跨度多大。”

“你要这么问的话，那应该不是三两岁了。”骆明镜蒙了一个，“五岁？”

“八岁。”

骆明镜默默咂舌。

时敏说：“我妈工作时，我爸还在读中学。据我妈回忆，当年跟在她屁股后面唯她马首是瞻的小屁孩里，我爸年纪最小，她跟别人打战壕，我爸是她钦点的吉祥物，永远拽着她衣角站在旁边跟着她。”

“上次你爸爸来……”骆明镜说，“很严肃。”

“你怕他？”时敏笑，“这次一起吃个饭，以后就不怕了。走吧，我都提前说好了。”

三十一号晚，时敏领着骆明镜回了家。

饭菜早已摆满桌，张女士热情欢迎。

时小弟和他儿子默默坐在餐桌边。电视开着，正在放娱乐三台的跨年晚会，两个人边看边点评，不过，大多数时候是沉默的。

骆明镜送出亲手做的情侣衫，张女士笑容满面：“有心了，快坐吧。”

真开饭时，倒也没有多少尴尬感，虽然除了张女士，姓时的三位一般都不怎么说话。

不一会儿，张女士仿佛摸清了骆明镜的脾气，知道他有问必答，有话就接，非常适合陪聊，于是话匣子收不住了。

来的路上，时敏已经给骆明镜做过预警，她直言道：“我妈表演欲望很强烈，你要想聊了就接几句话，不想聊了就别理她。放心，不会冷场，她自己会转场。”

今年三台的跨年是怀旧主题，请了不少老一辈艺术家，还有那些陪伴大家童年的老剧，早已停播的老节目。

这个环节一出现，张女士就说：“当时小贺还邀请我参加，那时候还没回来，又嫌累，就拒绝了小贺，哎，忘了答应了，我要站台上去，好多已经长大的小朋友肯定会激动吧。”

骆明镜忽然愣住，他一直觉得时敏的妈妈很眼熟，声音也熟悉，但没深想，现在忽听她这么说，又看上台了几位以前主持少儿节目的主持人，犹疑道：“小东姐姐？”

“哎！小朋友真聪明。”张女士歪着头，笑了起来，“小朋友们，大家好，欢迎来到风筝快车，我是你们的好朋友小东姐姐，风筝快车——”

时家的俩男人同时举起手，接道：“呼噜呼噜转！”

张女士转了转双手，展开，笑道：“精彩节目——”

骆明镜惊喜道：“就要开始了！”

整个餐桌上，只有时敏一脸淡定地吃饭，其他三个男人开心得不得了。

“您是小东姐姐！”

三台以前，有个陪伴无数孩子童年的动画节目，叫风筝快车，在每晚的国家新闻之前，小朋友们放学回家吃饭的黄金时段开播，第一代的主持人叫小东姐姐。

骆明镜惊喜得不得了，激动道：“我还给您写过信，小学一年级的时候，当时不会用信封，也不知道要贴邮票，画了好多画，自己做了信封，给小东姐姐的一封信，上学的时候路过邮局，悄悄塞进了邮筒里。”

“哈哈哈哈，我的小粉丝。”张女士眉开眼笑，指着旁边的时爸，“他跟我儿子都是我的忠实观众。”

时楚得意道：“妈还主持节目的时候，是我最风光的时候，恨不得站在国旗台下对全学校的学生喊，你们喜欢的小东姐姐是我妈。”

时小弟微微一笑，目露怀念。

“哈，小朋友。”张女士道，“我跟你爸结婚的时候，你爸也这么说，想跑到街上对所有人喊，我娶了小东姐姐。”

“是的。”时小弟点头。

张女士笑眯眯地看着骆明镜：“这个小朋友也很开心嘛，惊喜吗？”

“非常！”骆明镜竟然带了哭腔，“您不知道你对我多重要，小学的时候，每天放学回家，期待的就是您的节目……对不起，竟然没一眼认出您。”

“瞧这个小伙子。”张女士假装叹息，“我老了，好多小朋友们都认不出了。”

“不是……”骆明镜说，“可能是我当时太小，记忆有点模糊……就还记得您声音，但第一时间没想起。”

吃完饭，三台的跨年也到了高潮，进入了主题歌舞阶段，备受期待的凤舞新春结束后，时楚道：“江郎才尽。”他评价的，是这次由寰宇工作室助力的主舞服饰。

时小弟说：“人一辈子达到一次巅峰就不错了，不要苛求。”

时楚对时敏说道：“Kevin 之前找过杨鹤。”

时敏一边剥着橘子，一边问时楚：“寰宇找她当代言人？”

“被拒了。”时楚说，“听说 Kevin 很生气。”

“如果是中国鹤系列，我估计她会有兴趣。”时敏道，“但最近的设计，不提也罢。杨鹤对时尚的敏感度还是很靠谱的，要以 Kevin 王现在的水平，她看不上也是正常。”

骆明镜沉默着，他想说些什么，手紧紧握着，然而最终，他放弃了。

气氛很好，阖家欢乐，他不能提一些事，慢慢来……骆明镜想，他总要找个时间，把想说的话告诉时敏。

时敏，会信任他吧？

“一年一度，送你个礼物。”餐后水果吃完，时楚拍了拍时敏的肩膀，上了楼。

时敏跟着上楼，时楚道：“关上门，有东西给你看。”

不用问，时敏也猜到了：“你查骆明镜了。”

“对。”时楚说，“我看你认真了，我查了他，还没对爸妈说，先给你看。”

时楚说：“两份。”

他打开抽屉的锁，取出一个档案：“看这个。”

时敏打开档案袋，抽出了一本医疗记录。

“时间是四年前，PTSD，创伤后应激障碍治疗。”

时敏的眼神骤然变了：“具体原因没写？”

“就算我认识他的主治医师，人家也有职业操守。”时楚说，“这是病人隐私，不会透露。”

“还有一份……”时楚又拿出一份档案，“他开不出无犯罪记录证明，所以我重点查了。”

时敏看了一眼，兄妹俩相对无言。

房间里静了好久，时楚说：“被拘留过倒不是什么大事，但还是请你慎重。”

时楚观察着时敏阴郁的脸色，叹气：“唉，新年送你这样一份礼物，我太坏了。”

“我来查，你不用插手了。”时敏沉声道，“先别跟爸妈说。”

时楚点头：“你悠着点。”

“嗯。”时敏说，“我信他，我会查明白的。”

公历年后的第一个星期，新年第一场雪过后，冰箱空了。骆明镜起了早，到菜市场扫荡，鸡鸭鱼肉样样都来了些，挂在车把上，晃晃悠悠骑回来，取回送奶工放在门口的酸奶，进画室，打扫完毕，上楼叫时敏起床。

时敏这姑娘很神奇，她休息后，就像上足了发条，没有起床气，也没有迷迷糊糊清醒的那一小段时间，她睁开眼，就是满格电量。

时敏穿衣，起身，套上毛衣，顺手钩着他脖子啄了下巴。

骆明镜心中暗动，眸色沉沉，笑她：“总裁，我这条鱼腌到来年了啊，你还吃吗？”

时敏哼笑一声，快速洗漱。

骆明镜道：“我年底一直做着心理准备，没想到你竟然把无性同居生活拖到了新的一年。”

时敏吐出漱口水，抬起头，镜子中的一双凤眸微微眯了眯。

这个问题，时楚问过她。

哥哥还是热衷于打探她的下半身生活，年底送了时敏两份令她心情阴郁的大礼后，问时敏：“床上有什么心理障碍吗？”

时敏道：“没试。”

时楚惊讶得差点绊瘸，从椅子上跳起来的姿势都歪了：“都什么年代了？玩感情你不试硬件水平？你在干吗？养儿子？”

时敏笑得很沉郁，她道：“我在磨刀。”

她从看上骆明镜的那刻起，就敏锐地察觉到了他藏起来的利刃，如同明珠蒙尘，如同名刀卷刃，落入凡尘俗世，在街口菜市，无人问津。

他太钝了，宝刀落入贼手，被岁月风雨侵蚀，渐渐生了锈，包裹住了本该雪亮的刀光和锋利的刃。

时敏不想去问他为何会生锈，她只是不动声色、不疾不徐地打磨着他，一点一点，让他一层层褪掉铁锈，露出锋利的刃。

时敏低声对着镜中，嘴角带着期许和自信的女人说道：“就快了。”

她亟不可待又慢条斯理，她等待着那天，亲手腌入味的鱼，亲手打磨出的刀，亲自品尝，品味最巅峰的味道。

时敏下楼，骆明镜让她先吃早饭，自己则在厨房收拾鸡和鱼。

家里的厨具基本都拿了出来，新添的烤箱正在工作，边上的打汁机搅碎水果，与酸奶混合在一起，逐渐染上了颜色。

时敏挑眉：“心情好？”

骆明镜露齿笑，回答：“今天宣传上线。”

对了，今天影后杨鹤拍摄的二十四节气立春主题的服饰宣传视频就要发布，一周前骆明镜已经看过视频了，他一直在期待着这一天。

时敏看了表，吞下面包，道："晚上九点才发布。"

"我知道。"骆明镜哼着歌，一小段节奏明快的风筝快车童谣结束，笑着说，"我在准备晚餐。"

时敏想起了她手上查到的那份档案，若有所思地望着厨房里愉快忙碌的男人。

那是份相当漂亮的档案，以海市高考文科第二名的身份，选择了最顶尖大学的服设专业。

专长里的书法、绘画从小开始就获奖无数，一路荣耀。

他的大学档案里，除了未完成学业大学肄业，其他的，都很夺目。

学科成绩，专业课学年排名，意语 C2，英语水平……

这样的人，即便是谦虚成习惯，也会掩不住眉梢与生俱来的傲气。

然而，第一眼见他时，这些该有的全然不见，只剩死气沉沉，连露出的目光也小心翼翼。

好在，时敏看向现在的骆明镜，如同小荷露尖，她从他的眼睛里，从愉悦的笑容中，看到了逐渐在恢复的本色。

昨日，时敏的特助小皮已经到达了海市，如进展顺利，她很快就能知道他身上为何会背负那样不堪的罪名。

骆明镜还准备了新年彩灯，时敏把彩灯往画室招牌上挂时，忽然安心了许多，她不是傻子，她也从未对谁看走眼过。

眼前，是硕大的四个字，正直画室。

时敏笑了笑，扛着梯子进画室，猫一样无声地走进厨房，圈住骆明镜的腰，脸埋在他的驼色羊绒衫中，低声道："骆明镜，冬天即将过去，春天还会远吗？"

骆明镜自然而然地接道："我的心声像灰尘和火星，把沉睡的大地唤醒吧……”

两个人谁也记不准原本的诗句，却依然可以对接上。

时敏搂紧了他，道：“真好。”

“朋友送了我一对珍珠鸟。”骆明镜果然是心情舒爽，一边包着馄饨，一边接道，“信赖，往往创造出美好境界。”

时敏松开手，笑他：“是冯骥才的吗？”

“嗳？”骆明镜惊喜道，“你竟然知道我在说什么！不错嘛总裁姐。”

他把面粉抹在了时敏脸上，开心地笑着。

时敏捉住他的手，垂下眼，轻轻吮着他的指尖。

从雪莱到冯骥才，从《西风颂》到《珍珠鸟》，风马牛不相及的两样东西，成了情侣在晚饭前，最家庭式的默契。

“我信你。”时敏心中默默说道。

温馨晚餐结束后，骆明镜打开杨鹤的平台界面，盯着墙上的表，紧张又期待地等着。

“是九点发吗？”

时敏把他拽到沙发上，按在怀里，一手玩着他的头发，一手捧着书看，她淡淡道：“九点左右，不一定九点整，别着急。”

她手指绕着骆明镜的头发，绕两圈，松开，感受发丝滑走的感觉，再擒住，绕上。

骆明镜笑问：“你是喜欢我，还是喜欢我的头发？后者多一点吧？”

时敏看着书，似心不在焉，轻声回答：“喜欢你到连头发丝都喜欢。”

骆明镜翻了个身，抱着她的腰咯咯笑了起来：“服气了，总裁，最撩的就是你。”

时敏的撩人技术可能是天生的，她自己倒是很真诚地对骆明镜说过：“我只是说了我想说的，看到你喜欢，我很开心。”

骆明镜想，有时候情侣之间说真话，效果意外的好。

他渐渐收了笑容，闭上眼，均匀呼吸着。在她手指柔软的轻抚和发丝尖儿传来的舒服摩挲中，骆明镜想：“我要找个时间，告诉她……”

他微微皱起眉，只是一个想法，就如触动了旧伤疤，仿佛已经体会到了再次撕开给她看的疼痛感。

杨鹤的微博平台数字跳动了，她发布了新微博：

演员杨鹤：遇物尽欣欣，爱春非独我［视频］@镜·界立春知春色

时敏放下书，点开视频，拿给骆明镜。即便是之前看过，骆明镜仍是一眨不眨地认真看着，他笑着说：“真好，杨鹤会接代言……时敏，谢谢。”

“杨鹤眼光高。”时敏说道，“她从不会看面子接代言，她接，就证明你有实力。骆明镜，在我看来，你已经成功了。”

“只是第一步。”骆明镜说，“还差得远，我心里知道……有差距的。”

时敏默然。

私下里，更懂行一些的时楚跟她说过：“骆明镜水平很高，他的这套不仅出彩在整体创意框架，他作品呈现的风格，很像巅峰时期的王振宇，只是中国鹤系列要更明艳骄矜些，他的节气系列要更谦逊些，可能还是他没敢放开手脚。”

但不管怎样，时楚是拿当年惊艳中外的中国鹤与骆明镜的节气系列做比较，她想得没错，骆明镜是颗明珠，他缺的，从来都只是机会和平台。

骆明镜看了三遍才舍得转发微博。

明镜高悬照妖精：姑娘们，之前说的新春礼来了，希望你们喜欢。谢谢@演员杨鹤支持代言，姑娘们@明·镜 第一节气立春马上就要上市了，立春知春色。

刚转发，刷新后评论区就过了百，好多来不及打字，先按了一串感叹号。

“竟然是杨鹤！”

“妖精你这不是时来运转是大发啊！说你是不是悄悄中了十个亿有钱请大腕了！”

“这个厉害了！”

“杨鹤？我去啊……杨鹤？我的男神和我的女神合作了？我不是在做梦吧？”

“我使劲掐了我男朋友一下，确定这不是在做梦！”

过了不久，电话打了进来。

许倩倩惊声尖叫：“哥你怎么也不提前跟我说！啊！你怎么请到杨鹤的啊！我的天啊！”

骆明镜轻轻笑了起来：“倩倩，我迈出这一步了。”

“哥……”许倩倩说，“我都要哭了，我说过的，你可以！你能做到的，你看！”

挂了电话，骆明镜笑着发呆。

时敏道：“好了，明早再看，睡觉吧。”

“时敏。”骆明镜转过头，忽然抱住她，紧紧搂着，“总裁，谢谢你。”

第六章

WOJIAFUREN
CAIMAOSHUANGQUAN

抄袭风波

躺下没多久，时敏的手机振动起来，来电显示 Fiona。

刚拿起手机，提示标发来，时楚也打来了电话。

时敏立刻清醒，坐起身，沉沉道："说。"

听到一半，时敏扭开台灯，把骆明镜拉了起来："你的设计图，有给别人看过吗，除了我们。"

骆明镜呆了一阵，脸色苍白道："什么意思？"

"可能撞了。"时敏说，"国红去年年底签了份合同，设计稿和我们的差不多，也是节气系列。他们的负责人刚刚给我们的合作方致电询问，等下双方会拿着设计稿碰一下，看看撞了多少处。你别慌，想想看设计稿有没有泄露的可能……"

好久之后，骆明镜说："有，我妹妹。"

时敏点了点头，那边交代完 Fiona，这边交代骆明镜："打电话，跟她说一声，跟我们一起去。"

"但她不会的。"骆明镜说，"她一定不会的。"

他着急道："她知道我最怕什么……我妹妹不会的，她再喜欢也不会盗图……”

时敏说：“有可能是撞了，你别急，我们这边先宣发，等下再看具体情况。”

骆明镜神色恍惚，目光涣散，喃喃道：“不能这样……不能……”

他不想再摔，不愿再次，在快要触摸到梦想巅峰时，意外坠落。

一只手轻轻地搭在他的肩头上：“没关系，有我在呢，没事的。”

骆明镜没跟许倩倩说叫她来做什么，他和时敏等在小情侣同居的楼下，车内气氛很凝重。

许倩倩出来了，开开心心的，先用肩膀撞了一下骆明镜，贺了喜，才问他。

“什么事？”

“你……拿我的稿出仿图了吗？”骆明镜问道，“节气那个。”

许倩倩的笑意迅速消失了，她说：“仿了。”

骆明镜是她的专业标杆，以前艺考前，哥哥出什么图，许倩倩就会跟着画一遍，揣摩学习。虽然骆明镜说过很多次，最好不要这么做，会影响她自己以后的创作风格，但这么多年了，无论上学还是专业选择，几乎是复刻哥哥之前规划的人生路的许倩倩，并未改掉这个说不上好坏的习惯。

骆明镜皱眉：“给别人看过吗？”

“那怎么会呢！”许倩倩声音发紧。她也在思考着泄图的可能性，且很快，她就想到了一个可能，冷汗冒了一身。

时敏不动声色地将许倩倩的表情看在眼里，淡淡道：“有可能是撞了，不过，事情有点麻烦，虽然我们宣发在前，但是他们的合作合同在我们之前签的。”

“你跟人合作，拿过图稿的人应该很多……”许倩倩慌道，“中途泄露的可能性很大吧？”

骆明镜像是耗尽了电量，有气无力地问时敏：“他们是什么时候签的合同？”

时敏看着许倩倩，慢慢说道：“十月份，比我们早近一个月，所以不可能是合作方泄图。”

“你怀疑我会是跟那些垃圾一样盗图偷图，拿着你的东西沽名钓利，是不是？”许倩倩泪窝浅，声音一高，泪就下来了。

骆明镜捏着袖子给许倩倩擦泪，许倩倩把他推一边，跺脚道：“哥，我难受……”

“我也难受。”骆明镜低声说，“我只是想知道，从你这里泄露图稿的可能性有多大，早上……那边发来了他们设计师的图稿，我看了，是抄我的。倩倩，你应该知道抄我的跟撞设计创意的区别。”

“哭什么，没怀疑你。”骆明镜道，“哥知道你不会的。”

许倩倩擦了眼泪：“那你是不是在生我气？我给你添麻烦……我这次仿图没跟你说……是偷偷仿的。”

“我没生气。”骆明镜垂着眼，“我现在没力气生气了……”

他头晕恶心，把自己关在房间里发呆，最后是时敏撬开了门，把他拖出来，往他嘴里塞了片面包，戴好围巾，暖暖和和地把他塞进车里。

他对许倩倩说：“我知道不是你。设计稿发来之前，我没想过要问你，虽然有从你这里泄露的可能，但我自己不能先怀疑你。可设计稿发来后……我在他的设计稿上看到了我做的防盗标志。倩倩，我了解你，你仿我的图，会原封不动地画一遍，从不自己加工改变……不管那边的设计师是谁，都有可能是从你这里泄露的，你给谁看过？”

“室友。”许倩倩说，“我跟她们炫耀是我设计的……我还，我还……”

许倩倩说不下去了。

她在寝室，把骆明镜出的部分二十四节气系列凭借记忆复刻了之后，在寝室尽出风头，尤其看着室友羡慕又嫉恨的目光，她万分享受。

在学校，在寝室，许倩倩是女神，她又高又漂亮，家世也好，男朋友把她捧在手上供着。虽然她基本功一般，但偶尔拿出的创意作品让人眼前一亮。

虽然无法比肩人生开挂的几个校园传奇，但许倩倩绝对算是这所顶尖大学里才貌双全的女神。

她享受这些光环，尽管知道她展现出来的这些东西都是虚的，但自从她走上这条名为虚荣的路后，就再也下不来了。

之前，许倩倩回忆着骆明镜的图稿，在寝室当着室友的面，一口气画出了三季节气，最后，她不忘端着才女人设，懊恼道："唉，还有一季，实在想不到了，这稿废了……"

室友们纷纷夸她。

许倩倩一边关电脑，一边说道："这种稿你们也说好？别捧我了，哈哈哈哈，都是废稿，这种才不能用呢。"

虚荣的游戏结束。

骆明镜道："你……怀疑你室友？"

"肯定是她们中的一个！跑不了！"许倩倩气愤道，"绝对的！要是真从我这里泄露出去的，那一定我室友！"

时敏看了看表，有些不耐烦："上车，跟我们一起去见对方的设计师。"

许倩倩坐在车上，不停地说："肯定是她们，什么好的都想要！"她继续骂着室友，一个个拎出来点评。

时敏打断她，问道："为什么要抄你哥哥的图？"

"我没抄！"时敏的用词似乎刺激到了许倩倩，许倩倩尖声激动道，"我才不是抄！抄袭那么脏的词眼，你凭什么往我身上扣？"

"倩倩……"骆明镜心累道，"别说了，歇歇。"

"我怎么叫抄？"许倩倩嘴一瘪，又哭了起来，大声对时敏喊道，"我才不会！你知道什么，我哥的东西给我，他是默许的，我又没拿去申请学历也没拿去参赛获奖，我一分钱一分名都没挣，凭什么说我抄袭？"

时敏有些诧异，一时间不知该从何教育。她默默想，这样的小孩儿，一定是被家里宠大的，活得太顺利，竟会理直气壮说这些。

时敏更惊讶的是骆明镜的反应，看得出来，他很生气，也很无奈，但他一直没有指责许倩倩，不像长辈对小辈的疼爱，更像是愧疚，所以他在忍耐……

许倩倩委屈大哭，啜泣声很大，骆明镜紧锁着眉，闭着眼，却没出声。

时敏忽然停了车，车门一开，把许倩倩拽下了车，拉着到旁边去。骆明镜慌张道："时敏！时敏你别……"

时敏把许倩倩推到车后，一字一顿地说道："我只说一遍。第一，你就是抄；第二，会有你好好道歉的机会，你自己把握好；第三，给我安静。别以为仗着血缘关系可以为所欲为，占他便宜还想讨乖，你要是欠家教，我不介意重新教育你。"

时敏说完，把惊到打嗝的许倩倩塞回车上，关上门的那一刹那，她说："下课！"

骆明镜也不敢吭声，时敏再次发动车，好半晌，骆明镜才道："别带情绪开车……"

"知道。"

月锋娱乐的会议室里，国红服饰签约的设计师抖着脚，当听到这边二十四节气签的设计师名字叫骆明镜时，他忽然笑了，放松了许多，扭头对 Fiona 说："小姑娘，煮杯咖啡。"

国红服饰的负责人问："柯教授，您认识对方的这个设计师？"

"认识。"柯戈半躺在椅背上，"我带过的学生。"

国红服饰的负责人笑了起来："噢！您学生啊……那就怪不得了。"

负责人对时楚说："看来是师门相撞了，毕竟是柯教授带出来的学生，创意相撞也是经常的。"

柯戈挑眉，忽然补充了一句："带过的学生，但可不是我带出来的，这学生啊，没出师。”

他心里已经不慌了，如果是骆明镜，他完全可以用师生名义共同开发。

时敏带着兄妹俩到了，时楚起身让了位置。

骆明镜和许倩倩一进门，看到还恬不知耻地跟他们微笑点头的柯戈，齐齐变了脸色。

许倩倩一巴掌拍在桌子上：“靠，柯狗！竟然是马朵抄我的！”

她爆了粗口，会议室内一片震惊。

许倩倩回头，原本想跟骆明镜说，但几乎是瞬间，她就找到了更好的告状人：“敏姐，这人模狗样的教授是我室友马朵的毕业设计指导导师！肯定是马朵把图盗给他的，狗男女！”

国红负责人皱眉道：“这姑娘怎么……”这种素质？

一上来，柯戈就被许倩倩的突然爆粗打破了计划，他脸上快挂不住了，但仍不着急。

设计上的事，怀疑抄袭很容易，但想要真的坐实抄袭，很难。他到了之后，看过骆明镜的设计稿，心里踏实了些。

看样子，马朵交的图稿只是最初的草稿，最终成稿有很多不一样的地方。他把目光转向骆明镜，风轻云淡道：“多年后，和恩师撞了设计，是不是很有缘？”

骆明镜面无表情，时敏担心他崩掉，正要去握他手，忽见他拿过Fiona端进会议室的咖啡，一口饮尽，放在桌子上，然后，他脱下外套、围巾，坐下来，拿过自己和对方的设计稿，说道：“柯教授想不想看我怎么打你脸？”

柯戈有些坐不住了。

骆明镜道：“当初你和王振宇把我的‘晴空鹤’抄走，我没讨要说法，你以为是我不敢吗？”

“请给我一支笔，谢谢。”骆明镜拿起笔，转过两张设计图，“你睁大眼睛看着。”

他拿着笔，在每一张图稿的衣纹设计图案上，勾出了两个相同的纹路，像个名字：一兰。

见到这两个字，许倩倩愣了一下，忽然捂住嘴哭了起来。

骆明镜抬起头，说道：“这是我妈的名字。柯教授，请问令堂也叫一兰吗？”

他取出牛皮袋，倒出自己的设计稿：“这是我八月份开始画的草稿，这是我九月份的第三份草稿，你比对一下。”

国红负责人看了柯戈一眼，把图拿了过去。

柯戈像是被钉在了椅子上，嘴唇发抖。

骆明镜又拿出手机，打开网盘，说道：“很荣幸地告诉您，自从五年前您的爱徒把我的设计稿拿走之后，我就学会了存档。每一天，我都用画室里的摄像头记录着自己的创作过程，柯教授，恩师，您的草稿和创作过程证明呢？”

Fiona 下巴都要掉了，许倩倩痛哭失声，时楚坐在主位上，啪啪拍起手来。

时敏道：“看来，没什么要和贵方商量了，Fiona。”

Fiona 回神：“哎！”

“联系赵律师。”

“马上！”

而在寰宇工作室里，王振宇点开杨鹤的那条宣传视频，怒气冲冲地砸了手机：“骆明镜！竟然是你抢走了代言！”

他气闷了一会儿，摸出另一部手机，点开微信，找到李翔，打开聊天记录，找到之前发给李翔看的照片，保存下来。

他点开微博，用小号发了这张照片，并 @ 了明 · 镜与明镜高悬照妖精以及演员杨鹤、摸鱼直播，一口气买了三次热门，把微博发在了骆明镜的话题广场。

微博宙斯雷电在手：现在的三流网红，圈钱营销的套路真深，可怜那些小粉丝，骗一骗就掏钱，不知道只有高中学历的大设计师，怎么请来的杨影后呢？［笑而不语]# 二十四节气立春 ## 女装大佬妖精姐姐 #

［微博图片］

市场营销部主播明镜高悬照妖精宣传策划案

骆明镜：大学肄业宣传需避开

不一会儿，这条微博就在话题广场，炸开了。

深更半夜，楼下叮叮咣咣的，水流声、轻微的杯子碰撞声、移动沙发的声音、扫地声……

时敏醒了，坐了起来。

一楼画室的灯开着，时敏望向楼梯的拐角处，能看到打在墙上朦胧的光，床的另一边空了，她摸了摸旁边的床单，是凉的。

看来骆明镜已经离开床很久了，墙上的表静静地走着，时针指向数字“2”。

她裹好衣服，揉了揉脸，翻身下床。

果然，骆明镜在打扫卫生，厨房灯开着，而他人在前面的画室区，拿着抹布跪在地上，一点点地擦地。

时敏问他：“是生气了吗？”

骆明镜只是停了一下，摇了摇头，没有说话。

许倩倩跟她说过，骆明镜心情不好时，会疯狂地做家务，这是他的发泄方式。

时敏说：“其他的事情，交给律师就可以。你拿出的证据已经够用了，虽然证明他从你这里盗创意的直接证据不好找，但我们会想办法的。”

骆明镜坐在地上，低着头，头发垂在前面，仍是没出声。

白天的时候，他听到律师给出的分析了，他拿出的证据只能够证明他自己并非抄袭创意，但并没有直接证据可以指控柯戈抄袭他的设计图。毕竟柯戈没有直接接触过他，也没有任何机会直接接触到他的图。

从许倩倩室友那里拿到图源的可能性虽有，但太过牵强。所以，最后的结果很可能是柯戈只背上了抄袭的嫌疑，但对于国红公司而言，和他签合同出服装售卖并不违约，两家公司进行协商后，或许会达成一致，共同拥有这份图稿的开发销售权。

时敏又道："接下来的事，我会解决。那个教授可能常干这种事，资源渠道比你多，拿到学生的设计图就能找到经常合作的公司签协议，所以比你快一步。但他这次既然撞到我这儿来，我就不会让他再逍遥下去了，骆明镜，对我有点信心。"

骆明镜沮丧道："有。"

时敏笑道："我不会让那些糙皮狗抢走你的宝藏，安心。"剩下的事情，她会处理好，包括如何证明柯戈从学生手中盗窃图稿。

第二天上午，时敏和时楚跟律师简单谈了谈，初步有了方案。

"这种教授一定很有经验。"律师说道，"学生们要毕业，拿毕业证威胁，把学生们的图稿拿来签合同赚钱，这是很普遍的一种现象。他的签约速度表明，他一定是惯犯，所以，我们要证明他有过拿学生图稿的行为会很容易，只要有学生愿意起诉他，告他抄袭，那么我们就算找不到直接证据，之后的判决也会对我们有利。"

时楚道："好办，惯抄最好抓把柄，去找。另外，IT 部调几个人过来，去黑那个什么什么朵的电脑，我不懂，反正你们要把直接证据找到，如果盗图的话，她的电脑里一定有痕迹咯？没有的话，就黑她的电脑，让她说实话，毕业季，里头都是毕设，我看她招不招！"

时楚从来都是不要脸习惯了的，说出这种话很自然，他看了眼时敏，问道：“阴着脸也不说话，你准备做什么？”

时敏说：“我想问他‘晴空鹤’是怎么回事。”

时楚笑了一下，手指敲着桌面：“显而易见，我虽然不是很懂服设，但什么人有什么样的风格我还是能分辨出的，王振宇的那个中国鹤……九成可能，就是骆明镜说的‘晴空鹤’。只不过，我想知道，享誉中外的Kevin 王，到底抄了多少，是全部，还是只拿走了一部分？”

时敏冷冷道：“抄多抄少都是抄。”

“没错。”时楚站起来，卷起合同书打了一下时敏的脑袋，笑道，“你男友的事就交给你了，拜，我只等着看戏。”

他出门前，又回过身问：“对了，你男友被行政拘留三个月的事，问明白了吗？”

律师接话道：“行政拘留哪有三个月的？最多二十天。”

时楚说：“这就是问题所在。当然，那份档案是我从他心理治疗的病历上扒下来的，三个月是他自己跟心理医生说的。”

时敏点头：“不会有三个月的行政处罚，我问过。”

时楚笑了：“你自己找原因，总之你看上这个男人，很‘谜’。”

那份心理治疗病例显示，骆明镜五年前被海市的公安局以不太好听的罪名扣押了三个月，然而他的档案上只有十五天的行政拘留，罪名是……性骚扰。

处理完事情，时敏回到正直画室，看了看骆明镜的状态。

给睡在沙发上的骆明镜掖好了被子，时敏打算再出门一趟。骆明镜睁了睁眼睛，拉住她，哑着嗓子问她又去哪儿。

时敏回答：“上课。”

“给许倩倩吗？”骆明镜睁大了眼睛，“你不要训她。”

“因她抄图的原因，我现在要拿出精力时间金钱去解决一件本不应该出现的事情，都到这种程度了，你还不让我给她上堂课？如果不是看在你的面子上，她这种孩子……”

“她是我妹妹，而且她自己没拿我的图做什么……时敏，她只是虚荣，我知道的，她没想到要害我要盗我的图赚钱谋利……她只是意识不到她做这些会有什么结果，她不是被宠坏的，她只是个喜欢被关注的孩子。她从小……是我带大的，我叔叔婶婶是很精明的人，家里明明不缺吃穿，可倩倩小时候，没吃过一口好的……叔叔后来有了儿子，就把倩倩白送到我家……”

骆明镜眼圈红了：“我家……经济条件也说得过去。我家是外公当家，我爸是入赘的，逢年过节都不许回那边的家，我爸对那边一直心里有愧，叔叔婶婶让他养女儿，我爸就答应了，而且我妈精神状态不太好，是倩倩照顾我妈的，她会说也会逗我妈开心，一直是她照顾……我知道叔叔婶婶把女儿送我家是为了要钱，可她既然在我家长大，那就是我家人，后来……我家散了，但我……”但我无法怪她。

骆明镜深吸口气，忍住眼泪，慢慢说道：“时敏，我没妈了，没有家，只剩这一个妹妹……”

时敏给他递来纸巾，眉毛微动。

等骆明镜情绪平定后，时敏道：“她是被你惯坏了。事情不是她直接造成的，可最后的结果跟她脱不了干系。她错了，你看得见，为什么还要惯着她？对她好就该早点把她打醒。”

骆明镜愣神。

时敏说：“你的事，等我回来再说。你妹妹的事要另算，你不舍得，我来。工作室不是你一个人的，还有我的投资，现在她让我的投资受到损失，我不让她赔偿，还不能教训她？”

时敏在校门口等许倩倩。

很快，许倩倩就来了，她抱着电脑一路小跑，钻进车里，把电脑塞给时敏，说道：“就是马朵从我电脑偷的图！有聊天记录，你看！她把我哥的图发给了柯狗，不要脸的，还说是自己想出来的，让柯狗指导，我就知道他俩有一腿！”

时敏想，许倩倩这个姑娘，确实是个很复杂的人。跟骆明镜说的一样，她虚荣，但不坏，她没想过要去伤害自己的哥哥，却无意识地向骆明镜索要着各种东西。看得出，她想要最好的，想成为最好的。她崇拜骆明镜，也想成为他，但她没有那个资质。

她是个精明家庭养出来的自私的孩子，她会为了还骆明镜一个公道，让男友帮忙黑室友电脑，用一天的时间去跟室友吵架，抢电脑、录音……但不管她现在怎么努力，她也犯了时敏没办法原谅的错误。

时敏锁上车门，说道：“许倩倩，你需要给骆明镜，以及我，道歉。”

许倩倩愣了一下，脱口而出：“凭什么？我跟我哥道歉，这我知道，我应该的，我跟你道歉算什么？”

“你知道请律师需要多少钱吗？”时敏说道，“知道如果国红将来要共同开发，我们会损失什么吗？当然，可以用钱算的我都可以不跟你计较，但因为你，让我之前的努力差点付之东流，我男友几乎要崩溃，他昨晚状态非常不稳定，还搭上了我的睡眠。这些，你不应该对我说声对不起？”

许倩倩愣了好久。

“许倩倩，你真的没意识到吗？”时敏说，“在我眼里，你就像个拿着刀的孩子，你捅了你哥哥，再给他最好的治疗，为他亲手包扎，拉着他问‘能不能原谅我犯的错，我跟那些伤害你的不一样’。有什么不一样呢，小姑娘，你倒是说给我听听？”

许倩倩流着泪道：“你都知道什么？你凭什么这么说我！”可她知道，在时敏说这些话的时候，她心里就有个声音，扭曲着笑她：就是你啊，许倩倩，这就是你啊，她说得对！

“补偿是你应该的。”时敏说，“除了补偿，我还需要你拿出诚意来道歉，之后……你好好反思，不用给我反思，你自己想，这些年你是不是依附在他身上的吸血虫。”

许倩倩擦了泪，一甩手，捶门道：“打开，让我出去！”

时敏闭了闭眼，打开了锁，她看着前方，低声道：“下课，差生。”

许倩倩疾步走了，然而没多久，她又折返回来，把电脑扔给时敏，一咬牙，说道：“别以为你跟我哥是男女朋友你就有资格教育我！”她说完，黑着脸，小跑走了。

时敏从倒车镜里悠悠看着她，那姑娘一边跑一边抬起胳膊擦着泪。

她把电脑放好，叹息：“真不可爱啊。”

时敏把电脑交给律师后，悠悠开着车回画室，路上，她忽然停下车，按下车窗，望着不远处花坛里瑟瑟发抖的小奶猫，慢慢笑了起来：“我运气真好。”

回画室时，时敏双手托着一个纸盒子走进来：“生气了吗？打开看看，消气的。”

骆明镜道：“送什么都不管用，我不是不赞成你跟她讲道理，但你不能把话说得太直白，她从小活得小心翼翼的，心脆得很，你……”

骆明镜的话说不下去了，总裁打开盒子，把一团软软的猫咪塞进了他怀里。

“要不要？”

骆明镜双手捧着这只喵喵叫的黑白猫，再也说不出话来了。

时敏说：“路上捡的。怎么样，消气了吗？走吧，出去给它买窝。”

骆明镜轻轻抖着，想笑，最后却抱着猫哭了起来。

时敏自信一笑：“看来这礼送对了。”

“时敏，我道歉。”骆明镜抱着猫，小声说道。

“可以理解。”时敏根本不放心上，“回来的时候我就知道你肯定会生气。这两天你情绪不稳，看得出你非常想揍妹妹，但是你没有。在你解释之前，我以为你是有愧于她，你看起来很像是做了什么错事，现在要给她赎罪，搞了半天，是她的原因。我理解你，但我不理解你们的做法。”

骆明镜怀里揣着一直在发抖的奶猫，轻声说道：“怎么能不气？这次她差点把我推回去……如果没你在，我可能就认命了。但我……但我每次想抓住机会跟她发脾气，要教育她时，我就不忍心。”

他说：“你应该没见过那样的父母。打定主意让女儿到伯伯家去，那是不要她，抛弃她的意思。倩倩那时候刚上小二，知道这么做不对，她放学回自己家，在门外敲门，我叔叔婶婶就在家里却不出声，她身上没有钱，那么小的孩子，靠走路，走到天黑才到我家门口，她不敢敲门，就蹲在外面……寒冬腊月，半夜我爸回家才看见。学校让交学费，她跑去问我叔叔要，你能想象到一个亲爸怎么对女儿吗？我叔叔掏出五块钱扔在地上让她捡，说她是赔钱货，让她滚。倩倩就到我家来，我爸话少，她跟我爸不亲，外公一直反对让她到我家里来，也不搭理她，我妈不管钱，她没办法要，只好等到第二天早上，出了门才哭着跟我说，哥哥你有钱吗？今天最后一天，老师要我交学费。我就问她，爸爸没给钱吗？她说，她爸爸扔在地上五块钱，让她走……”

时敏确实没听过这样的事，不可思议道：“是亲生的吗？”

“是啊，亲生的。”骆明镜说，“你说我有愧，我的确是……倩倩只比你小一岁，正常来说，她去年就应该大学毕业，是我耽误了她一年。家里出事时，她正要高考，因为我，她那年没参加考试。你家里应该没这些破事，所以可能不太了解……她小毛病是很多，她好强虚荣看见好的东西就想占在怀里，这些我都知道，每次我想跟她讲，想骂她时，我就会想起她蹲在我家门口的样子，身上穿着件很脏的旧衣服，她抬起头看着我，满脸鼻涕眼泪……她是被家里人抛弃不要的姑娘，我家也不是家，我家除了钱，别的也没有，她能长大，能成现在这个样子，我真的很欣慰了。她是个心地不错的孩子，那种环境也没长歪……我知道她有错，但让我跟她生气，我没办法。”

“时敏，她拿走我的东西假装那是她自己的，只是对身边的人炫耀她很好，她希望被人关注，她想当个公主……换作别人，拿我东西我会气疯，但只有她，我没办法生气，我知道她怎么回事，她最想要什么。我不是宠她也不是惯着她，我只是觉得，她可怜……当年我家里出事，她放弃高考，为的都是我。你没经历过那种时候……她死死拉着我，一边哭一边说，哥，我只有你了……我们两个那时候……真的是被所有人抛弃了，我没前途，她也一样，一无所有，前路尽毁。”

“时敏，还能怎么办？”骆明镜苦笑道，“最困难的时候，最无助的时候，我妹妹，是她陪着我……自己一团糟，被亲爸妈堵着要钱一身麻烦事，还要来照顾我的，是我这个妹妹。她不是不可救药，以后……”

好久之后，时敏深深吐出一口气，说道：“我稍微能够原谅你了，至于你妹妹，以后我来掰。明镜，换个话题吧……”

骆明镜微微笑着问：“今晚想吃什么？”

“今晚回家吃。”时敏说，“妈妈做饭，让你回去。”

两个月的奶猫，骆明镜问时敏在哪儿捡的。

时敏说：“花坛。我运气很好，正想着要给你点什么消气用，它就钻出来了。”

两个人抱着猫在宠物医院等驱虫，时敏手机响了，她看了一眼，出门接电话。

医生过来，问他：“想好了吗？猫名字叫什么？我写个卡签。”

骆明镜答：“总裁。”

电话是小皮打来的，时敏听着，脸色阴沉。

“骆梅实的孙子？”

“嗯，千真万确。骆家在当地很有名，我到海市随口问，几乎都知道他们家的事，风评不好。说骆梅实死后，骆合强包二奶养小三，原配跳楼了，又说骆明镜吃喝嫖赌什么都干是个典型的富二代，气死亲妈活该，说他家祖坟不好风水邪……已经无法打听到确切消息了，越来越夸张，听起来很像仇富言论。”小皮说，“我刚从派出所出来，能肯定的消息是，警局有骆明镜行政拘留十五天的记录。我现在正往画室去，局里的人说，骆明镜以前在海市开了个画室，后来出事，画室转让出去了，现在的老板姓李，我问完再给你电话。”

“不止十五天，他自己有对医生说是三个月。”时敏回头看了下医院里面，交代道，“把这事情查明白，不要告诉我这些没用的没根据的，给我确切消息。我先接 Fiona 电话。”

Fiona 这时候打电话进来，绝对不是什么好事。

“姐……”Fiona 说，“我错了，我错了姐……昨天晚上有人发了条微博，是……是之前作废的营销方案，说姐夫大学没毕业，这次打开市场是大价钱买营销骗粉丝钱……现在已经六千转了，虽然不多，但上过热门话题榜，我们上午发现的，觉得目的性太强像对家的手段，可现在查了 IP 不是对家的，我们联系了客服，客服给了博主的电话号码，打过去没人接。”

“内容发来我看。”

“我不敢……”Fiona 㞞包，嘤嘤道，“对不起，老板！我正在查是谁泄露的方案，公关组在分析那个人的微博信息，很快就能出结果，最迟下午给你出公关方案，现在让姐夫先别发微博，也别直播……”

“两点之前，告诉我解决方法。”时敏挂了电话。

她在微博广场里找到了那条爆料微博，是一个叫“宙斯雷电在手”的人发的，目前有一千多粉丝，注册时间是半年前，目前微博数一千多条，时敏迅速翻看了几页，有了初步判定。

“设计同行。”

他的微博，大多数都是转发评论一些服装设计，用词专业但语气自高自大，偶尔几条原创微博，多是在发泄工作上的不满。

他发的人名都只有一个字母缩写，吐槽A是九〇后废物，骂Y开头的女星眼瞎装逼，还有一条，是年前十一月份发的，感慨人命天注定，以前最看不上的一个同学，现在做三流女装网红。

宙斯雷电在手：老天爷跟我果然是一个眼光，以前看不惯的一个同学装逼成风，天下第一老子第二，老牛逼了，现在成了网上卖肉的三流女装网红，这不叫命运造化，这叫活丫的该！

这条微博的评论区里，有几个顺着转发摸过来的粉丝，看得出她们很生气，骂这个博主嘴脏。

妖精不存在的C罩杯：三流女装网红？骂的是我家妖精吗？［大哭］真是什么恶心人都有……

总裁快关上车门：这人吃屎了吗？嘴这么臭！

宙斯雷电在手回复妖精的大刀队：滚丫的脑残粉，来我评论区装什么大爷，老子没脑残粉不耽误赚钱，一群没见识的智障。

这个人的语气，让时敏忽然想起一个人。三台跨年结束后，开总结会时，寰宇设计的王振宇跟舞美总监吵了起来，就是这种用词用调。

王振宇……中国鹤，晴空鹤……骆明镜。

时敏皱眉，会是他吗？

她给Fiona发了短信，之后把这事抛在脑后，换了心情，打电话给张女士："做点好的，今晚我带着骆明镜回家吃饭。"

"敏啊，累死你妈妈吧……"

"我刚刚知道，我男友童年过得不好，有个浑蛋爹没妈，你准备点母亲的温暖，快去。"

张女士瞠目结舌："今晚早点回来。"

打完疫苗，骆明镜把猫揣在怀里高高兴兴上车，指着猫对时敏说：“猜猜他名字叫什么。”

时敏说：“妖精。”

“那怎么能！”骆明镜说，“叫总裁！医生说往东走两站路，有个宠物店，有卖玩具。”

时敏点了点头，掉转了车头。

电话响了，时敏道：“说。”

Fiona 叫道：“姐！他妹妹发微博了！就是姐夫的妹妹！贴了他所有的成绩单和荣誉证书，还 @ 了这个宙斯博主！怎么办？开撕了！”

“发来我看。”

时敏停了车，骆明镜问她什么事。

时敏把他推开，说道：“我等会儿跟你说。”

巧笑 - 倩兮：看不下去了，我是照妖精的妹妹，看 @ 宙斯雷电在手你发的微博，是想说我哥学历低所以设计的东西是骗粉吗？我是 T 大服设大四学生，我是专业的。我告诉你，这个设计，眼瞎了才看不出好，我哥肄业是贱人师生害的，你有资格嘲笑他学历低？你知道他全市高考文科第二名考上的 T 大吗？不服气就把你的成绩单贴出来啊！为了不欺负你，我也不只拿着高考成绩说事，我把我哥的大学成绩单和获奖证书贴上，睁开你的狗眼看看，别活不下去就给人使绊子！我哥营销？我哥要是营销，早千百年就火了！少 P 个图就来污蔑人，有本事你把盖过章的合同书策划书放上来啊！［图片］

许倩倩发了九张长图，很长……她几乎放出了骆明镜所有的成绩单和荣誉，糊掉姓，只留名字，发了出来。

时敏舒了口气，对 Fiona 说：“让公关组跟进。”

Fiona 道：“扬眉吐气了，上午要气死我了，姐夫真厉害……”

骆明镜抓过她的手机，说道：“鬼鬼祟祟，刷什么微博，是又说什么了吗？还不让我知道……”

他扫了一眼，止住了笑：“这不是倩倩微博吗？怎么回事？”

“小事，别放心上。”

骆明镜大概翻看了一下，看到了引战开头的那条微博，问时敏：“这个是什么？宣传策划案吗？”

“作废不要的。”时敏说，“没人会在正式呈报给我的策划书里标注这些。”

“因为什么吵起来的？就是这个吗？”骆明镜点开看了一眼，认真道，“完全没必要。”

他说：“我确实是大学肄业，完全没必要这种反应，太强烈了。你刚刚愁眉苦脸，就是怕我看到这个？”

时敏收回了手机，笑道：“是我多虑了。”

“等等。”骆明镜问，“对发售有影响吗？”

“没什么影响。”时敏说，“看公司的公关组了，处理得好，不仅能抓到透露内部资料的人，还会让宣传锦上添花。”

过了不久，Fiona 发来了公司的回应。

许倩倩这次贴成绩单的回应干得相当漂亮，公关组紧随其后，立刻发了声明，声明表示，摸鱼直播一直认为学历与才华无关，相信拥有实力的人不管在哪里，都能发光。同时指出，用户宙斯雷电在手昨日所发文件经查证系个人伪造，是特意仿造公司文件格式，用来抹黑平台主播形象的个人行为，摸鱼直播表示：“介于用户宙斯雷电在手伪造我公司文件，抹黑平台主播形象，对社会造成不良影响，我公司会立即查清该造谣诽谤者的身份信息，并保留相关证据，将启动必要的法律手段进行维权。”

时敏草草看了一眼，道：“没事了，交给他们来处理。”她见骆明镜真的不在意这些，稍微松了口气。

“既然没影响。”骆明镜把猫塞给时敏，“你先替我抱一下，我得给许倩倩打个电话。”

他拿出手机，拨了许倩倩的电话。

许倩倩飞快地接起电话啰唆起这件事："哥你有没有看微博！算了，你别看了，辣眼睛的玩意儿不看也行，反正就是有个大贱人吃饱了撑的用学历来恶心你！我已经替你骂回去了，难道他是'学历精'吗？没学历就不能赚钱生活了吗？我就等着看他什么时候贴成绩单出来打我脸！"

"谁让你瞎掺和的。"骆明镜悄悄背过身去，压低声音道，"你一天天的，心思能不能放在正经事上？毕设交了吗？过了吗？导师怎么说？还有上次，你傻不傻，看见柯戈就骂人家是狗，你毕业了吗……对，他不是你导师，但你就不怕他过去给你使个绊子？你要是用心做作业，会上网刷微博吗？会看到这些吗？你总是这种三心二意心思不在正事上，我说过多少次了？你想在这种没有意义的事情上浪费多少时间？"

时敏抱着猫，心情甚好地用手指抚摸着小猫的下巴，低声自语道："总裁，嗯？"

猫蹭着她的胸，爪子在她胸上踩，她皱了皱眉，捏住了它的猫爪。

骆明镜还在教育妹妹："你不许再回，挂电话了，你别再玩微博了，忍住。"

时敏问："讲完了？"

"讲完了。"骆明镜说，"如果对发售没有什么影响，这种不必搭理就好。她总是这样，别人稍微说一点点不好的，她就想跑过去跟人证明，我早跟她说过不能这么做，把自己公开了放网上，不管是谁都会遭受质疑，传播越广，质疑声越多，有些你需要解释，有些就不需要这么大动干戈，真的没必要。"

"别回画室了。"时敏把猫从胸口拽下来，递给他，"带着猫直接回家吧。"

骆明镜忽然问："是带着孩子回家的意思吗？"

时敏罕见地笑出了声：“随你高兴。”

骆明镜跟着时敏到家时，张女士还在厨房忙活，饭还没出锅，硬菜也没有炒。时小弟一开门，看到女儿带着人提早回来了，扭头对着厨房就是一句：“张女士，人来了，别念叨了。”

一声人来了，张女士瞬间进入了自己脑内编排好的戏剧状态，立刻飘出来，热情洋溢道：“哎呀——终于来了啊！”

别说骆明镜，时敏都被这夸张的画风吓一跳。冬季温暖妆容，加温柔母亲式传统盘发，碎花裙子小围裙，加上过度热切关怀的眼神。

时敏眨了下眼，示意张女士不要演过头。

月锋娱乐还在加班加点，时楚开了个会，一边发短信问家里今天做什么饭，一边说道：“我不在乎旗下签约主播被抹黑或是什么，摸鱼直播每月新签主播上百人，破事多着呢，每天都在被人扒，难道我们都要插手吗？不，但这次不一样，知道为什么不一样，为什么要叫你们来开会吗？”

Fiona 心道：还不是因为那是你妹夫。

幸亏她没说出口，因为时楚的下一句话是：“因为有内奸。我们公司的内部文件，为什么会被拍走？为什么会泄露，为什么会被人发出来？他从哪儿拿到的营销策划案？还是个应该被销毁的拟订草稿……查出来了吗？找出来了吗？电话打了吗？卡主查了吗？分析的结果出来了吗？动机是什么？为什么发这个？是不是想要拉杨鹤下水？”

时楚拍桌：“一下午了，一个小小的信息泄露都查不出，公关组完成得马马虎虎，你们好意思？就这种应对水平，我们预备上市，到时候什么和辉什么华楠，对家们甩点炸弹过来，你们是不是全都要垮？”

时妈回复短信：“丰盛，啥都有，鸡鸭鱼肉俱全，快回来吃饭。”

时楚收起手机，抬头说“散会”之后，板着脸迈开长腿小跑离开，出了门，兴奋地哆哆嗦嗦给时敏打电话炫耀：“哈哈哈，妈让我回家吃好吃的！”

时敏回：“嗯，你快点，我们还能多少给你留点。”

时楚："……"后妈！怪不得这么丰盛，原来是时敏回去了！

Fiona 加班到晚上七点，终于拿到了电话公司那边的反馈，告诉了她卡主的姓名和登记住址。

卡主姓名王振宇，登记地址寰宇设计公司。

Fiona 大吼一声："啧！什么鬼？"

部门里其他黑气阵阵陪着加班到同事也都这个反应："王振宇？Kevin 王吗？是不是啊？"

"我是不是听错了？"

Fiona 破口大骂："卧槽，难道是真的？"

她第三十次点进宙斯雷电在手的主页，忍着腻味再看："毁三观！"

她感慨完，左右看了一眼，压低声音，跟同事八卦道："哎，跟你们说件事。"

"什么？"

"就骆明镜嘛……"Fiona 捂着嘴，小声道，"他说 Kevin 王的中国鹤是抄袭他的作品。"

"真的假的？"同事们纷纷表示不信，"这也太魔幻了……"

"本来有点怀疑……"Fiona 说，"但我觉得应该不假，肯定是抄的。上次我一搞设计的朋友还跟我说过，说 Kevin 王这个人很'谜'，除了中国鹤，其他作品品位都特土鳖，现在名头这么响，都是不怎么懂设计的人看在中国鹤的名气上捧的，实际上他的作品不咋样儿。"

"不是吧……"一同事说，"你们不能这样啊，还没怎么的，先落井下石开了。"

有个同事淡淡道："哎，你们知道吗？寰宇设计现在一多半的收入还是靠中国鹤撑着。"

另一同事刷宙斯雷电在手的微博，说道："菲，你来看他这条，骂的是不是杨鹤？"

“哪个？”

“就他发策划的前一条，骂 Y 女星瞎眼。”同事坏笑，“这个 Y 是不是杨鹤？会不会是杨鹤给骆明镜代言，让他给嫉恨了？”

Fiona 说：“行了，他已经凉了。这下不仅是董事了，总裁也会咬死他的……”

时楚回家，发现骆明镜在，手贱地揉他的脑袋：“哟，又来了啊。”

骆明镜差点被汤呛到。

张女士一记汤勺敲下他的爪子：“吃饭。”

晚饭结束后，张女士热情留宿，时楚差点惊出了眼珠子：“不是，谁留宿？你们要干啥？时敏怀孕了吗？”

这下不仅是张女士了，连时小弟都过来打他的脑袋。

时敏冷冷刮了哥哥一眼。

骆明镜满脸诧异道：“这不好吧，我今晚还是回画室去……”

“回什么回！”张女士道，“什么东西都有，给你收拾张床，暖暖和和就能睡。小弟，把你那件没穿过的睡衣拿来，就是那件买大了没穿的。”

骆明镜向时敏求救。

时敏冲他笑了笑，轻声道：“在家睡吧。”

直到躺在床上，骆明镜还是恍惚的，时敏洗完澡进来看他。

骆明镜自觉接过毛巾给她擦头发，小声问她：“是你说什么了吗？你妈妈今天很关心我……”

“没有。”时敏说，“在我妈妈眼里，你们都是小朋友，关心小朋友应该的。”

“你肯定说什么了。”骆明镜道，“下次……下次跟我提前说，我今天没做准备，完全没接上话，都没怎么回应你妈妈，很失礼。”

“对家里人，还做什么准备。”时敏笑道，“自然接受就好，不要刻意去想如何回报他们，迟早是一家人，对你好是应该的。”

骆明镜盘坐在床上，好半晌，他说：“是因为，你跟她说我妈妈……”

时敏轻轻拉着他的手，给他时间。

“时敏……”骆明镜说，“给我一晚时间，让我想想……我明天会跟你讲一些话。”

“不要太勉强自己。”时敏说，“慢慢来，不管你说什么，我都会认真听。”

骆明镜的额头抵在时敏的肩膀上，低声道：“谢谢……”

门忽然开了，张女士扒着门，露出半只脑袋，藏起八卦表情，举着手中的猫，说道：“对了，小朋友，你需要一只猫陪着睡吗？”

时敏回到房间，看到了 Fiona 发来的消息：“查明了，注册手机号持有者王振宇，就是寰宇设计的那个，IP 地址也对上了。”

时敏道：“明天让公关联系他，约他到公司见我。”

然而，晚上十点，宙斯雷电在手又发了一条微博：

白天太忙，没有回复，那位名叫前戏的妹妹，成绩再好也是高中学历，对设计师而言，学历代表着他的见识和眼界，而这些决定设计师的品位。一个连大学学历都没有拿到的人，怎么可能做出好作品？今天我抱着这样的怀疑态度，仔细看了镜·界发布的立春节气系列，你猜我找到了什么？你不觉得，你这个三流高中学历的网红哥哥是借鉴了知名大师的创意吗？这个湖绿色，我记得没错的话，应该是前年 C 牌的春季高定主打色吧？还有这个风格，你们不觉得眼熟吗？[图片]

看到这条微博，许倩倩立刻从床上跳起来，破口大骂道：“垃圾！根本就不是这样！”

何西道：“倩倩，别闹了，你哥让你好好学习，别刷微博了。”

“这都欺负到家门口了，能忍？”许倩倩擦了气出来的泪花，把手机举到何西的脸前，“你看他放的图，他暗示我哥抄袭中国鹤，我可去他妈的吧！”

许倩倩爆了一连串粗口：“那能不像吗？那本来就是我哥的东西！煞笔还算有点眼光，把脸送上门！”

她打了一行字，转发了那条微博，狠狠道：“今年我哥运气好，全送上门来，一竿子戳死你们，该算算账了！”

巧笑-倩兮：转发微博既然博主这么问，那凑巧，为什么像，还请博主去问问这个大设计师@国际著名设计师Kevin王，问问清楚。当年是谁不要脸伙同贱狗教授@教授柯戈抄了我哥的东西。网络真是个好东西，能让不要脸的无耻之徒们一个个现原形，呵呵。

第七章

WOJIAFUREN
CAIMAOSHUANGQUAN

直播维权

张女士今晚很兴奋，在各个房间跑来跑去，最后钻进了时敏的房间，抱着被子上床，抱着时敏的脸揉着，说道：“快跟妈妈讲讲。”

时敏：“你表现太明显了，他看出来了。”

“就是要明显点！”张女士说，“这你就不懂了，一定要给这样的小朋友明显的关怀，不然他看不出来，人会冷却掉的。来，给妈妈讲讲怎么回事，妈妈问过你哥哥了，他说不知道。”

“他人好吗，你感觉？”

“是好孩子。”张女士说，“第一次到家里我就看出来了，喜欢看我节目的小朋友怎么会有坏孩子？他眼睛里闪的光妈妈都看到了，小伙子心很软，开心时都要流泪了。开心时会哭，怀念童年时眼睛里有光的小朋友是好孩子，妈妈瞧准了！”

张女士躺下来，晃着女儿问道：“怎么回事，快具体讲讲，妈妈好对症下药，呵护小朋友。”

“不太清楚，他没具体说。”时敏道，“等他说了我再告诉你，别问了，睡觉吧，我累。”

张女士失望，轻拍女儿脑袋，道：“你还累……你爸要我委婉地提醒你，该工作就要工作，要张弛有度，年轻人不能总窝在一个地方不走动，脑袋经常用才有精神。”

“知道了。”时敏卷着被子翻了个身，“手头上有个大项目，我没歇着，前期调研就快办完了，睡吧。”

“什么项目？”张女士八卦道，“你不都给你哥了吗？”

“这个给不了我哥。”时敏说，“这是我的专属……谈恋爱也是大项目，也需要想策略，很费脑费精力的。”

张女士这才明白，一巴掌拍时敏脑袋上：“啧！小毛孩子，弯弯绕绕还不少。”

时敏家的床味道很好闻，骆明镜陷在里面，被周围与时敏相似的气息包裹住，踏踏实实，不一会儿就睡沉了，直到时敏来，轻声把他叫醒。

她没有开灯，屋里灰蒙蒙的，房间的空气仍是夜晚的味道，路灯的光晕透过纱帘，时敏的半张脸在暖光中柔和，骆明镜第一反应是，她要一起睡，于是他翻了个身，给她让出了暖好的位置。

时敏却说：“明镜，起来吧，有件事需要你现在就告诉我。”

骆明镜坐了起来。

时敏扭开了床头的一盏橘色暖灯，她把手机屏幕调暗，递给他：“明镜，你有证明你是中国鹤设计者的证据吗？”

骆明镜听到“中国鹤”三个字，立刻惊醒了。他紧紧抓着手机，盯着屏幕上的那条微博，神情急速变幻着，厌恶、迷茫，最后定格在了悲伤。

国际著名设计师 Kevin 王：@巧笑-倩兮自己看，我放上中国鹤的版权证书，国际国内都有证书，全部是权威机构认证的，以及我五年前在T大服设系毕业展会上展出的中国鹤留档照片。中国鹤是我个人独立创作的作品，你提到的@教授柯戈德高望重，德艺双馨，他是我的毕设指导老师，不容你人身攻击。

这位网友准备好，我会让我的律师把律师函发给你。还有，我看了你网红主子的二十四节气系列，设计上的事，不好说抄不抄袭，风格相似也会有的。曾经发生过一件事，一年前在米兰时，有位后辈很敬仰我，跟我说，前辈，我现在很痛苦，因为我身为设计师，一直把您的作品，尤其是中国鹤当作我的努力方向，结果潜移默化里就会受到您的影响，现在创作出来的作品都带着中国鹤的痕迹，让我很为难。我的答复是：还是你见识不够，审美未到达顶端，看不到墙外的世界，所以你没有自己的感悟，自己的东西，只能走别人走过的路，一辈子都在做大师的影子。[图片]

骆明镜紧锁着眉，他手指颤着，点开了转发区。现在的人都睡得晚了，快十二点了，这条著名设计师的微博竟然有近万转发。

骆明镜快速看了一遍，有知名同行们转发表示支持的，也有T大学生为柯戈教授和同校学长鼓劲。再往下翻，骆明镜看到了一些眼熟的ID，那是一直活跃在他直播间的粉丝们，看了几条她们的转发，骆明镜忽然笑了出来。

抱起妖精就跑：不是，谁能跟我说说，这个设计师王到底想表达什么？最后那一段话的中心思想是什么？

妖精的大刀队：[截图]哦，给大家划重点，网红主子……博主这个用词，这个语气，让我很想喷你，没啥原因，就是很想喷，可能是我扫渣雷达探测到你不是个好东西了吧。

时敏问他：“明镜，明早我们需要去一趟公司，王振宇也会来。王振宇的这条微博发出后，我们接到了杨鹤工作室的电话，明天合作方一定也会问此事，这件事如果处理不好，可能会影响后续发售，我们现在被卷入抄袭质疑了，会影响品牌形象。”

上次在会议室，骆明镜对柯戈说的话，过后并没有向她解释，时楚问中国鹤是不是他也有参与设计时，他只是点了点头，又摇了摇头，却没开口说话。

骆明镜放空了自己，时敏轻声道："放轻松，不要有压力，慢慢告诉我，你有没有证据证明中国鹤是你的作品？"

骆明镜抬起头看着她，表情复杂："时敏，你信我？"

"我不是很懂设计，但有些东西是相连的，我能感觉到。"时敏说，"中国鹤活泼温柔，我喜欢它，也是因为中国鹤系列的七件衣服，既有大放异彩的明艳，也有原汁原味，属于东方国度的神秘和内敛，它是很认真温和的设计，更像你而不是 Kevin 王。"

时敏不紧不慢道："你之前说，三个人的合作，两个人的背叛，其实是指中国鹤这个作品吧。王振宇说，中国鹤是他的独立创作，另外那个合作人呢？"

"另外的人……他重新补交了一份毕设，完成学业，毕业回家了。"骆明镜回答完，空了好久，对时敏说，"对不起，比起王振宇，我更不愿提起他……他与中国鹤这件事无关，不要……再问他了。"

"好。"

"时敏……"骆明镜盯着床单，小声问，"我……是不是很麻烦。对不起，给你带来这么多……"

他话未讲完，时敏捂住了他的嘴，她似是很生气，却笑着说："骆明镜，你表现得再迟钝也骗不过我，你知道我把你当家人看，家人之间，不存在麻烦，替你拍掉身上的麻烦，才是家人应该做的。另外……"

时敏左边嘴角抽了一下，笑道："你这程度算什么，我妈跟电视台的那点事，跟我爸的那点事，我哥跟杨鹤的那点事……哪个不是闹到翻天覆地，麻烦接麻烦？西瓜芝麻，你这点麻烦只是芝麻，我们家一般不放在眼里。"

骆明镜没出声，时敏手指搓着垂下的发梢，说道："没有证据证明也没关系，我有心理准备。如果你有证据，不会这么多年不发声……不怕的，骆明镜，王振宇而已，很好解决，而舆论，哧……”

时敏轻蔑一笑：“对于四代人都是搞文娱的家庭来说，舆论是最好掌控的东西。不管你能不能证明自己，我都有办法让你远离舆论中心，不会让它影响到你一丝一毫，所以，你不要有太大压力。”

“我有证据。”突然，骆明镜抬起头，对时敏说，“我有证据证明中国鹤是我的。”

“当真？”

“证据在哪儿？”

“旧电脑里。”骆明镜犹豫了会儿，按下心中的顾虑，深吸了口气。

从王振宇那里拿回自己的晴空鹤，和李翔……是两码事，王振宇应该不会把另外一件不相关的事拎出来转移视线。

骆明镜定了定神，说道：“旧电脑在画室，但可能……需要时间修。那件作品其实叫‘晴空鹤’，灵感是从……和发小吃饭闲聊中来的，所以一开始讲好了，是我们两个做毕设，后来负责我俩毕设的导师柯戈把王振宇加了进来的，王振宇是柯戈的外甥，事关我们的毕业成绩，我们无法拒绝，就带上了他，但我对这件事很反感，一直想等毕业证拿到手就投诉他……”

他苦笑一声：“我和发小当时是在海市……在我俩合开的画室出图稿，王振宇从来就没有参与过设计。”

骆明镜穿上外套，系好头发，垂目道：“五月份，交了二稿后，家里出了事……事情有些……有些严重，我进了警局，王振宇说要到海市来看我，其实，他是来……”

他努力了好久，像是找不到合适的词形容，愣了会儿，在时敏的轻抚中，慢慢说道：“我九月份出来后，只有倩倩，她抱着我的电脑，说纸稿被王振宇都搜走了，她只找到了幸存的两三张，电脑被人倒了水，她不敢动，一点点吹干，让我看看还能不能用。”

骆明镜悄悄避开时敏的视线，把快要流出来的泪迅速擦了，笑道：“其实我原本要做的，最后的效果比现在的中国鹤还要好，他们拿走的是二稿，柯戈完善了一些……加了一点云纹，所以时敏，中国鹤七件衣服，除了那点云纹，其他的都是我的。他们根本不知道，这个系列，我为什么要做七件，为什么二稿会在左袖点上待修改的符号。它虽然叫晴空鹤，但主题根本不是鹤，而是竹林七贤。”

时敏轻声问：“你没打开过那台电脑看过吗？”

“没有。”骆明镜深深吐出一口气，“想要回东西时已经晚了很多年了，我已经没有力量去追回我的东西了……太难了。”

“我知道，我理解。”时敏笑了笑。

转身，时敏拨通了公司的电话，笑容立刻消失，冷声道，“放链子，爆出他的小号，我需要你们给我争取到一天的时间。另外，公关组事务部所有人，明早八点第一会议室集合。”

“明白。”

骆明镜问时敏：“什么小号？”

“王振宇的小号。”时敏说，“说你学历低的也是他。不久后，会有人放出两个微博账号的相似处，爆出宙斯雷电在手的用户就是王振宇，之后，我们会把注意力引向他小号中牵扯到的那些人，比如杨鹤，比如圈中口碑佳的邵前辈、三台的舞美总监，聚焦点转移后，我们就有时间准备应对方案。自然，围观的人会对他信任值崩塌的，他骂过的合作商、同事、圈中的前辈，现在都会成为束缚住他的网。”

时敏眯起眼，浅浅笑道：“争取到的时间，至少够我们修好电脑拿到设计图稿。走吧，明镜，我们不着急，慢慢来。”

不久后，微博上的某娱乐八卦号发布了一条长图微博，题目为：宙斯雷电在手其实是 Kevin 王小号？

昨日，微博 @宙斯雷电在手嘲二十四节气系列女装设计师 @明镜高悬照妖精未拿到大学学历，爆出营销内幕，今日，事件再起波澜，自称镜界设计师妹妹的微博用户 @巧笑 - 倩兮抛出成绩单后，向因中国鹤闻名国内外的 @国际著名设计师 Kevin 王（王振宇）发出质疑，称其成名作中国鹤是抄袭作，不久前，设计师发文回应，控诉镜界二十四节气系列抄袭中国鹤的风格。

刚刚，八姐收到私信，三区八组的搬运工们发现了 @宙斯雷电在手和 Kevin 王微博的相关之处，猜测宙斯雷电在手是 Kevin 王小号？ [震惊]

微博放出的是两个微博号的对比图，其中有一张宙斯雷电在手十一期间发的，定位在某大牌慈善晚会现场的照片，拍的是慈善晚宴卫生间的洗手池。

宙斯雷电在手：刚刚厕所，尿一半发现旁边是某 L 巨星，想着打招呼，一激动滋了他一鞋尿 [图片]。

那张配图上的洗手池擦得很亮，金色的水龙头反光，放大了看，能看到拍照人的手和戴的表，以及标志性的碧玺袖扣。

而八组网友们放的对比图，是国际著名设计师 Kevin 王同时间段发的一条微博照片，照片是和著名影星柳方航的合影。

手表，碧玺袖口，一模一样的袖子，都被网友们用醒目的红线圈了出来。

除此之外，还有很多迹象表明两者是一人，微博内容、手机型号、发微博的语气、使用标点符号的习惯等等。

八姐这条微博发出后，首先炸锅的不是骆明镜的粉丝，而是杨鹤的粉丝。

杨鹤的粉丝们发现，宙斯雷电在手一千多条微博中，有二十七条和 Y

女星有关，全部都是谩骂和吐槽。

吐槽她品位，吐槽她金主，吐槽她脸松，吐槽她脑残粉多，最近一条吐槽她眼瞎。

微博 ID 鹤女皇踏星辰是杨鹤十年的铁粉，她发了条微博：

[怒] 看到一条微博，本来不相关的，偏有黑子要引战，仙鹤们，不要去评论区给他增人气。一个字母代表不了什么。不过还是忍不住说一句，什么国际著名设计师，人品烂到不行。

然而不久之后，经常在贴吧活跃，有六千粉的杨鹤粉丝，视频剪辑大触，ID 为“小鹤 A 罩杯”的妹子发微博：

我想我必须站出来说点什么了，我实在不愿相信我的老板是这种人。我以为提起我女神一口一个戏子是他用词习惯而已，没想到私底下嘴那么脏，骂我女神眼瞎……[吐] 我明天递交辞呈，跟这种老板也没什么前途了。我来说说是怎么回事吧，年前老板说要发布新品，要请女神来代言，我本来很高兴，努力把企划出了，后来女神经纪人回绝了，回绝得很礼貌。虽然没能和女神合作我有点失望，但我尊重女神的选择。现在女神接了镜 · 界二十四节气的代言，我老板他就在小号骂我女神眼瞎，就是输不起还要把气撒在我女神身上！失望透顶……当然这不是一天两天的了，我早就知道，开会的时候老板一口一个傻逼戏子骂女神，我真是……我女神哪里得罪你了？买卖不成仁义在，何必呢？

她这条微博发出来后，杨鹤的粉丝后援团彻底崩了。转发的粉丝们安慰完她，再去王振宇大号开撕。

仙鹤姐全球后援团：转发微博 [怒] 买卖不成仁义在，何必呢？

小鹤 A 罩杯的评论区里，她又回复了一个粉丝的评论：

@ 韶华知君：对，我老板不仅骂鹤子，还当着我们面说邵勤前辈狗眼看人低，倚老卖老，五十多岁要是眼神不好还是提早入土吧……反正说得很难听，也是因为合作项目的事，就因为邵勤前辈没卖他面子。

邵勤在娱乐圈德高望重，是能授予人民艺术家称号的老一辈了，他为人低调谦和，口碑极佳，八卦从来没有他的负面新闻，粉丝们平日里也都岁月静好，和和气气。

这样的艺术家前辈竟然也被骂了，关键还骂得这么难听，还咒他早死？

邵勤的粉丝们怒发微博，直接圈了王振宇的大号，放出他小号提到的咒骂邵勤戏霸祝他早死好早得终身艺术家称号的那条微博截图，并发了手写文教育王振宇，要求他公开向邵勤道歉。

这下精彩了，凌晨两点时，微博的在线用户竟然居高不下，不断刷新该时段纪录。各家粉丝统统找上宙斯雷电在手，翻完他的一千多条微博后对号入座，发现自己偶像也被骂了之后，再跑到国际著名设计师 Kevin 王的微博下开骂。

热门评论里，有人笑称："哈哈哈哈哈，服了服了，他是怎么平安长到这个岁数的？怎么没人打死他？"

"王理发师真不要脸，大号里跟我家然然合照夸他帅还圈我们后援团蹭热度，小号里骂我家然然长得娘们儿唧唧让你反胃，前后发微博不到两分钟，呵呵，戏精，教科书式不要脸了！两面三刀精分狗！"

"能一口气得罪这么多人，这也是个神人了。我竟然有点想笑，很久没见嘴这么脏的人了，也是活该。"

时敏家中，骆明镜打电话给许倩倩："倩倩，你收的画稿呢？晴空鹤，在宿舍还是在家？还能找到吗？"

许倩倩愣了一下，大声尖叫起来："哥！你是要正面撕他吗？啊，何西，何西快起来。哥，我拿着呢，在我住的地方，我给你送画室去，何西快点！"

"你再问问何西有没有内存大一点的移动硬盘？"

"……"

许倩倩问完，抱着手机发抖："哥有！他说有。"然后又去问自家男友，"何西，你知不知道电脑进水了还能不能把里面东西恢复？"

何西说了好长一串话之后，许倩倩道："哥你等着，他说他去看看具体情况。"

骆明镜挂了电话，叹了口气。

时敏收拾好猫，拉着他下楼。两个人不想打扰到家里人，走得很轻，结果却见时楚一个人坐在客厅，也不开灯，就窝在沙发里，皱着眉头看手机，荧幕光打在脸上，阴沉沉的。

时敏帮他开了客厅灯，问道："是在看微博吗？"

时楚"啧"了一声，从桌子下摸出一盒烟，点燃，抽了两口，他拨了个电话。

时敏笑道："祝好。"

离开时，骆明镜听到时楚说："我们手头有多少份和寰宇设计的合作项目？明天上班后全停了，全停，正在合作的也停了，我管他们节目怎么做，让风华那边撤资，还有李导那边，你明天去跟服化组说……"

时楚挂了电话，又看了眼微博，沉声骂道："戳瞎你的狗眼！"竟敢骂老子捧在心尖上的女人，找死。

不久后，楚鹤 CP 站站长发布了条微博：

@国际著名设计师王振宇放个对比图给你，告诉你为什么杨鹤不接你的新产品，我一向擅长教人怎么打脸才打得响。

微博里放了王振宇近几年的作品，从风格、设计、流行元素、用色上一一解释了，每一个都打了个人分，五分，满分一百。

"红配绿赛狗屁。"

"还孔雀王归林，你这是野鸡插狗尾吓唬人。"

"西红柿炒鸡蛋。"

"葱花豆腐。"

“王设计师对中华美食文化一定颇有研究。”

楚鹤 CP 站站长：最后，放两张图给你们洗洗眼睛。

他在末尾放上了中国鹤和二十四节气立春的图，点评道：“风格一致。当然，依我看这种能拿到国际舞台上展示的风格，不是你西红柿炒鸡蛋的水平能设计出来的。王振宇，到底是你抄了你口中这位大学没毕业的三流女装网红 @ 明镜高悬照妖还是人家借鉴了你，你自己心里没点数吗？我本来想给你挂个三甲医院眼科瞧瞧眼，看了你的设计后，又想让你这种没毕业的水平重读个大学，别给你老师丢人，但现在，我真诚地邀请你从幼儿园读起，学学说话和礼貌，学费我出。”

骆明镜和时敏到画室时，许倩倩和何西已经在门口等着了。

两个年轻人只是在睡衣外面披了件羽绒服，骆明镜连忙跑着过来开门，何西说：“需要台式机，我哥们儿家有一台闲置的，在和平路，不远，我跟他打过电话了，他在等着，我可以去拉过来。”

“我跟他去。”时敏调好车头，吩咐骆明镜，“你先跟妹妹进屋。”

两个人走后，骆明镜打开空调，烧水，叫来许倩倩推开沙发腾位置。

许倩倩小心翼翼地从羽绒服里掏出一个文件袋，拿出那三张画稿。

那三张只是线稿轮廓，不能单独充做证据。

骆明镜沉默地接过，摸了摸她的脑袋。许倩倩擦了堆在眼眶的泪花，仰起脸，想说什么，却只会喊哥了。

“我没事。”骆明镜说，“我不会逃避一辈子，我不怕的……”

他从箱子底拿出旧衣服包裹着的笔记本电脑，放在客厅的地上，看着它，轻声说道：“我一定可以拿回我的东西。”

何西和时敏回来后，几个人动手组装台式机，忽然，骆明镜扔下手中的线板，把里间的电脑桌推了出来。

他打开手机，发了一条微博。

明镜高悬照妖精：@国际著名设计师 Kevin 王 王振宇，我让你亲眼看着，我是怎么把你抄走的拿回来。五年前，你到我画室拿第三稿，偷我电脑，被我妹妹发现后，你当着她面把水倒在键盘上。你没有三稿，就和柯戈在晴空鹤二稿上加了祥云纹当最终成品，很遗憾对不对？想知道晴空鹤的成稿是什么样子吗？[摸鱼直播链接地址]

尽管已是凌晨三点，但评论区立刻有粉丝响应：

“妖精终于出现了！”

“这时候开直播，直播撕架吗？”

“支持你，我信你！”

“让他把中国鹤从那张臭嘴里吐出来！”

“姐妹们，记得给妖精录屏！”

明镜高悬照妖精的直播间里，在线人数不断攀升，他们进来后，看到一间画室里三个人正在拆解笔记本电脑。

有评论也有帮忙指导的，大多数却看不懂，担忧着骆明镜。

“妖精的脸色好憔悴。”

“眼神都空了……”

“哎哟，气死我了，妖精快拿三稿扇他脸！”

“作为设计在读，我是真的很好奇成稿。我不认识这个主播，王振宇的中国鹤并不是十全十美，我之前觉得过誉就是感觉祥云纹很多余，破坏了整体气息，好像断了一样。我现在倾向于相信这个主播。”

“快了！差不多了，这个技术小哥专业素质过硬啊！”

“妹妹男朋友吗？”

“……大家都好认真。”

忽然，有弹幕说："是有人在听英语听力吗？我幻听了？好像有人在讲外语……"

时敏坐在镜头外打着电话，骆明镜听到她说的话，惊讶地抬起头远远看着她。

"求英语大神翻译！"

"是妖精的女朋友吗？女声哎！"

"我试着翻译一下。抄袭……对不起大家，遁走遁走。"

"我把声音调大了，她应该是在跟外媒打电话，在说中国鹤的事。"

"膜拜前面的大神！大神快，继续翻译！"

"中国鹤设计师涉嫌抄袭，她想请外媒关注此事，撤回所有关于中国鹤的荣誉授予，并让 Kevin 王赔偿什么什么设计会的损失，进入黑名单。厉害啊……"

时敏挂了电话，对骆明镜笑了笑，轻声说道："明镜，放手做吧。"

只要他能证明，她就能以最快的方式，让卑鄙的盗窃者付出应有的代价，不仅仅是归还中国鹤。

桌上的电脑开着，屏幕里放的正是骆明镜的直播现场，王振宇以一种奇异的姿势弓背坐在桌边，靠近插座，充电线连着电话的尾端。

手机已经很烫手了，但打进来的电话仍然没断过，即便现在是凌晨两点半。

短信、邮件、未接电话的提示一个接一个地来，王振宇磕磕巴巴地讲完国际长途，来不及骂娘，又要忙着接下一个打进来询问情况的电话。

有合作方，让他明天工作时间联系，谈一下解约的事情；有投资商，说他们收到消息要换掉顾问王振宇，让他解释一下现在的情况；还有关系不错的同行，打电话询问安慰。

而他的另一部注册宙斯雷电在手这个微博账号的手机，自打两个小时前接到了月锋娱乐和杨鹤经纪人打来的电话后，就再不敢开机。

月锋娱乐和杨鹤的经纪人打来电话时，直接称呼他王振宇先生，要他明天到月锋娱乐一趟。

两家都把话说得很含蓄，而且约的同一个地点，说要帮他解决问题，希望他配合，共同处理好这次危机。

他被认出来了！王振宇立刻挂了电话，关了机。

他现在对自己当初挂骆明镜的冲动行为很是后悔，他紧张地盯着屏幕，看着那台眼熟的笔记本电脑一点点被拆解，画面里戴黑框眼镜的斯文年轻人敲着键盘，似乎正在修复数据。

王振宇心道：当初不应该犹豫那一下……

自己果然不是能成大事的狠心人啊。王振宇想，他当时就应该把电脑带走。

当年等不来三稿，听说骆明镜被拘留，他就摸到了海市去，问完情况，他跟李翔商量："那就把主设写你，把他放最后。展厅都在布置了，耽误不起时间，快点拿三稿……哦，对，他学籍会被撤吧？还能毕业吗？毕设成绩估计也会受影响，我什么运气，怎么摊上这种团队……"

李翔在电话里不想跟他多说，只说自己现在有事，让他自己去画室，等晚上他回去商量。

他知道，李翔和骆明镜一个德行，瞧不起他这个蹭毕设的，骆明镜出了事，毕业和毕设都悬了，指不定他李翔心里也在盘算着独吞毕设。

他摸到了海市的那间画室坐等李翔，这地方看样子被人砸过，破窗破门，墙上还被泼了油漆，但应该是谁整理过了，后面休息区的沙发、桌子挪正了，电视机屏幕碎了，但地上没有见碎渣。

奇怪的是没人看门，他坐不住，就在画室走来走去，打开抽屉翻看里头的东西。李翔和骆明镜合开的这间画室是高考拔高班，柜子里装的都是学生们的作业，每一次的都留着，改过的，没改过的。

休息室旁边还有个小杂物室，他摸过去，扭开门，发现里面堆放的是骆明镜的东西。

没画完的手稿，笔记本电脑，还有杂七杂八的一些日常用品，洗漱杯，没喝完的半瓶水……

所有的东西看起来像是被人慌里慌张堆到这里来的，还没顾得上整理打扫。

他翻着手稿，忽然，他冒出了个想法，这个危险的念头刚一出现在脑海中，就令他兴奋到战栗。

他把手稿卷起来塞进画筒，咬着舌尖打开电脑，在键盘上试着可能的密码。

可惜他对骆明镜了解太少，试了两次，仍没打开电脑。

就在这时，骆明镜的妹妹回来了，那小姑娘声音尖细，见他趴着输密码，一张口就是脏话，上来就挠……

回想起当年的事，王振宇现在还是生气的。

他跟那个姑娘打了一架，胳膊上全是指甲印。他火一上来，也顾不上那么多了，就拽着她头发，把她抡到一边，瞪着眼睛说："说我偷是吧？"

他满心急火，砸了电脑，还浇了水，跳起来骂："我偷你大爷！老子好心情来收作业，全被搅和了！"

那姑娘捂着头皮哭，一边哭一边拦门不让他走，哭得几乎要断气，惶惶无措翻来覆去那几句骂着他。

"滚！我再垃圾也没骆明镜垃圾，再骂我就撕烂你的嘴！"

王振宇急起来像只疯狗，他记得他打了人，怒火烧得脑壳疼，他离开了画室，呼哧呼哧喘着粗气打电话给表舅骂了一通："都什么狗屁事！气得要死！"

后来越想越气，经过海桥时，他把画稿全给扔了，看着它们一张张浸了水，沉入水下，消失不见。

“让你说我偷！”

如今，他后悔得要死。他脾气爆性大，被人激怒后只想一炮仗炸了地球，画稿被他自己撒气扔了，空着手回去，挨了表舅一顿骂，只好自己照着表舅之前收上来的二稿，熬了两周的通宵赶完了毕设。

他不知道表舅是怎么跟李翔说的，无非就是拿毕业证做文章，总之，最后毕展前一天晚上，做标签的学妹把作品作者的卡签发给他时，他才发觉晴空鹤这个作品的创作者一栏只有他一个人的名字。

两个月后，李翔补交了一份毕设，表舅让李翔过了。

之后，晴空鹤作为优秀毕设送友校参展，再之后，他参加了当年的中意留学项目，给晴空鹤换了个名字，带着它漂洋过海留学镀金。虽然有波折，但总体而言还是顺风顺水的。

王振宇揉着太阳穴，接起又一个电话，电话那端是他表舅柯戈。

王振宇一阵委屈不平涌上心头，对着电话把人都骂了一遍，听到表舅说骆明镜攀上时敏了，他跳起来，用力地踢了椅子一脚，气呼呼道：“我就说！怪不得！那群落井下石的家伙……他现在想起翻旧账了啊，还翻出来！丢人都丢出国了！我就不懂了，当年耽误事的不是他吗？说好了这是合作的作品，因为他那点破事想让我们全挂，他现在想干吗？想独吞？”

王振宇喋喋不休道：“当年不是你拉来的展位弄来的邀请函，那玩意儿能打出国门让人看见吗？现在贪名气了想独吞，有这种事吗？你见哪个大老爷们整天唧唧歪歪盯着以前的事不放？他真以为自己的设计很好？什么年代了，不是我们运作，他以为就靠他这点破玩意儿能得来这么大名气？好，东西大多是他的创意，这我承认，但中国鹤是我一手做起来的，我带着出去参展，前前后后帮忙跑展位，拉媒体，那都是我做的，他有做什么吗？没名气的时候没见他来要，好家伙，知道我回国了，攀上个富婆敢来问我要东西了啊！”

直播间的弹幕里，有几个人问：

“既然留着电脑，为什么现在才撕？”

“闭嘴吧，撕抄袭还用挑日子？”

“可能之前有维权过，失败了？我猜的啊。”

“唉，国内的版权真是很糟糕，心疼被抄袭的……”

“前边的，我跟你们讲，一般抄袭的都是有后台的，资本链懂吗？得罪谁不能得罪钱，所以被抄袭的维权很难的，尤其妖精这种之前没名气的。”

“妖精，我们都在！怎么没人气！有！我们都支持你！”

凌晨四点半，骆明镜把画室前的隔离板拆了，挪到了镜头前，做好了简易的展示板，小助理送来了三台打印机，八大摞纸。

展示准备工作，已经做完。

何西轻声道：“恢复 98% 了，快了！”

许倩倩坐在镜头外，窝在沙发上一抽一搭地哭，时敏就坐在她旁边，轻轻拍着她，一边看进度，一边跟律师沟通。

凌晨五点，何西说：“哥，来看吧，没意外的话，应该都恢复了。”

骆明镜扑到电脑前，差点栽倒。

有几个粉丝在微博上喊了一声，硬盘已恢复，瞬间，直播室的观看人数急速上升。

连新波娱乐也发了微博：“有多少没睡的孩子跟小编一起在围观设计圈年度抄袭事件？”

评论区众人纷纷打卡。

“我什么都看不懂，但我很紧张。”

“啊啊！恢复硬盘的那一瞬间，我莫名泪目了啊！”

“默默举手。当年围观过年打孩子和情缘八一八都没这么投入，我一个完全不懂设计，谁都不认识的，竟然在熬夜看。”

“我也……朋友圈都刷屏了，我那个程序员表哥也在围观。”

“好激动啊！这绝对是年度事件了吧！”

“半只脚踏进设计圈的人来科普一下，王振宇在设计圈相当于大拿了，近十年唯一能在国际上站稳脚的新秀，然而他现在被撕抄袭，这在设计圈内，基本是八级地震的大事了。如果抄袭成立，就是我国设计圈的耻辱，会丢人丢到国外去。”

“这里海外时差党！刚刚外媒报道了！推特上国际设计会发了微博说要关注此事进展！”

骆明镜点开了文件夹，一张一张的图稿慢慢出现。

他微微吸了口气，对镜头说：“我给大家讲一下……设计稿。”

打印机开始工作，一张又一张的图稿从打印机里吐出来，骆明镜把它们码好顺序，钉在了展示板上。

他神情专注认真，一边贴，一边一张张地讲。

从设计主题，到设计思路，每一个花纹，每一处裁剪，备注也清清楚楚。

弹幕飞过一片：

“哭了……”

“我也哭了。也不知道自己哭什么，就是忽然很难受……”

“我替妖精委屈。”

“这就是我家妖精的字！我家妖精的画！”

“王振宇不要脸！王振宇不要脸！王振宇不要脸！”

“服设在读生在键盘上长跪不起……”

“晴空鹤。”骆明镜拿起最后几张画稿，“这是没有完成的三稿，七件衣服，七个人，晴空白云林中仙鹤……左袖的设计是不一样的，第一件代表嵇康……腰纹设计是参照了古琴落霞式……二稿的时候还没定，所以这里没有添加，人狂天地空，天为衣，地为裳，所以这件衣服上根本不会添云纹，空出来的地方是要上色……”

“这是我的晴空鹤。”骆明镜说，“而且，就像我草稿中画的这样，模特展示的时候，参照竹林七贤砖印模画中的位置……有卧有站，方位也不同，并非是一个系列单独割裂开的展示。设计主题也不是王振宇说的仙风鹤骨，鹤只是个精神象征……”

弹幕被一群专业人士占领了。

如果评论有声音，可能会是惊叹声和掌声。

骆明镜说：“这是我的东西，王振宇，我的要求是，把不属于你的设计全部拿掉还给我，向我道歉。”

他说：“你必须向我、向我妹妹道歉，你当初为了抢设计稿，打了我妹妹。”

许倩倩没忍住，哭出了声。何西两只熬红了的眼瞪着，这个斯文的大学生现在的神情看起来想咬人。

“你必须道歉。”骆明镜说，“但我不会原谅。我会联系你，今天九点，当面给我、给我妹妹、给所有你欺骗过的人道歉。”

王振宇打开微博，翻了几条评论，无一例外，全都是骂他的。

王振宇说：“你丫自找的，骆明镜。”

他狠狠掐灭了烟，在键盘上，敲下了一行字。

国际著名设计师 Kevin 王：骆明镜，中国鹤谁付出的心血更多你心里比我清楚，它是团队的不是你个人的，想分杯羹可以，不是不行，别把自己塑造成受害人博同情买水军攻击我。我会专门回应此事，也算给大家一个交代，要说的太多，咱们中午十点见。

王振宇这条微博发出来后，没几分钟，评论区就被火热的网友攻陷。

“现在骂他有人赞吗？凌晨五点半！”

“有，我给你赞到明年！”

“臭不要脸还狡辩，你抄人家的我们看得清清楚楚。”

“妖精名字好好听！姓也好听！”

“看到一条评论气得要死。他王振宇之前强调中国鹤是他个人独立创作的作品，现在被打脸了，又说是妖精冲着名气想来分一杯羹，还团队……呕，老子想让你睁开眼看看清楚我家妖精电脑里出来的不是图，是砸塌你狗头的‘石锤’！”

“给大家分析一下这条微博的意思：中国鹤不是晴空鹤，名字是我起的，所以我也有贡献。虽然我拿的是你的东西，但它是被我抄了才出名的，你贪图名气要拿回去，我不服气，我有话要说，才不道歉，我们十点见 [呵呵]。另外纠正一下这位‘国际著名’设计师，是上午十点不是中午十点，强迫症看得好难受。”

“人家直播证据后，王设计师迅速公关：一、骆明镜你不要脸。二、骆明镜你卖惨买水军。三、骆明镜你等着，我要去写长文哔哔你，十点见 [笑而不语]。哈哈哈哈，作为一个国际著名的大设计师，王先生没有自己的公关团队吗？这种回应水平……还是说你的公关团队都辞职了？”

其实，王振宇确实有律师团队和公关团队，只不过，他联系不上他们了。

在骆明镜发微博要直播的时候，事务部的团队领头人单独建了个群，把半夜给她打电话说要解约的合作商全都报在了群里，并说：“基本不剩什么了，明早上班得一个个见面解约 [呆]。”

“老板怎么了？惹到谁了？”

“悄悄说一句，月锋娱乐那边有人透风，老板撕的这个网红是时二少的现任。”

“难道不是惹到时大小姐了吗？那谁，杨鹤……”

时敏在圈内，被称为“时家二少”，而时楚则被称为“时大小姐”。

“凉了凉了，老板凉了。我说这句你们别截图啊！这月工资还没报财务呢！”

“歪个楼……二少的眼光很独特……为啥也喜欢网红啊，我以为她起码会找个影帝。”

“不是，那老板抄没抄啊？他要真惹上官司，咱公司就真凉了啊各位！谈正事好嘛，我急死了……”

“我在看直播……出结果跟你说。”

“我也在看直播。”

“哎？你们看什么直播？”

“这个 [截图]，直播打老板脸的，你看吗？”

“真的？几成希望能打到老板脸？”

“九成九……[默哀]”

“那还不早说！看看看！谁给我来个链接！”

待骆明镜直播讲完设计构思，群里陷入了诡异的沉默期。

直到国际外事部的小姑娘号叫道：“啊啊啊！老板刚刚打我电话，我没接！”

“我也没接 [坏笑]。”

“完蛋了完蛋了，要失业了。”

“这还怎么公关啊。第一个直播放抄袭证据的，还是铁证，别接了，没看 Ashley 都要辞职了。”

“那个杨鹤铁粉真的是 Ashley 啊！ @Ashley 心疼你。”

Ashley：“[微笑] 大家再见，天凉王破，谁还跟着卑鄙无耻下流垃圾王干谁就是狗，祝大家都能找到更有前途的工作。”

Ashley 退出群聊。

“我们……好像被骂了。”

“[苦笑] 把人妹子都逼成啥样了，瞅瞅。”

王振宇发那条微博的同时，骆明镜给直播间的粉丝们道了谢，接着，他也发了条微博——

“硬盘已恢复，我将保留所有证据，走法律途径解决。”

发完后，他关了直播，刷到王振宇的那条十点见的微博，对时敏说道：“看来他是不会道歉了。”

“没关系。”时敏说，“你先睡一觉，等我送完倩倩回来，接你去见律师，不管他道不道歉，我们直接走法律程序。”

时敏去送何西和许倩倩回去，骆明镜简单收拾了下屋子，蹲在厨房的收纳柜前，拿着半瓶烧菜用的红星二锅头发呆。

之后，他仰头干了半瓶白酒，窝在沙发上，蜷缩成一团睡觉。他很累，并非身体，而是灵魂，沉重又疲累。

骆明镜迷迷糊糊地想，谢谢时敏没问他为什么一直留存着证据，却要等到现在才拿出来，幸好她没问，也没追究。

有些事情，是联系在一起的，提起一件事，另一件事如影随形。

骆明镜快要睡着时，好像又听到了那个心理咨询师的声音：“创伤后应激障碍，你的症状外显突出，甚至提起不相关的抄袭事件，你就会过度焦虑、回避……你妹妹说你有自杀行为？”

“没有。”他回答，“我只是走到楼顶，去看看……我妈最后站的地方，我不是要自杀，我妹妹太紧张了，我不会死……我不会死。”他反复强调着。

他睡得不安稳，眉头一直皱着，好在喝了酒，高度数的酒精灼烧着，麻木了痛感，渐渐被涌来的睡意吞噬。

早上七点半，新波每日咨询发布了一条总结微博：

今日凌晨，#中国鹤#抄袭事件又有新进展，设计师@明镜高悬照妖精通过直播的方式放出了当初的设计源文件，并宣布启动法律程序。这将是国内首例通过直播证据的形式进行维权的案例。目前，@国际著名设计师Kevin王已在微博做出回应，#中国鹤#是团队作品，将会在十点在微博放出相关证据。

这种新闻早报，大多数时候没多少人气，看的人多，评论的人少。然而，今天的这条微博发出来后，评论区忽然热闹了起来：

“小编别十点了！王振宇发了！”

“这什么发展，不敢相信自己的眼睛！”

“这事妙了。”

“王振宇发了，去看他微博。”

“我看不懂了……有点可怕。”

国际著名设计师Kevin王：竟然通过合作商给我施压，呵呵，真了不起。本来想一五一十地把当年的事情写出来，交给网友评判，但来不及了，合作商给我发了短信和邮件，让我今天九点去月锋娱乐面谈，不然要找上门来。谁给你们的权力威胁守法公民？有后台了不起？你不仁也别怪我不义，我简单把事情说一下，骂我无耻让我去死，还殃及我家人的脑残丝们，你们嘴巴洗干净，睁大眼睛看好了。

一、中国鹤从一开始就是团队合作，三个人的合作，这件事，另外的团队成员可以为我做证，中国鹤不是他骆明镜一个人的！我有份！它也属于我，我拿走并不是抄袭，而是救了这个作品，不然它会胎死腹中！

二、中国鹤之所以能走出国门，是我带着去参展拉投资商，忙搭建渠道。这期间骆明镜未出一点力！未出力原因最后会讲。

三、骆明镜之所以现在找上门来，是因为他背后有了金主，我的合作商都被威胁了!

四、骆明镜管好你的走狗，不要到我评论下面喷脏，说我无耻恶心之前，先把自己洗干净了。当初为什么会合作中断你敢跟你的粉丝说?粉你的粉丝不少是未成年女学生吧?你到底是不是别有用心?我今天就把话说开了，你大学肄业，你自己中途退出毕设，都是你活该。仗着有钱骚扰性侵未成年少女，毕业前事发被抓蹲监狱，毕设差点因为你全黄，没人品没责任感的犯罪分子，现在被金主包养了倒有脸来问我要中国鹤?真会仗势欺人啊!

第八章

WOJIAFUREN
CAIMAOSHUANGQUAN

他的过往

时敏返回画室途中，接到了 Fiona 的电话。

“怎么也不歇会儿？”时敏心情不错，关心起这个小姑娘，“换着班来，年轻人别累着。”

“姐……”Fiona 有气无力道，“姐，你看一看微博吧……王振宇他发微博了。”

Fiona 在电话那端泣不成声。

“哭什么？”

时敏停了车，打开微博，Fiona 回答：“不知道……就是想……想哭。”

时敏紧锁着眉，点开王振宇微博，匆匆看完，说道：“姚菲，别哭，联系小皮，让他待在海市先不要回来，查当年的那个学生，名字、年龄、家庭背景、目前去处。”

“姐……”

时敏说：“我很早就知道了。这不是你要考虑的事，这是我要处理的事……现在，你让公关组停止一切动作，等我指示。”

“好。”

“帮忙联系黄律师。”时敏说，“王振宇这边不着急，会让他哭着跪下认罪的。”

她挂了电话，拨给骆明镜，最好他没看到，最好他现在还在睡……

“骆明镜快接电话！”时敏忍不住吼了出来，车几乎横着飞进了瓶子胡同，时敏第三遍拨他的电话。

这次，他接了。

“……”

时敏停住了脚步，仰起头看向画室外的楼顶，骆明镜站在正直两个字中间，眯起眼睛对她笑。

时敏压低声音，忍着怒火和不安，对电话里说道：“你下来。”

“怕什么，怕我跳下去吗？”骆明镜举了举手中的那只小奶猫，“我来抓总裁。”

“骆明镜，下来。”

“你看见了吧，微博。”骆明镜蹲了下来，长发在风中飘着，他看着时敏，轻声道，“时敏，这次，我没有证据。”

他说：“怎么办？没有证据证明我有罪，也没有证据证明我清白。”

“但我信你。”

时敏说道：“我信你，骆明镜。我这份信任，是证明你是个好人的证据。下来，现在，你来试着信任我。”

“再没有比你更好的人了。”她说，“所以我会证明你无罪，用尽一切力量。”

时敏站在画室中央，抬头看着墙角的摄像头。

骆明镜从楼上下来，放下猫，顺着她的视线淡淡看了一眼，说道：“是摄像头，我装的。”

“能用吗？”

“当然，一直开着，我以为你知道。”骆明镜笑了笑。

时敏拍了拍沙发：“坐过来说话。”

骆明镜坐了过去，瞬间放空。

他沉默着，刚刚还能维持的平静笑容瞬间碎裂，被无处安放的迷茫无措取而代之。

时敏说：“你被拘留过？在要大学毕业的时候？”

“嗯，因为打架，治安拘留。”

“多久？”

“拘留十五天。”骆明镜说，“正经的。”

“之后呢？”

“拘役三个月。”

“什么理由？”

骆明镜停了停，慢慢说道：“抱歉，没跟你坦白。这个罪名太难听，我开不了口。三个月的拘役，说是性骚扰成立，但我从未进过法院，也没有辩护律师，甚至没有确切证据，他们其实……是想要我家拿钱。”

海市是一个什么样的城市呢？沿海省份的沿海小城市，本地人基本都是做生意的，婚姻关系混乱，思想遵循“传统”非常重男轻女，天价彩礼女人不上桌包干家务，先生男孩再领证，基本是市民们默认的地方规矩。

在这种作践人的大环境下，海市的公检法系统更是荒谬得像个笑话。

海市多富二代，这些二代非常具有海市本地特色，吃喝嫖赌沾染一切恶习，刑法不允许的那些行为，在他们眼中就是行动指南，他们把自己活成了穿皮草的畜生。而海市的公安局，就顺应本地特色，也开展起了特色办公。

海市公安，二代们的交易场所——头顶法律，两手交钱，双方心知肚明。

进去，交钱，出来，如此循环。

骆明镜从海市公安看守所出来后，长达一年的时间，那些警察的话还会反复不停地在他梦中出现：“怎么能叫狼狈为奸呢？这是各取所需。骆二代要怪就怪你太不识时务，人姑娘家都说了，可以不娶，但八十万一分不能少，能私了就私了。”

时敏轻轻拍了他一下，骆明镜回过神，道："是不是很难想象？"

他说："那是我们的生活常态……一个市，一个没有多少穷人乞丐，人均财富超过很多一线城市的地方，病态是常态。说出来不会有人信，所以我一直……"

时敏问他："明镜，当年到底怎么回事？"

短暂的迷茫过后，骆明镜试图开口，又呆了一下，才慢慢道："说我摸她。"

"我发小……在那年寒假开了间画室。"骆明镜轻轻摇头，从头开始，低声给时敏讲述，很努力地讲，"我们收了一些高中学生，艺考拔高班，我们负责给学生们讲课。学生里有个女学生，我……我对她印象不深，真的……忽然就冲进了一群人砸东西……她爸爸和一些哥哥，说日记本里我摸她……我在派出所待了一晚，然后他们说，那个女生指认的我……不知道，根本不知道……我出来……是秋天，从没见过那个女生。"

骆明镜断断续续地把话讲完，跳过了很多东西，前言不搭后语，连到底发生了什么事都无法讲清，他回避了太多的东西，并非有意，而是说不出。

时敏想起他病历上那个刺目的病情初步诊断：PTSD，延迟发作，患者注意力涣散，无法描述事件细节，不能回忆起完整事件，并伴随中度抑郁，需药物介入治疗。

她皱眉道："他们没有证据吗？"

"日记本。"骆明镜说，"没有别的证据了……时敏，不是我。我们家是不怎么样，但我妈跟那些妈妈不一样，我不是人渣，我是人，我妈教过我……我怎么会骚扰女孩儿。"

时敏问："画室有几个老师？"

"就我和李翔。"

"飞翔的翔？"时敏拿出了手机，打开了小皮发过来的邮件。

骆明镜“嗯”了一声。

时敏道：“不是你，就是他。如果那个女生没有说谎的话。”

“应该不会说谎。”骆明镜说，“但她最后指认的是我，可能是因为钱的问题。”

“私了吗？谁先提的？”

骆明镜这次没有记忆缺失，他顺利说了出来：“我进派出所的第二天，那姑娘的爸爸叔叔们提的。”

“你没同意？”

“能同意吗？”骆明镜忽然笑了一下，“她要嫁我的，她爸让我娶她，先拿二百万，再给彩礼，还得给套房，还要供她读大学，摆酒席娶她。哦……我想起来了，他们就是为了钱。”

骆明镜像是忽然找到了关键点，一扫迷茫，带着无奈的怒火，说道：“所以他们把李翔给放走了。李翔家没钱，我就不一样了，我家有钱，能开口要价。”

“后来呢？你不答应，他们降条件了吗？”

骆明镜忽然愣住了，他迷茫了一阵，说道：“应该去找我爸了。这种事也不是我说给就能在派出所写张支票给他们的……不可能的，所以他们去找我爸了。后来就不再提结婚的事，嗯……之后……好像说八十万私了，让我给我爸打电话，八十万就让我出去，不起诉我。我还记得他们到学校堵倩倩，可能他们找不到我爸。”

为什么那个时期，找不到骆合强呢？他在忙什么？忙着给小三陪产。

为什么他们忽然不提结婚的事了？骆明镜呆了会儿，忽然流泪了，想起来了，因为妈妈不在了。

时敏的手机调成了振动，时楚打来电话时，时敏刚把小皮发来的邮件看完，骆明镜就在旁边，蜷在床上睡觉。

“爸妈让你回来。”时楚说，“爸有点生气，你做好准备。”

“他们看到了？”

“老二，看见微博了吗？爸妈得多瞎才看不见？”时楚说，“热门要爆了，你哥一口气扔了三张王炸都不行，热度分流不明显。”

时楚把对家一哥一姐的料抛了出去，尽管很轰炸，但依旧没能分走多少热度。

“你想出对策了吗，不着急？”时楚道，“想不出就先回来应付爸妈，我头疼。昨晚一夜没睡，要被气死了……”

“我联系黄律师了，但现在还不是时候，我让小皮去找当年那个画室的学生了，我要等他那边准备好，才能让黄律师出来。”时敏说，“重点是海市公安渎职。”

“……”

电话那端沉默了很久，时楚不知是讽刺还是感慨，道：“牛了，敢把焦点放在国家政府机关上了啊，时敏，搞不好一把死。”

“死不了。”时敏说，“我是守法公民。”

“你信他？”

“你觉得他是那种会摸未成年少女的男人？”

时楚呵呵道：“杀人犯还都会哭会笑上有八十老母下有三岁幼童呢，少来。你还不如去找李翔，拿钱压着让他出来认罪。”

果然，时楚也在关注这件事，并且看样子，调查进度和时敏的差不多。

“我正在安排。”时敏说，“李翔今年结婚了，结婚对象海市本地大四生，油画专业，家中多是海市公检法从业者，她叫刘蓉，就是当年说自己被骆明镜性骚扰的姑娘。”

时楚反应过来了，骂了一句：“老二，下次找男人能找个家庭背景简单成长环境单纯的吗？他家乡那地方的人都是些什么奇葩？”

“没有下次了。”时敏说，“我这就把他从那复杂的环境里捞出来，给他简单的家庭环境。”

小皮发来了新的进展："已沟通，以前画室的学生愿意发声，我重点跟了三个，晚上发。"

与此同时，Fiona 的电话也来了："姐！看微博！妹妹发了长文……"这姑娘吹了个鼻涕泡，"丽丽，给我拿张面巾纸……姐，你快看！我们公关组要跟进了，这就转。新话题都打好了，气人！"

许倩倩？

时敏点开了巧笑 - 倩兮的微博。

新的动态是篇长文，时敏匆匆扫了一遍，放下了手机，"啧"了一声，双手揉太阳穴。

"不好。"她抬起头，抽了张纸巾，差点哭出来。

那条长文的转发，好多都是骆明镜的粉丝，也有一直看热闹的网友。

"这要是真的，那我真的无话可说，只能说这世界上人渣太多。"

"好人都是这么被逼死的，我宁愿他坏一点。"

"靠！求人肉李翔、刘蓉还有垃圾刘所长，我想网络暴力他们！"

"真……除了惨说不出别的话了。"

"@ 海市公安 @ 海市公安 @ 海市公安求调查！"

"@T 大校园官方微博求调查 @ 柯戈教授抄袭学生作品，利用职权授意自己外甥王振宇抢走晴空鹤一事！"

"第一次不愿相信是真的，心疼得喘不过气。"

巧笑 - 倩兮：给我哥正名。看到王振宇的诽谤侮辱，我实在忍不住，凭什么？凭什么这世界上，小人还能活得舒舒服服名利双收？根本就没有什么上苍，我这五年，每次抬头看天，都想骂天不开眼，这些年，那些贱人依然活着，好人却被逼到绝路，还要在今天被贱人们反咬一口，泼脏水。我哥从没有性骚扰女学生，他是被你们联手诬陷的！

发布［微博长文］这五年，我哥都经历了什么：

我是T大服设系许倩倩，海市人，明镜高悬照妖精的妹妹，今年大四，资料属实，你们可以去查证。以下所说，句句属实，我有一句假话，我许倩倩不得好死！

看到王振宇发的微博，真是气到手抖。贱人王，这句称呼不是骂你，你就是贱人王！我今天就把事情全部讲出来，让你看看，该死的是谁！

好，我们先算你抄袭的账。

你说我哥肄业，我哥被你拿走晴空鹤都是活该，你良心被狗吃了吗？

你还有脸说合作？你敢不敢摸着良心说话？你王振宇，是T大服设系贱狗教授柯戈的外甥，你还用小号撕我哥学历低，你要不要脸？你敢不敢把自己的成绩单贴上？国际著名考试六十分大师，你到了四月份，还没有毕设，你那不要脸的舅舅柯戈就把你安插进我哥的毕设组，好，为了毕业证，我哥带你做毕设。

我大娘长年重度抑郁症，我哥大四下半学期都是在家，在海市做毕设，他让你来，说了多少次。如果你想加名字，可以，你来海市，吃住我哥包，起码你人在做点事情帮帮忙。

可你是大爷，你就要待在T大。我哥交一稿，你看都没看，我哥交二稿，你连知道都不知道。

我哥出事了，被人诬蔑坐牢了，你害怕毕设黄，终于要来海市了，结果来不是问我哥什么情况，你直接跑到画室偷我哥的三稿。我哥电脑有密码，你打不开，你砸了电脑，还把水倒在键盘上，王振宇你说你人渣不人渣？被我撞见，你就打我，你拽我头发，踢我肚子，扇我耳光还骂我，王振宇你说你是不是人渣？！

你跟柯戈，抢了我哥的毕设，根本不知道它的价值。看它得奖了，你王振宇拿着它申请了意大利的学校，柯戈给你搞了个公费留学名额，你一个四级考了三次都没过的渣，你有脸拿着我哥的东西去留学？

我哥九月份出来，问柯戈毕设的事怎么解决，柯戈你个大贱人，你心虚不敢接他电话。我哥到了学校才知道他毕设被你们抢了，名字被抹了，连毕业证都没有！

我哥他又做错了什么？他错就错在被你们这群贱人算计！

李翔，你跟我哥从小学就认识，你爸做工时从起重机上掉下来摔死，我大娘心疼你跟你妈，给你们解决住处，还给你们垫付医药费，你爸的下葬费都是我们家给的。我哥掏心掏肺对你，大四那年，你问我哥要钱开画室，好，我哥给，谁让你家困难。我哥做毕设也带你，每次对人说起来，也是你给的灵感，好，算你一份。

但你怎么对我哥的？你上课想着法子占便宜把妹，结果人来砸画室，你㞞了，你说是我哥骚扰学生。

是，我哥富二代，还是富二代都是渣滓，所以我哥也是渣滓。

你跟那个刘蓉，你俩串通一气指认是我哥摸胸。证据就是你刘蓉的日记！刘蓉你被李翔摸了，你不敢说，你写日记，你那垃圾爹就说你被我哥糟蹋了，带着一群混混砸店。还有你那个所长叔！扣着我哥不放，要我问我大伯要钱。你家厉害，要二百万，还要敲锣打鼓把你娶进门，怎么不撑死你们？

你去我大娘那里闹，装得真像，哭着说我哥扒了你衣服睡了你。我大娘她本来就是病人，最重名声，你家闹完走了，我大娘也活不下去了，直接跳楼了！你们不敢说结婚的事了，改口要八十万，八十万放我哥出来。

你们要不出钱，就堵我，让我拿钱。我高考前几天，你们还来闹，堵着校门闹，还拉横幅。

我哥在监狱里什么待遇？伙食费交了，你们不给吃的，到饭点就拉去审，让他承认性骚扰，我哥哪有罪？

十五天没要出钱，二十天，二十天没有就三个月。好啊，欺负我们不懂，谁判的三个月？法院的判决有吗？

扒衣服，性侵，就是性骚扰，你们都没证据，八十万不要了，问我大伯要三十万，最后三万就给你们打发了。我哥在看守所被你们折磨出肺炎，你们才放人。五月进去，九月七号才出来，什么拘留证什么判决都没有，你们非法拘禁这么多天！

我哥出来后，妈没了，毕业证没了，前途没了，名声也没了，什么都解释不清。

他在看守所挨打挨饿，浑身伤出来的，出来你们不通知，没人去接，他是一个人走回家的，发着高烧，到家看见我大娘的遗照直接倒地！

刚出事那两年，他连话都不说，也想不起事，就记得我没高考，要辅导我艺考，辅导我文化课。他当时只能做这一件事，睡不着觉，整晚整晚失眠，你们说，你们是不是垃圾？！等我后来我考上T大，他才跟我一起出来。

他得了创伤后应激障碍，严重抑郁症，有一年时间离不开药！

罪犯和受害人合伙指认我哥，一个为了脱罪，一个为了钱！

你们真能干啊！

人心为什么这么脏？为什么啊？

为什么你们还有脸活着？为什么？

长微博贴的图是骆明镜的一份心理治疗书和他的药单，以及许倩倩拍的药，封面是骆明镜抱着母亲遗照坐在沙发上发呆的一张照片，拍得很模糊，甚至没有对焦。

时敏看完，深深吐出一口气：“还是好生气。”心疼，难过，生气，最后汇聚成了愤怒。

时楚又打来了电话，说了一长串，说爸妈也看了，让时敏和骆明镜回家来。

时楚问她：“打算怎么办？”

时敏沉声道：“一个个来。”

五年前的秋天，骆明镜呆坐在沙发上，听许倩倩说王振宇来了，拿走了毕设；李翔联系不上，应该是换了号码；他爸回来了，不往这边来，有个三儿给他爸生了儿子，送外地生的，说家里不吉利。

骆明镜回神了，问：“骆合强一直没回？”

“没有。”许倩倩小声说道，“大娘的事是我爸操办的，大伯这月初才回来，问你出来了没，最后给了曹秘书五万，是曹秘书请所长和刘蓉她家吃了饭，才把你放出来。”

骆明镜站了起来，翻出行李箱，把妈妈的照片放进去，收拾行李。

他说：“倩倩，收拾东西，是不是该走了？录取通知书到了吗？”

许倩倩说：“哥，我在复读……”

“没考上吗？”骆明镜忧愁道。

“没去考。”许倩倩哭了，“考试前……考试前她家找了好多小混混在学校门前拉横幅要钱，教导主任让我回家学习，我去看考场，他们就在考场前拉横幅，好多家长说我影响他们孩子考试……”

骆明镜怒了，扔了手中的衣服，红着眼睛道：“这跟你有什么关系？那群人是畜生吗？他们有没有吓你？有没有？”

骆明镜给骆合强打电话，要他给钱。骆合强说：“你都多大了？自己有手有脚，还有脸问家里要钱？你阿姨说得对，你就是被你妈教坏了，除了打架斗殴，让你爸丢脸，还会别的吗？天天都有人找来问我要钱，十个里面九个都是因为你，我怎么有你这个儿子？”

骆明镜说：“给不给，不给我就掐死你那对龙凤胎，那娘仨住在碧水天吧？你等着，反正我在你骆合强眼里就是个不务正业的人渣，我干得出来！”

骆明镜挂了电话，对许倩倩说道：“以后问他要钱就得这么要，听清楚了吗？”

骆明镜知道他父亲是个不要脸的渣男，所以父子俩关系一直不好。骆合强对骆明镜知之甚少，儿子获得的荣誉，他从来没听到过，他听到的都是不好的一面。

某个二奶的兄弟说，骆董，有人来要钱，说你儿子把人打了，要医药费。

某三儿的亲戚说，骆董，你儿子前些天找到我这里来了，怪凶的，把我娘给吓到了。

某三儿说：学画画的啊？学画画哪用得着这么多钱，可别是吸毒了，前几天做建材那家的儿子被查出来是阳性，就是吸毒，听说也是搞艺术的，你可当心点，就大姐那个教育法子，你儿子迟早得把家败光。

……

骆明镜一直背锅，他是找过他爸的那些三三四四莺莺雀雀的，前提是这些人都上门冲他妈耀武扬威过。

骆明镜的妈是个让人不知如何评价的女人，她活得压抑，人又传统，婚姻名存实亡了，也不提离婚的事。她这一辈子，父为主，夫为主，子为主，骨子里想为自己活，刚强着一口气，然而从不敢跳出规矩和环境画出的圈，生生把自己折磨出病来。

好在骆明镜确实算得上她生命中最靠谱的依靠，他花了好长时间说服了她，以后跟着自己走，他就要毕业了，无论留学还是工作，都换个地方，活自己的。

可这点希望，还是太脆弱。骆明镜被抓，刘蓉和家人上门哭闹，她没主意，做不了主，拿不了钱。她给骆合强打电话，却得到一句：“你儿子丢人现眼，你自己看着办。”

她给曹秘书打电话，曹秘书说：“嫂子啊，哥现在在外地陪产，哥的意思是，先关两天让孩子吃点教训。”

没人听她说，没人信她。她把孩子教育好了啊，但没有用。能为她做主的父亲已经走了，她丈夫养的那些女人都敢生孩子了，她丈夫变了心，他有了新的家庭，她依靠不了，谁也依靠不了，她儿子进了监狱，她手足无措，不知道怎么办。

人生好艰难，女人的命好苦。

原本就抑郁有轻生念头的她跳了楼，一了百了。

那年出狱后，骆明镜窝在家做饭，指导许倩倩学习考试，他没再出过门，除了提起三个月的拘役他形容不对劲后，其他都很正常。

但许倩倩还是留了心，她偷偷拍照，把这些照片都留着，拷贝一份存起来。

最初发现他不对劲，是他患肺炎。在医院输液时，护士问他："脸上的伤怎么弄的？"

他说："不知道。"

是真的不知道，他表情很迷茫，像是回忆不起来，最后，他说："打架弄的。"

许倩倩问："哥，有人打你吗？那个刘所长打你吗？你眼角有伤，头上也有。"

骆明镜道："没有。"

他拒绝承认在看守所受到过虐待。

直到一年后，骆明镜去看了心理医生，介入治疗后，他才能跟许倩倩坦白："他们也不是明目张胆地怎么弄我，到饭点把我拉去审，关小黑屋，审完饭点就过了，过了就没吃的了，快要饿死了。我脾气急，实在看不下去他们那嘴脸，忍不住，多说两句就会被打，也不是被打，打架，但我没优势……不过也不是糟透了，我倒是挺喜欢在里面织毛衣、压煤球什么的，这些我比较擅长，出来后才知道那玩意儿是有偿劳动，也没人给我钱……"

药物治疗初期效果显著，骆明镜恢复得不错，只是不像以前一样，热性子急脾气，说话时眉眼都是傲气，而是慢慢地变成了现在这样。

再也沸腾不起来，三十度的温水，没了棱角，却也不圆，变成了淹没在人群中的灰点。

许倩倩提起哥哥时，总说：“我哥长得不占优势，眼大，他以前一瞪眼，自己脾气还没上来，就先把对面的人激怒了。好像跟他要挑事一样。跟我大伯关系不好也是这样，一说话就瞪眼，一瞪眼必然要吵，吵起来就不好好说话了。现在……现在温柔了。”

现在，他死气沉沉，不做任何挣扎，得过且过，会笑着说：“倩倩，我像不像寒号鸟？”

后来可能是忍受不了自己无所事事，骆明镜开了画室，叫正直画室，贴了温馨提示，不收学生，不仅是未成年学生，其实是任何学生都不收，尽管他没有学生，还是在画室装了监控摄像头。

骆明镜说：“防患于未然。”

这五年，社会在变，所有人都在紧跟着生活的步伐，唯有骆明镜，完全不顾生活的节拍，在城市的一角，一个小胡同里挣房租钱，挣一日三餐，连头发都不剪。

不交朋友，不愿过多社交。可骨子里，他知道这样不行，看到老本行，仍能感觉到内心那团不死的火苗。

于是，他说：“倩倩，咱来定个梦想吧，做一个自己的服装品牌，你觉得怎么样？我从现在起开始攒钱。”

“你其实……问大伯要钱，大伯会给。”许倩倩说，“家里还有你的股份……那都是你的，大伯他其实还给你留了一份，当初上学前，他跟我说过，你俩总不好好说话，他只能跟我说了，他说你要是想明白了要回去，他会给你安排工作。”

父子俩之间的裂痕太深，儿子说要走，当爸的心情复杂，却没办法好好说话，只好跟许倩倩说：“你跟他说，要是想回来老老实实当个人，不给我寻事，也饿不着他，我再生几个，他也是我儿子，你说是不是倩倩？跟他说，只要他不瞎混，不胡吃海喝想干正经事，我给他机会。”

骆明镜沉默，好久后，他说：“不要，等把他欠你上大学的钱要出来，我跟他就没关系了，他那点东西还是自己留着吧，我一点心思都不想动，也不稀罕。”

许倩倩龇牙，有些担忧，也有些心疼。

骆明镜说：“人就活几十年，不往自己喜欢的事上使劲，还有什么意思。我不要他的东西，要他的东西我又不喜欢，还那么多麻烦事，到时候缠上一群猫三狗四的弟弟妹妹，我估计跟我妈差不多了，还不如死了算了。”

五年后的正直画室，骆明镜睁开眼，恍如隔世。

他躺在自己阔别已久的单人床上，迷茫了好一阵，才分辨出什么是梦，什么是现实。

时敏不是梦，是真的。他避开了这个世界整整五年，一个叫时敏的女人劈开了他的壳，拽他出来。

“谈个恋爱吧，你是我理想型。”

骆明镜歪过头，听了一会儿，画室里很热闹，除了喵喵叫的猫，还有张女士的声音。

听起来，她霸占了的厨房。

骆明镜扒着里间门框，小心翼翼探出半张脑袋望向厨房，然后就被路过的时楚打了脑袋。

时楚打了一下就收手，快得像什么都没发生过一样，他喊：“妈，你挂念的这个大眼睛小朋友醒了。”

“真棒。”张女士回应道，“饭马上就好！”

“骆明镜你来。”时敏对着骆明镜一笑，“我妈请你吃饭，还给你带了点比较贴心的礼物。”

“谢谢……”骆明镜走过去，看到时敏爸爸怀里抱着的所谓“贴心礼物”后，愣住了。

时小弟怀里钻着一只橘猫，时敏笑道：“集齐了，橘猫。来，认识一下，它叫静静。”

她指的“集齐”，是他画的那个漫画，一只黑白猫，一只胖橘猫。

骆明镜坐下来，小声问她：“网上的事……”

张女士放下一锅大补乱炖，说道：“吃饱了再说，先吃饭。”

“快吃。”时敏给骆明镜递了一双筷子，“战斗餐，吃完看我给你打仗去。”

时敏歪过脑袋，对骆明镜笑道：“吃饭吧。”

那个家是让你心坠冰窟的深渊，是你身处黑暗时的冷漠旁观者。

这个家，是你从今往后的强大后盾，是伸向你的有力援手，无偿给你温暖和慰藉。

晚上八点，传说中的流量高峰期。

适合搞事，适合发布重大新闻，也适合……维权。

时光浅夏左咖啡：我是海市人，油画系即将毕业的学生，高二时曾在海市木子画室学过画。这几天网上的事我看了，我想我有必要出来说句话。

我和性骚扰事件女主角不太熟，我们不是一个学校的，课时安排也不一样，她没绘画功底，报的是一对一的私教课，周六周日会跟大班一起上三小时讲作业。

我想说的是，上过课的学生应该都知道，骆明镜只教大班课改作业，如果真的被老师摸了，你觉得是另一个老师的私教课可能性大还是大班课当着我们全班的面摸你可能性大？我一直对这事有质疑，因为我所知道的是，当时画室就有传言，说有个小班上课的女生和李老师在恋爱。但也只是疑问，当年画室出事后，我们就换地方了，不过听说现在木子画室换了名字，还在开。

昨天看到 @ 巧笑倩兮的微博，心里又惊又怒，我个人是信文章所说的内容。如果真的是这样，我不能让一个无辜的人替一个人渣背锅蒙冤，所以我呼吁当年画室的学生也站出来，把我们知道的说出来。我以我的人格发誓，骆老师不是骚扰女生的那种人，绝对不是！

当年在木子画室学习时，我们都挺怕骆老师的，他要求很严格，上课就是上课。我只能说，虽然他凶，但我更喜欢他带的周六周日大班课。李老师，就是李翔。或许是我看了那篇长微博后多心，李翔指导我们画画时会突然握着我们的手，摸我们的头，但那时候大家还都挺喜欢他，现在想想，也是心大。

另外啰唆一句，晴空鹤那个毕设，真的是骆老师的，他当初打电话骂导师骂那个王的时候我们都在，打完电话还跟我们说：真羡慕你们，以为高考完什么坎儿都没了，等做毕设你们就明白了，摊上什么样的导师都靠运气，我运气就极差。

还有李翔，我们每次去，见到的都是骆老师在做毕设，李老师会很高兴地说你们骆老师又熬了个通宵，今天你们注意点，别惹他。李翔会跟我们开玩笑，说要做就做他这种高级设计师，只用提供一个灵感，其他的就不用管了。

唉……当时什么都不知道，还跟着笑，现在想想，真的挺难受的。

时光浅夏的这条微博发出来后，渐渐被传开。评论多起来后，一条评论被顶上了热门：给大家一个传送门 @ 画画的紫霞弦子，这个博主也发了博，但是热度没起来，大家快去看，她是刘蓉闺蜜！

于是，妖精的粉丝们、看热闹的吃瓜群众，以及关注此事件的窥屏圈内人，快速转移了阵地。

画画的紫霞弦子：今早上班摸鱼，发现以前的同学群都炸锅了，都圈我让我说几句。就知道你们想让我红，一群看热闹不嫌事大的。好吧，我就出来蹭下热度，我现在不在海市，说这些也没关系。

我高二转回户口所在地读高中，在 @明镜高悬照妖精 的木子画室学画画，跟刘蓉同班，她去木子画室是听我说的。以前傻，跟她玩得好，反正就是混日子呗。她家在我们当地虽然没钱，但挺牛的，她叔叔是派出所所长，家族大，家里好几个哥哥，以前我们上学时他们都是社会混混，后来全成协警了，别问我怎么当的，都这么大人了，你们自己想。

画室俩老师，都是T大的，牛着呢。负责招生跟教课的老师是李翔，他有时间。给大班讲作业的是骆明镜，就是你们那个女装大佬，PS：没别的意思，我个人很喜欢女装大佬。

骆明镜当时超嫩，也不是长发，特凶。其实对我们一般般凶，对他妹妹就很凶。他妹妹是那年高考生，晚上不上自习，会到画室来在角落里写作业，女装大佬会去抽查。有时候讲着画时，他会忽然慢悠悠绕到他妹妹身后，看她在发呆，一卷子画就敲下去了。海市一直有人说骆明镜高考是替考，我笑死了，你要是在画室待过你就知道女装大佬肯定自己考的，海市当年高考文科第二，全校第一，有些理想高远的学生除了画画，还会问他题。骆明镜口头禅就是：这还用算？一看就知道肯定选B，你上课干什么去了？老师讲你没听？你现在问我没用，补基础去。（我记得是有多清）

他家世好，超好，本地人都知道，富二代三代吧，好像说德国什么造船用的轴承他家给承包了，就是很有钱。他用颜料也很大手笔，有次他跟一个色彩很烂的学生说，你是不舍得用颜料吗？那学生说，不舍得，没你有钱。骆明镜就沉默了，转身给他扔了一排颜料让他拿去放开用。所以懂为啥有人说他是替考的吧，就是仇富呗。海市富二代你们可能没见过，都是些教科书般的“垮二代”，女装大佬绝对是画风最清奇的，清奇到你觉得这种人在海市就是个bug。

骆明镜一点都不好调戏，不是我的菜，钢铁般直，你扯别的他会瞪你。李翔就很接地气，跟我们打打闹闹，教课时也会开点荤段子。其实根本没什么性骚扰，要我说，就是想讹钱呗。

事情怎么回事，按我的想法，其实就是背锅，为啥，呵呵，你们可以去人肉一下刘蓉跟李翔，然后就会发现，他俩现在是两口子。

当时他俩在谈恋爱呗，画室一半以上不务正业的学生都知道，还有一半正经学生跟女装大佬一样，啥都不知道。知道亏在哪儿了吧，亏在你们太正经。那段时期我一直等着刘蓉，她下课后会再跟李翔腻歪一下。

她爸要我说就是个浑球，怎么说呢，当时她爸带着她那群流氓哥们砸画室时，纯粹就是看见刘蓉写的初恋日记生气过来撒气，我们当时还在上课，人咔咔就把门窗给砸了，有软萌妹子直接给吓哭了，还有男生被玻璃碴割了手，俩老师本来出去问情况，结果被揍了，我们报的警。你们没看错，就是俩都被揍了，全逮派出所了。

刘蓉当时还哭着问我怎么办，怕那谁被打。结果是扣了骆明镜，把李翔放了。跟你们说点题外话，李翔出来后也没多轻松，被刘蓉她爸打骨折了，然后刘蓉她爸敲锣打鼓恨不得让所有海市人都知道闺女是被骆明镜摸了，提出条件也是好笑，开价二百万。同志们，五年前的二百万，还带套海景房，还让女装大佬家摆酒席，出钱供她家闺女读完大学，到二十岁领证结婚。我这么暗示你们明白不？

后来警察让我们学生到派出所做笔录，你们猜问的啥，问我们的问题是：骆明镜是不是这些天都在画室住？

骆明镜一直是在画室住，他就一夜猫子，日夜颠倒，每天都是黑眼圈。我们还八卦过，他妈躁郁症，他晚上要赶毕设怕打扰他妈睡觉，一直在画室不敢回去，他自己讲课时犯困跟我们说过。

反正当时我们就说是。但我记得我们知道情况的，也都跟派出所的警察说了，说刘蓉是跟李翔早恋，跟骆明镜没关系。

后来我妈领着我退了学费就换了别的地方学画画去了，没听后续。

今天从网上知道后续，心里很狂躁，猛打了这么多字，有耐心看完的我真服你们。

骆明镜也忒惨了，我以为只有被拘留这事，好惨。这算是祸不单行啊，那个什么设计师王，哈哈哈，你们看他后来的作品，难道还不清楚这人肚子里有多少东西吗？也是很垃圾了，抢人东西就算了，还扣着毕业证不给，现在又在网上 diss 女装大佬。而他所说的骆明镜性骚扰一事，根本就是刘蓉一家子为了讹诈钱自导自演的一出戏呗，有些人活得真像后宫里，服了。

我觉得吧，这事关键在于某市的公安里基本都是关系户，黑，真渣滓富二代干坏事不管，给点钱就消灾，没犯罪的也得让你给钱。这年头真是，赖皮有活路，老实人被欺负。

PS: 说真的，以我的了解，这事在海市真有可能，大佬们也别在我评论区说魔幻。这叫魔幻？大家都成年人了，别装天真了，有钱不比有权，有点小权都能吃死你一个上亿资产的上市公司，我说这些不怕封号，这就是我小号。

大家扪心自问吧，这种事会不会发生在你身上。就是那句话，我们大

多数，即便有钱，也是有钱的穷人，懂的人自会懂，江湖不见。#维权不易，骆明镜加油#

紫霞弦子的微博被转到热门后，热度持续攀升，到晚上八点半时，已经超过雪资传媒一哥一姐热恋的曝光微博，成了热门第一。

热门话题#向海市公安讨个说法#阅读量也已经成了爆点，热标变成深红色爆标，而话题榜下面几个，也都是与该事件有关的话题。

不久之后，经常受邀参加中视法律栏目的金牌权威律师黄有为也发了微博——

黄有为律师V：很多人@我，刚开完会，看了一下事情大概，联系了当事人，非常愤慨，也同情当事人遭受的无妄之灾。我现在以京省律协律师及代表身份，实名向@海市公安 依法提出质询，20×5年5月27日，针对骆明镜性骚扰未成年少女一案（当年6月份满18周岁）给出的15天行政拘留处罚是否有确切依据？证据是否确凿？海市峰洗区派出所职能是否明确？存不存在无证拘留，动用私行违法拘禁的行为？以及当事人事后长达三个月的拘役是否由当地法院下达判决？是否有判决书？海市公安峰洗区派出所内部部分工作人员是否存在渎职行为？[质询书图片]

再然后，是骆明镜发了微博。

明镜高悬照妖精：对不起，没能第一时间出来解释。妹妹说的这些事情基本属实，因为罪名难堪，并且维权无门，所以一直没向大家坦白。抱歉，刚刚@黄有为律师已经联系我了，下面说一下我的诉求：

一、请@T大校园官方微博联系我的毕业设计负责导师教授@教授柯戈，以及@国际著名设计师Kevin王，公开组织证据问询会议，我请求学校成立问询组调查20×5级毕业设计获奖作品中国鹤的署名和归属，以及我毕业证的事情。请求@T大服设系毕业联盟20×5级毕业的服设系知情学生联系我，我需要你们的帮助和证词。

二、@国际著名设计师 Kevin 王 归还不属于你的东西，以及 @教授柯戈归还所有你剽窃复制的学生作品，那些不属于你的，请还给我们。

三、我将向 @海市公安正式递交复查申请书，希望当年的冤案有结果。

四、李翔，如果看到，请联系我，旧号码。

谢谢网友们的关注和支持，所有的事情，我将会以法律途径解决，耽误大家这么久时间，心里很不是滋味，祝好。

事情到这一步，基本算是水落石出，接下来，冤有头债有主，该维权的维权，该问询的问询，热度不会再有撕架时那么高。

然而事情的发展，并不是网友们能预料到的，晚上九点半，以杨鹤为首的明星们忽然发了微博。

演员杨鹤：[天秤图片] 我相信，我们生活在公正、透明、和谐文明的社会。关注 [话筒]

仙鹤后援会：转发 [围观][话筒]

楚鹤 CP 后援站站长：@海市公安 请尽快回应。

仙鹤本鹤：@海市公安 女神威武！我没粉错，女神太有正义感了！敢站出来发声！给女神疯狂打 call！

杨鹤的大腿：今天女神一米八！

杨鹤的微博被一系列圈内人气影星转发，很快就突破了十万，晚上十点，海市公安微博发布了通知。

海市公安：1 月 6 日 21 时许，我市公安已受理黄有为律师以及骆明镜的质询申请书，有关部门正在启动相应调查程序，我市领导十分重视，已安排成立调查组进行进一步调查取证工作。

骆明镜挂了学校打来的电话，看向时敏，表情似哭又似笑：“时敏，是学校，让我明天带律师和画稿去学校。”

“我明天跟你一起去。”她道，“其实小皮有查出李翔的手机号码，原本想曝光在网上，但公关组有所顾虑。李翔和刘蓉有一个女儿，刚满月，这时候爆出他们对公关不利，如果有孩子在，舆论会有倾斜，所以我收了线。没能逼李翔和刘蓉站出来发声，我很遗憾。我们可以等海市公安的通知，负责律师已经写好诉讼书了，公开会结束后，就会提起诉讼。明镜，加油。”

第九章

WOJIAFUREN
CAIMAOSHUANGQUAN

洗刷冤屈

T大的媒体公开会结束后，现任的系主任出面，给了骆明镜以及在场媒体记者一个具体的答复时间。

“我们会成立调查组，尽快对此事进行调查，一周内，会向社会各界公布处理结果，公开对柯戈教授的处分结果，对我校20×5级服设系毕业生王振宇毕设抄袭的处分结果，以及20×5级服设系学生骆明镜的补偿措施。我校秉持中华优良传统美德，绝不会包庇纵容有违师德的人，希望媒体朋友们监督、督促，大家一起构建和谐、优良、模范的校园，谢谢。”

会议和采访都结束后，骆明镜站在时崇楼后门等时敏，围巾遮住了他一大半脸，只露着眼睛。

因为公开会的缘故，骆明镜戴上了眼镜，热息带起的气息朦胧了镜片，他双手插兜，在门口一角站着，低着头看脚。

时敏打发走媒体的熟人后，匆匆下楼。见骆明镜低头，一个人孤零零站在寒风中等她，原本有些心酸，然而离近了再看，发现他脚尖一跷一跷，眉眼也没有落寞之情，瞧起来心情不错。她颇感欣慰，一改刚刚接触媒体人的谨慎严肃，笑意立刻浮现在了脸上。

“明镜，我们回家。”

回程路上，雪花飘落在车窗上，骆明镜回神，惊喜道：“下雪了？”

时敏从倒车镜里看到，转了方向。她把车开到了城市边缘，空旷的市郊，一座还在建的环山道路旁。

骆明镜问她：“到这里看景吗？”

窗外，明月挂夜空，月光澄净，雪静静落着，粘在车窗上，车窗边缘渐渐变白。

时敏拿出瓶酒，对着月光看了看，利落地开了瓶，仰头就是一口。

骆明镜趴在前座椅中间问她：“你干吗？”

时敏回头，钩着他的脖子，贴上他的唇，把口中的酒渡了过去。

“喝了酒，只能开一种车。”时敏说，“来。”

她解开安全带，长腿跨过来，直截了当地坐在骆明镜身上，深深吻了下去。

唇舌慢慢舔舐，在唇齿间游走。

骆明镜轻轻推开她，低声问道：“你不要战斗服了？”

“无所谓了，反正到最后都要脱。”时敏说，“此等瑞雪明月良辰美景，该吃就吃，该睡就睡，不能浪费。”

骆明镜深吸口气，紧紧搂住她，轻吻辗转渐渐加深，二人倾倒在椅座上。

时敏白皙修长的手慢慢穿过骆明镜的长发，游弋下来，摘掉了他的眼镜，在深吻的间隙，她眯起眼，轻声感慨：“真好。”

月光下，骆明镜眼角，有一道泪痕。他眼中压抑着将溢的情欲，在半迷半醒的边界挣扎，不知是什么触动了他内心的柔软，并不是哭，也看不到泪珠，只余一道浅浅的泪痕，和眼角眉梢的喜悲一起，全都摊开让她看。

真好。

时敏想，和我在一起吧，骆明镜。

在这月明雪落时，在这寒冬情暖时，我们把彼此交付。

“我去年有计划。”时敏说，“新的一年第一场雪，一定要睡到你。”

车窗外，雪花慢慢飘落，安安静静的。

车在无人的盘山公路一角颤抖着，抖落雪花，在月光下发颤。

所有的一切，仿佛从这时起，奔流向了正确的海水中，无声无息地化作温柔和热切，倾吐了出去。

第二天早上，时敏没睁开眼，感觉到胸上的重量后，先笑。

昨晚跨界后，骆明镜的身体比他的意识先行一步，睡觉时再不是盖着被子各躺一边，他的一只胳膊揽住时敏，占为己有。

时敏说：“很沉。”

骆明镜睁开眼睛，对着她笑，像轻抚落雪的春风，暖洋洋的。

他说：“早上好，给你做早餐。”

具有纪念意义的一晚过后，骆先生十分开心地做了一桌丰盛的早餐，刚要下筷子，画室角落里放着的旧手机响了。

骆明镜一愣，跑过去抓起电话，接了起来。

旧号码没有停用，但很少有人会打电话过来，现在这种时候，能打来的只有一个人。

李翔。

电话那头静默着，骆明镜也没说话。但他的眼神变了，有些凌厉，还有些不知所措，忽然，他像是想起了什么，回过身，抓过时敏的手，牢牢握住。

时敏手心的温度让他心中一暖，终于，他开口对电话那头的人说道：“李翔，我要和你见一面。”

长时间的沉默后，李翔压着怒火，慢慢地说道：“骆明镜，我和以前不一样，我现在有孩子了，我结婚了，我需要正常生活。当年的事，过去就过去了，现在提起，对谁都没有好处，你恨我，大可冲我一个人来。我和你不一样，你换位思考一下我啊！我不信你不知道我结婚生孩子的事，你不是调查我了吗？骆明镜，你知道我老婆被网友人肉了吗？学校逼她主动辞职，她刚出月子就要丢工作了你知道吗？我丈人一家全家因为你……妻弟本来要说工作的，现在也没有了，女朋友也跑了……你不懂，你不在海市，呵……有时候不得不服你，都几年了？何必呢？你抓着这事不放，最后结果是能怎么样？我是能替你蹲监狱还是能替你受罪？你知道有多少人要因为你，活不下去，过不好年吗！”

骆明镜表情变了，最后一丝复杂也消失了，他冷冷道：“和我无关。”

李翔忽然高声道：“我是个做爸爸的人，我现在把话撩这儿，骆明镜，如果有人吓到我女儿，我拼着这条命不要，跟你嗑到底！”

李翔放完话，掐了电话。

时敏沉声道：“看来不是道歉。”

“可能有舆论……惊扰到孩子了。”骆明镜说道，“我以为热度过去了，又没有把他曝光出来会好一些。”

“你愧疚了？”

“没有。”骆明镜说，“就是很唏嘘，但……我不想原谅他。他是我发小，可情谊已经没用了，我从没打算让他偿还我，我就是想讨个公平，讨个说法。偿还……”

骆明镜轻笑一声，低低说道：“他能还得清吗？我妈，我受的苦，我几乎全毁的一生……有些事情，艰难到哭不出来，如果没有你，我重新站起来都困难得很，我这些年遭受的，他能还得起吗？”

骆明镜的另一部手机响了起来，是黄有为律师。

“好消息。”黄律师说，“小骆，刚刚接到海市公安的通知了，上级部门已经组织调查组，对当年的事重新立案调查，我们商量时间，一起到海市去一趟吧。你妹妹已经把当时的照片发给我了，伤情报告明天出，目前来看，维权有望。”

“谢谢黄律师，您辛苦了。”

“应该的。”

果然，果然是因为海市立案调查了，李翔怕了，才联系他。

骆明镜挂了电话，搂过时敏，闭上眼，在她的发间深深叹了口气。

“这是立案调查了，影响到他生活了，他才想起联系你。”时敏也看了出来，“他是个自私的人，所以我不希望你在将来的维权中，考虑他以后会有怎样的结果。骆明镜，听我一句，都是他活该。”

“我不会怜悯他。”骆明镜轻声说道，“不会的。”

时敏和骆明镜要到海市去，打电话拜托时楚喂猫。时楚幽怨道：“什么时候不好，偏要这时候通知你们……镜·界招聘宣传助理的事呢？明天发雨水节气的宣传预告，你那位有空跟进宣传？镜·界微博好久没更新了，放过 Fiona 吧，小姑娘不容易，跟了三个项目，快要崩溃了，昨天还来我这儿哭求假期。”

“你替我们招。”时敏挂了电话。

没办法，时楚揽了这个招聘的活儿，要来应聘者们的简历，一个个打电话约见。

月锋娱乐的总裁亲自当 HR 招人，应聘者们瑟瑟发抖，胆战心惊。

时楚是个不折不扣的神经病，有些能力不错，简历一流的应聘者，但他面试完，总觉得他们缺少一点能把工作干出彩的气质——和他一样神经病的气质，因而一直没录到满意的。

到下午时，一个叫安莉莉的应聘者走进了总裁办公室。时楚拿着她的简历，抬起眼皮，懒散问道：“安莉莉，英文名字 Ashley，上一份工作室寰宇时尚工作室销售顾问？”

安莉莉却没回答，她低头从包里拿出笔和本，小心翼翼翻开，起身鞠了一躬，把本子给时楚，说道：“时总，给我签个名吧！”

时楚低头一看，忽然乐了。

“哟！”他拿起本子，上面是杨鹤的签名。

时楚问她：“你是‘仙鹤’吗？眼光不错，很会挑偶像！”

仙鹤，杨鹤粉丝们的统称。

安莉莉道：“我就是那个微博 ID 为小鹤 A 罩杯的博主。杨鹤参演第一部电视剧《清河连》的时候我就粉上她了，我还是楚鹤 CP 站的粉丝，贴吧连续签到已经满 1000 天了！”

时楚立刻决定，就她了！

安莉莉自豪地说：“时总，请给我签名！就签在我女神的签名旁边！”

“别人都是来应聘工作。”时楚说，“你是来要我签名的。”

“工作我也要！”安莉莉道，“我上一任老板就是王八蛋，敢骂我女神！我就辞职了，我要给中国鹤……啊呸，是给晴空鹤的原作者干！我要加入镜·界服饰！”

时楚在签名本上挨着杨鹤的名字签下自己的名字，把本子还了回去，说道：“你知道吗？从你进门第一眼起，我就觉得，你适合这个岗位。”

时楚拍板：“镜·界的微博交给你了，请做好宣传！”

“我会的！”安莉莉简直要快乐得飞起了，“我真的超级喜欢晴空鹤，可能是因为名字里有我女神的名字，我特别迷恋这个作品，所以当初才去寰宇，老板再渣我也恨不起来，但知道他是抄袭的之后，我气炸了！出于崇拜，我现在非常想为晴空鹤的原作者骆明镜工作，再加上我女神代言了他的二十四节气系列，我……再没有比这个更打动我的工作了！也再没有人比我更适合这份工作了！时总，咱俩是校友，我也是 F 大的，设计专业！专业水平我有自信！我还剪了十年宣传女神的视频，我太了解该怎么向他们宣传女神和二十四节气！你选我没错的！”

两个神经病迅速达成一致，时楚当即让 Fiona 做了工作交接，给了安莉莉 offer，安莉莉即刻上任，颤抖着记下了杨鹤经纪人的电话。

交接完工作，安莉莉目露期待地说：“时总，我连续在楚鹤贴吧签到

1000 天，您能给我个奖励吗？”

“你想要什么？我俩的签名照还是签名帽子？随便说，你这个姑娘大有前途，合我眼缘，我今天高兴，什么要求都能满足。”

“我想知道您跟女神分手的原因。”

时楚沉默了。

他深吸口气，深沉道：“Ashley 啊，你女神，她是……戏痴，她爱表演事业胜过我。”

杨鹤是一个为了事业把结婚无限期延后的人，而时楚，从见到杨鹤第一眼起，就决定要和她结婚。

于是，在时楚每天一遍的“我俩结婚吧”的要求中，杨鹤忍了三年，终于忍无可忍，把他给踹了，理由为：价值观不合。

安莉莉眼珠子都要瞪掉了。

时楚说：“不过没关系，反正我就是犯贱，我仍然喜欢她，无法自拔。”

安莉莉小声哔哔道：“那个……您知道她最近的采访吗？她说，她想把一生献给演艺事业，您……节哀。”

“我知道。”时楚道，“所以我的情敌，是她的事业。不可撼动啊……但我会一直爱着她，从不掩饰，也不会变。”

骆明镜和时敏去海市前，到许倩倩那里拿她存档的照片和能够作为证据的资料。

何西也在，还好心提醒，每一张照片都能查看拍摄日期。

他说：“哥，一定要赢啊！”这小伙子，也耿直得要命。

然后，他说：“我们买的火车票，比你们晚一天到。”

骆明镜皱眉：“你们去干什么？”

许倩倩说：“他考完试了，放假啊。”

“你呢？”骆明镜凶巴巴道，“你毕设呢？申请呢？语言考试考了吗？准备好了吗？”

许倩倩说：“哥，我不申请了。”

骆明镜梗住，他跟时敏道了歉，拽着许倩倩到旁边，低声问道：“怎么回事？是谁说什么了吗？你不用怕钱的事，你不去我也得问他要钱。你爸妈浑蛋惯了，不管你要不要钱，他们都以为你要了你有钱，既然如此，那还不如真要点。”

“我不出国了。”许倩倩一脸轻松道，“不读了，我工作。”

“你工作？”骆明镜着急，“你做服装设计的，你不出国，你还想做自己的个人品牌吗？你想跟我一样吗？”

“我一直跟哥走一样的路。”许倩倩说，“因为觉得踏实，有安全感……你没能出国留学，我就想替你完成，但我不是这块料。我前几天跟何西把话都说了，何西给了我建议，有些话虽然伤人，但他说得没错。我没留学的资本，在服设上也没天赋，我强迫自己去走你的路，完成你的梦想会很痛苦……哥，我和你不一样，你喜欢服设，我其实没那么喜欢。我喜欢的一直是哥给我的安全感，我喜欢你，想成为你，想成为更好的你。但我做不到……我承认，我这辈子都做不到。”

许倩倩擦了泪，又哭又笑道：“我想走自己的路。我虽然是服设专业的，可我没有创造力也没想法，更不会为它倾注所有心血。但我基本功不错，这点我有自信，是哥你教出来的，比周围大多数人都强，所以我想去做二维动画师，画画我还是感兴趣的。”

骆明镜心中又欣慰又难过，道：“倩倩，很难。”

“哪一行不难？”许倩倩说，“活着都很难，所以要开心。我以前要的是安全感，现在，我想让自己开心点。哥，走你的路，我其实……不开心。我这么大的人了，不能还跟着你，踩着你的脚印走，带着我，看我任性，哥你也很累吧。”

终于，她说出来了。

许倩倩的最后一句，几乎要说不出口，眼泪鼻涕先出来了。

骆明镜轻轻抱了抱她，说道：“你，开心就好。”

时家人的家训，终于潜移默化中，成了骆明镜送给妹妹的祝福。

“黄律师联系过我，我是证人之一，他们需要我提供证词。”许倩倩说，“我要跟何西一起回海市……我想带何西回家看爸妈。”

“看完后……”许倩倩又道，“我就再不回海市了。”

骆明镜愣住。

“如果哥的官司都赢了，那群小人全都付出代价了，我在海市就没啥牵挂了，我会彻底忘掉海市，包括我爸妈。”许倩倩哼了一声，“老许家唯一的女儿，老许家考上T大光宗耀祖的女儿，却从没在过年时上过桌吃饭，考上大学也不允许扫墓，要钱没有，给点假惺惺的关怀就希望我加倍感动回报他们，他们算什么家人？除了哥哥和大娘，想起海市，我心里没有一丁点温暖。我希望哥以后……也别回海市。哥，你一直跟我说，你就我一个家人了，我这次再从海市回来，也一样。”

许倩倩说：“我也只有哥哥一个家人，再没别人了。”

骆明镜抬头看天，忍回了欲要夺眶而出的眼泪。

时敏跟何西站在不远处，她对何西说：“以前还想给这姑娘上堂课。”

何西看向时敏，不明所以。

时敏说：“现在看，她好像勉强能毕业了。”

时敏笑了笑，伸出手，说道：“认识一下，我叫时敏，骆明镜的女朋友，百分之百结婚的那种。”

何西礼貌性握住时敏的手指尖，推了推眼镜，腼腆笑着，说道：“嫂子好，我叫何西，许倩倩的男朋友，毕业就跟她结婚的那种。”

飞机上，骆明镜把接下来要处理的案件做了顺序归类，排出了一张时间表。

他标记完，合上笔记本，看向时敏。

时敏感受到他的目光，抬起手，回应道：“明镜，脑袋呢，让我顺顺毛，安慰一下你。”

毕竟新的一年，他官司缠身，顺利的话，也要一年后才能拿到全部的结果，身有官司需要维权的人，肯定会累的。

“不用了。”骆明镜无奈地笑道，“你休息吧。”

时敏说：“那让我摸一下你的头发。”

骆明镜叹息：“就知道你更爱我的头发。”

他把头歪了过去，时敏轻轻抚摸了两把，小声道：“愿今年诸事如你头发一样顺利。”

“哈哈哈哈……”骆明镜道，“小姐姐你可真有意思。”

时敏笑着收回手，忽然问他：“明镜，以后剪头发吗？”

“不剪。”骆明镜笑答，“你这么喜欢，我就不剪了，为你留着。”

时敏心中暗暗叹气。

许倩倩提供的那些做伤情报告的照片里，骆明镜的头发被剃了，很短，露着头皮和额角上的伤疤。那些照片，只看一眼，她就万分焦躁，想发火骂人，若不是保持涵养成习惯，她真会骂出来。

许倩倩对她说过，骆明镜最初被拘留调查情况时并没有剃头，他认为自己说明情况很快就能被释放，结果并不是如此。骆明镜一直很反感海市派出所的那些人把他当犯人对待，但后来，他们真的把他当犯人对待了。

“我哥给心理咨询的那个医生说过，他在里面是被按着脑袋剃的头发，这让他感到很屈辱，非常受打击。”

出来后的骆明镜再没进过剪发店，没敢动过头发一剪子，如果有人靠近他就会不安，身体本能避开，神情也会不自然。

时敏也在回想，回想她第一次见骆明镜时，目光瞬间被他那头长发吸引。那种长度，放女生身上都很罕见，他却披着那头沉甸甸的长发上街，保持着自己的节奏，和大街上的人格格不入。

现在想起这些，心口微微发疼。

他确实如自己所说，要很用力才能说服自己重新生活，他既想摆脱掉过去和处于糟糕状态中的自己，又像是害怕一样，保留着对他而言能带来安全感的生活方式。

他窝在角落里，尽量一个人生活，微小地做出改变，开直播，让自己为未来做些事情，又小心翼翼避开旧伤疤，不敢进理发店，不愿回忆起人生中最低谷的时候。

改变……

时敏忽然想起，第二次见他时，他的头发短了一半。

“骆明镜。”时敏决心问问他，“你当初为什么剪头发？”

骆明镜呆了好久，说道：“因为沉。”

背着过去的东西，太沉了。那天，他遇见时敏，时敏问他，头发是真的还是假的，他回来后，忽然就想做出改变，非要问原因，他也说不上来。

好像是一种心境的转变，又好像是……是心感受到了，他或许会有新的未来，一个在他计划之外、脑海之外的崭新的未来，而他需要为这个新的未来做出改变，从剪断不需要的长度开始。

骆明镜呆在座位上，他忽然想到，时敏所做的一切，都像是上天注定一样。

他遇到她的那天，有了从自己生活状态中走出来的勇气，而她，察觉到他的变化，立刻带他回了家，给了他一个更好的变化反馈，她让时楚帮他修了头发，他硬着头皮接受了。

似乎就是从那时起，他发现，改变不难。他的心踏实了，不再害怕走出去的状态。

时敏说：“不过最早的时候，你一脸委屈地跟我讲，你女装留长发都是为了赚钱，说自己其实很肤浅，没有我想象的那么好。骆明镜，你这人，壳裹得太紧了，动你一下，你就要放点烟幕弹让我退缩。”

“没有的事。”骆明镜耻于承认当时浑身软刺自我保护过度的自己，“你过度解读。”

时敏轻笑一声，闭上眼睛，继续休息养神：“骆明镜，你对我绝对也是一见钟情。”

骆明镜看到她这自信满满的表情，好笑道：“你不要自我感觉太良好，我是不信一见钟情的，跟你一起是慢慢发现你不错的。”

“不，就是一见钟情。”时敏自信道，“你这人，喜欢了才会敞开，才会对我一而再再而三地让步、迁就，跟随我做出反应。如果你不喜欢我，从一开始，你就不会打开壳子尝试着走出来，不会搭理我。”

“单方面的主动出击没用的，除非对方给你反馈。”时敏说，“你如果抵触我，我试过就不会再打扰你。我也有自尊，如果对方很冷淡，我尝试到难度后，会立刻放弃。但你不是冰块也不是木头，我试探你，你给了反应，尽管很微小，但你一直在慢慢地向我敞开，你对我抱有期待，从一开始就是如此，所以我才决心要磨你这把钝刀。”

是什么引起了她的兴趣，让她决心下功夫攻略这个男人？就是单刀直入试探性敲门后，他慢吞吞打开壳，一点点伸出触角探向外面，他在努力地回应，尽管很生涩，很谨慎，很缓慢，连他自己都未发觉。

时敏勾起嘴角，悠悠笑着。他这么努力，自己怎么会放弃？再难也要攻略到底，一定要。

下了飞机，小皮把租的车子交给时敏，自己坐在副驾驶，告诉时敏海市现在的状况。

“刚刚收到的消息，已经有八个人被停职调查，包括刘所长。”小皮说，“刘蓉的父母目前和刘蓉他们一起住，家里住了六口人，包括李翔的母亲。开庭通知已寄出，但不知道刘长春收到了没有，前面左拐上桥。”

车开上了跨海桥，车内导航开着，目的地定在一家星级宾馆。

小皮推了推眼镜，继续道：“明天八点调查组会约谈几个证人，目前证人们基本已经到海市了。”

骆明镜坐在后座，保持着沉默。他到海市后，心情复杂。五年未归，这座城不再熟悉，现在隔着车窗看，这个他长大的城市，记载着他无数荣誉和无数流言蜚语的地方，已经没有了温度。

冷冰冰的一座城，陌生的城。

车要离开跨海桥时，前面忽然拐进来一辆白色轿车，看样子是想上桥。

那辆白车速度太快，无声无息出现，骆明镜惊叫时敏的名字，时敏猛打方向，堪堪擦着这辆车的侧前方拐了过去，熄火停下。她脸色难看，从倒车镜里冷冷看着后面那辆车。

小皮惊魂未定，道："这不是单行道吗？这车怎么在这边拐？想逆行？"

"算了。"时敏不想追究，重新启动车子，打方向倒车，准备离开。

然而，后面的那辆白色轿车副驾驶开了门，出来一个寸头男人，他把手里嗷嗷哭着的婴儿交给后座的人，拉上外套拉链，皱着眉走了过来。

骆明镜倒抽一口冷气，说道："时敏，他是……李翔。"

时敏停下来，垂目看着倒车镜："就是他？"

李翔敲了敲车窗，道："出来。"

时敏低眉沉思，骆明镜小声道："你可以不用理他。"

时敏松开安全带，道："你在车上别下来。"说完，打开车门走了下去。

小皮一看，立刻打开车门跟出去。

李翔见她出来，伸手要拉她的衣服："你来看，来看，车蹭到了你说怎么办吧，我车上还有孩子，你吓到孩子了，听见没？"

白色车里有小孩儿的哭闹声。

时敏微微侧身，避开他的手。她双手插兜，直直地盯着李翔看，嘴紧紧抿着。

小皮说："哥们儿，你是来搞笑的吗？这里是单行道，我们有行车记录仪，是你车违规转向逆行好吧？"

小皮对李翔也没什么好印象，最初到海市调查骆明镜的情况，给李翔打过无数次电话，这人听见"骆明镜"三个字就挂他电话，后来又说让他去画室等，可到底是被放了鸽子，没能见到李翔的人影。

"外地人？"李翔听出小皮不是本地人，眉头拧得更紧，"你过来看，我们走的就是正规道路，海市本地都知道，这里没有禁止右拐的标志，但有限速行驶懂吗？你们肯定超速了。另外，你们下桥为什么不按喇叭提醒有人？”

小皮快笑了：“你拐弯的怎么不打喇叭？好吧，就按你说的，你们海市这条道允许你们拐弯逆行，但也该右拐让直行吧？”

李翔低头掏出一根烟，点燃，抽了两口。他抬眼骂道：“你直行速度那么快，赶着投胎！蹭了车还想赖？开一辆破奔驰你想上天？一个大男人在这儿瞎哔哔什么？我没说明白？我车上有孩子！”

小皮这才看清，李翔那辆车是宝马。

“今儿是我老婆躲得快，不然我闺女要有个三长两短，你们全都得给我跪下赔罪！”

时敏一笑，抬起长腿，一脚踢了上去。这脚来得快，且力道不轻，李翔刚放完狠话就被狠狠踹了一脚，捂着小腹半晌没直起腰。

时敏说：“这一脚，是你应该受的。”

骆明镜连忙开门跑了过去，把时敏拉到身后，说道：“别气，不值得。我们走吧。”

“我就是来踹他的。”时敏低声说，“我踹完了，走吧。”

然而，白车里的女司机看到李翔被打，尖叫一声，也开门跑了过来。

“你们干什么？”女司机跑过来，扶着李翔，手指尖指着时敏，“凭什么打人，目无王法了是吧？哪儿来的？站住都别走！告诉你们，等会儿可别㞞！”

她转过头，大声喊道：“妈！打电话！”

骆明镜开口道：“李翔，原来你俩真的结婚了。”

“认识？”女司机瞪大了眼睛看着骆明镜，继而，她认出了他，忽然失了声。

李翔听出了骆明镜的声音，他弯着腰，眼睛看着地面，没敢直起身，也不说话。

白车里又下来一个女人，看起来五十多岁，穿着白色的呢子大衣，绾着头发，气质却比年轻的刘蓉要好。她五官温婉，她像男人们都愿意娶的那种传统好媳妇，有着愿意为家奉献自己的贤妻良母气息。

那个女人抱着一个婴儿走来，惊奇地看着骆明镜，试探道：“明镜？”

“芳阿姨。”骆明镜笑不出来。

那个女人拉起李翔，轻轻地拍了拍他似是安慰，好半晌才问候骆明镜：“你回来了？”

“回来处理以前的案子。”

“明镜，听阿姨一句。”那个女人说，“你跟李翔从小都是朋友，阿姨知道你不好受，但人别太钻牛角尖，有些事情应该睁一只眼闭一只眼，这样大家才能都过得不错。你像你妈，好强，性子这么拗，不给别人活路，把人都得罪了，可怎么办？”

“阿姨，别说了。”骆明镜道，“我看你上岁数了，不想把话说得那么难听。我只算我和李翔的事，不把你牵扯进去，你别让我把话说白，你欠我妈的，她人没了，我不再跟你计较。”

那女人表情尴尬，李翔这才直起身，把他妈挡在身后，看向骆明镜，说道：“不关我妈的事，你少软刀子磨，不管欠多欠少，当初你妈走的时候，是我跟我妈帮着照料办的后事，生死是大事，你别没良心。”

他们这次意外见面，没有争吵，没有动手，两人的对话平静得出奇，至少表面上如此。

骆明镜语气平静地问：“我妈怎么没的，为什么后事没儿子在旁照料，要你们两个外人来照料，李翔，你敢说吗？”

静了好久，李翔说：“行，行……你要硬把错归到我头上，我也无话可说。”他说完，拽着刘蓉跟母亲回车上，还吼了刘蓉一句，“你哭什么，换我开车！”

骆明镜看着他们把车开走，才道：“我们也走吧，其实别理他就是了。”

时敏却道：“李翔的这个妈，是你爸养的那群女人之一？”

骆明镜微讶：“你怎么看出来的？”

“听出来的。”时敏说，“上车吧。”

上车后，时敏问道：“小皮，李翔和刘蓉现在是做什么的？”

“一个开画室打印店，一个是中学美术老师。”

想了会儿，时敏对骆明镜说：“他们应该还在拿骆家的钱。”

骆明镜没反应过来：“什么？”

小皮对骆明镜说：“我之前去过你爸爸的公司，跟秘书套了些话，他说你一直在向家里要钱。”

骆明镜脸色一变：“什么时候？”

“这几年，一直。”小皮微微叹了口气，“你不好意思跟你爸开口，让李翔的妈妈帮忙要的。”

骆明镜若有所思：“有多少？”

小皮答：“曹秘书说，只给你的就有百八十万。”“只”这个字，很有意思。

骆明镜沉思片刻，拨了骆合强的电话。

那头接得很快：“你好，哪位？”

“我。”骆明镜道，“给我点钱。”

电话那端默了许久，问他：“要多少？”

“三十万。”

“不是刚给你吗？”

“什么时候，你给谁了？我没拿到。”

“上星期才给，你慧芳阿姨还有你婶婶我都给过，婶婶那边就不说了，那是给倩倩和帅帅的，也到不了你手里。你慧芳阿姨没给你？”

“你为什么要把钱给外人？你以为我会通过那种女人问你要钱吗？”

“浑蛋小子！”见骆明镜语气不好，骆合强也跟着生了气，“满嘴瞎话，她是哪种女人？你浑蛋到监狱去时，是她料理家里的，你一天不气我浑身难受是不是？”

“我没有让她问你要过钱，管你信还是不信。”骆明镜压着怒火，问他，“给了多少？”

“那谁知道！你一张嘴就是二三十万，你当你爹的钱大风刮来的？”骆合强怒得声音都抖了，“你个浑小子，又上哪儿浑蛋去了？不养父母不知孝顺就算了，到老了没人养你，我看你能浪到什么时候！”

骆明镜自动屏蔽这些词，问他：“她问你要了几次？”

骆合强也不傻，虽然还是不信任儿子，但他也有了怀疑：“你真没拿到钱？你给我说句实话。”

“她跟你说我在做什么？为什么要钱？”

“你不是在做生意？”骆合强道，“去年你在呼市卖什么德国进口画材，叫什么希瑞思，你不是加盟了吗？”

骆明镜忍不住骂了一句“你个大傻瓜”之后，挂了电话。

确实有个叫希瑞思的德国画材，李慧芳不一定知道，所以，李翔应该也参与了诈骗，还把谎话编得像模像样。

“这是都当我死了吗？”骆明镜气愤不已。

他把这次电话都录了音，之后又跟曹秘书打电话，让他把银行转账记录拿给他看。

曹秘书很惊奇他打来电话：“你回海市了？要转账记录做什么？要在外地贷款买房吗？需要钱吗？我可以约个时间，你们父子俩出来好好地聊一聊。”

骆明镜没好气道：“不用，只要把银行流水给我一份就好。”

第二日，时敏陪骆明镜到海市检察院，检察院门口站着几个画风独特的年轻人。

说是画风独特，其实是指他们中间有个女孩儿穿了一身洋装，胳膊上挂着方方正正的皮包，脚上穿着精致的小皮靴，还歪戴着一顶蝴蝶结绸缎帽子。

那个女孩儿看见骆明镜，抬起胳膊挥了挥手。门口的几个年轻人，像是约定好了一样，做了个统一的手势，齐声喊道：“骆老师，加油！”

“哎？”骆明镜吓得一顿，慢慢挪过去，认出了几个人。

“啊……我的学生。”这些都是今天作为证人出席调查听证会的画室学生，全是骆明镜教过的。

“都长大了。”骆明镜一个个看过去，感慨。

“老师越来越年轻了。”洋装女孩儿说道，“比以前帅多了！”

“你们都在海市吗？”

这些学生摇头，他们是从各个地方赶来的，除了洋装女孩儿，其他人都是大四在读生。

骆明镜惊道：“不上课吗？都跑来。”

“骆老师比较重要嘛。”有个男生说，“我们负责给你洗刷冤屈！”

“都那么远……在海市待几天？”

“今天能完事就今天回。”

骆明镜过意不去：“我报销机票钱好了，不能让你们破费……”

“别了别了。”有个学生说，“刚刚看到好像有记者到了，你小心被他们报道成拿钱贿赂我们来做证。骆老师，等你暴富再报答我们吧。”

“对。”另一个接着玩笑道，“暴富了再说，我们要求不高，以后你去买东西，帮我们几个也顺便打包一份邮过来就好，寄付，别到付啊！”

调查组是单独询问证人，上午的询问重点放在了三个月拘役期间是否有刑讯逼供上，有多少人参与。

这些，需要骆明镜先进行自我阐述，回忆起相关细节。

骆明镜进去前，时敏抱了抱他，说道：“别紧张，慢慢想，不要逃避。”

骆明镜道：“我好多了，不会再跳过细节，我知道这些很重要，别担心我。”

时敏站在门口，抱胸倚门。她神情严肃，不知在思考什么，旁边的随行律师安慰道：“派出所非法拘役一事已经确认，涉案民警们也承认了，板上钉钉。刚刚三个狱医已经取证完毕，承认拘役期间有针对骆明镜的刑讯逼供，我们提供的照片和伤情检验报告也被采录了，顺利的话，当初的轮班警察都能被刑事起诉。也是我们的运气，年初最高法刚出台，公职人员参与刑讯逼供，将会重判，另外还有讹诈和诬告，三年，至少三年。”

时敏长长地舒出口气，问道：“你知道有什么地方能散心吗？国内国外都可以。”

“啊，确实应该挑个好地方散心。”律师笑眯眯道，“要说推荐的地方，这个我也不是很懂……看时董个人喜欢吧。”

“没错。”时敏低声道，“确实要问他喜欢哪里。”

时间差不多了，海市当地媒体以及一些互联网媒体记者在检察院门口设好机位，开机等待采访。

时敏慢慢走到镜头外，拉高了围巾，在边角处等骆明镜出来。

白色宝马缓缓开过来，停靠在不远处，李翔和刘蓉从车上下来，刘蓉看到门口的记者，戴上身后的连衣帽，低着头快步走近检察院，想溜着边儿进去。

他们作为当年事件的直接当事人，一样需要调查取证。

骆明镜就在这时候出来，和李翔夫妇打了个照面。

记者围了上去。

两个昔日好友相视无言，刘蓉低着头，不敢看骆明镜，小声催促李翔快进去。

骆明镜说：“李翔，跟你妈说，别再打着我的名义向我爸要钱了，这种事情，做出来很丢脸。你很缺钱吗？”

周围记者纷纷震惊，把镜头转向了李翔。

李翔皱眉，拍开镜头：“不许录！经过我们同意了吗？”他回头，指着骆明镜，低声道，“你少在媒体前血口喷人，你要想整我，大可冲我一人来，扯我妈、我女儿做什么！”

骆明镜淡淡道：“我提你女儿了吗？”

“昨天海湾大桥打人的是不是你女友？蹭着我车过去，要不是我老婆反应快，你是不是还想撞过来撞死我？我女儿还在车上，刚过满月的婴儿！你要报复谁都无所谓，无数家庭因为你丢饭碗过不下去，好，这都能理解，你生气，你想维权，你气不过我，都行。但你这是在毁我的家庭！我的生活！关我女儿什么事？关我妈什么事？”

“是你违章在先，你要有异议，我们可以调取监控。”骆明镜拿出手机，“至于有没有诬陷你妈妈，你想听听录音吗李翔？你要看银行转账记录吗？这四年，你跟你妈以我的名义向我爸要了二百七十六万，我问你，这些钱去哪儿了？我爸到现在都以为我在呼市做生意失败了。李翔，你最好还有点良心，真爱护你女儿，就该给她积点德，孩子不会希望自己有个人品堪忧的诈骗犯父亲。我也不逼你，最好一分不少把钱还给我爸，我保留起诉权，不然，就法庭上见。”

有记者小声说：“这个金额可以入刑了。”

李翔的脸吓白了。

“开车注意点，有女儿就遵守交通规则，这才是为你女儿负责。”骆明镜道，“别拿她做挡箭牌。”

李翔红着眼眶，说道：“明镜你还想怎样？我不懂你想怎么样……你是要看我一大家子家破人亡，你才高兴吗？有什么意思，有什么意义！这些天，我一宿一宿睡不着，今天大早上就来，连我岳父你都不放过，你告他敲诈？当年的事，他最后才要了多少钱？我告诉你骆明镜，三万！你好意思吗？”

不说骆明镜，周围记者都摇头，有围过来的看客小声道：“这什么狗屁逻辑……”

骆明镜说道：“我的诉求从不是让谁丢饭碗家破人亡，我只想要公平，我只想还自己一个公道，如果这个公道会让你们家破人亡丢饭碗无法生活……”

他深吸口气，说道：“那是你们应该付出的代价，和我无关。李翔，就这样吧，你和我，从此后会无期。”

骆明镜说完，不再看李翔，他走出包围圈后，找到了角落里的时敏，拉着她的手离开。

时敏柔声问道：“中午想吃什么？”

骆明镜笑道：“回家吧，我在海市的家。”

“走吧，你指路。”时敏抱紧了他的胳膊，“是想回去看看吗？”

“回家整东西。”骆明镜笑道，“时敏，我把房子挂网上了。”

他眼睛弯弯，说道：“时敏，我要暴富了。”

他要卖掉海市的旧房子，彻底离开这里。他会拿着卖房款，买下现在的正直画室，给自己安个家。

骆明镜回到了以前的家，空荡荡的院子，因为花草物业有在定期修剪，倒也不怎么荒凉。

他蹲在门口郁郁葱葱的冬青后面，找到了当时离家时，用蜡黏在栅栏边缘处的家门钥匙。他说：“钥匙还在，几年了。”

看来骆合强一次都没回来过，骆明镜离开后，除了物业，再没人照看这座房子。

骆明镜将钥匙边缘的蜡铲掉，吹去碎屑，打开了房门。他回头对时敏笑了笑，说道：“时姐，请进，不用换鞋。”

骆明镜心情不错，不是开心的那种，而是很平静。

他这些天，一下子从死气沉沉放空自己的丧气状态转变到拿出勇气前行的一个积极昂扬的状态，之后又迅速上升到了看淡所有的成佛心态，变成现在这种偏向乐观的平和。

骆明镜试着开灯，客厅亮起来的一瞬间，他眉头挑了一下，语气一下子雀跃了：“有电！”

他在一楼转了一圈，说道：“可能有家政来打扫过卫生。”

没有想象中的那么苍凉，墙角没有蛛网，茶几音响柜上的灰尘也没有多厚。

时敏拿起摆在音响柜上的照片，抬眼对比着眼前这个长发男人。

“是我的照片吗？”骆明镜要过来相框，看了一眼，笑了起来，“啊，高三，拿到T大通知书那天照的，好年轻。”

照片中的骆明镜还是短发，在学校大门口的梧桐树下站着，穿着白色衬衫，斑驳的光影洒在身上，他指着手中的通知书，镜头定格在微风扬起刘海儿的一刹那，把他明朗的笑容留存了下来。

时敏问：“十年前？”

“嗯。”骆明镜说，“这是我妈最高兴的时候，把它摆在客厅最显眼的位置，就是为了给人看。”

“看见了。”时敏说，“传说中别人家的孩子。”

骆明镜立刻接道：“你才是。”

“小伙子又高又帅，性格好学习好，还会帮家里做家务做菜，哪个妈妈不想要这种儿子？”

“错了。”骆明镜说，“我妈还在时，做饭这种事情不能跟她抢，她天天在家，只有这点事情能做，我从没进过厨房。我妈没了之后，我才开始学做饭。当时脑袋糊里糊涂的，吃了好几天倩倩做的饭，实在受不了了……”

骆明镜回想起那个味道，皱眉嫌弃道：“太难吃了，我有一次吃着饭哭出来了，把倩倩也吓哭了。我想，总要找点事情做，所以就把我妈抄写的菜谱都翻了出来，开始学做饭。一年时间……做饭做家务，带着许倩倩同学上课，就是保姆厨子加家庭教师，虽然当时状态很差，但做饭做家务的时候，心情会很平静。”

所以，那一年，他一焦躁，就会从床上爬起来，大半夜的开始重新洗碗擦地，打扫房间。

时敏伸手搓他的发梢，表示：“明镜，以后我的胃就靠你了。”

“可以的。”

时敏半玩笑半认真道：“明镜，我觉得……你如果能生孩子，估计都会把生孩子奶孩子的活儿也给包了。”

骆明镜愣神之后，大笑起来。

“时敏，你不要太过分啊！”骆明镜说，“我必须明确自己的角色，我是爸爸，没奶的！”

时敏笑眯眯问：“喜欢孩子吗？”

骆明镜低头笑道：“怎么会不喜欢呢？你现在问这个……什么意思？”

他抬起头，满眼期待。

“问问罢了。”时敏淡淡道，“随意聊天，没有目的性，别多想。”

“噢。”

“还有别的照片吗？”时敏问道。

“有啊，我给你找。”骆明镜高高兴兴拉着她上楼，翻起书柜，“这本，还有这本……我妈把我的照片从小到大按顺序整理好了，后面还有标记，地点时间拍摄时我几岁之类的……”

他们紧紧挨着坐在地上，翻开相册，一起看照片。

“学前班画画比赛，在海市的主席广场，粉笔画。”小小的一个男孩子，背对着镜头，戴着白色的棒球帽，穿着幼儿园统一发的蓝色文化衫，在巨大的黑板上画着雄鹰。

“这个是国画省内获奖那天，和我老师合影留念。”戴着红领巾的少年举着奖杯，笑得很开心，两只眼睛眯成了一条缝。

“初中，第一次用剪刀剪胡须，我记得好像是一觉醒来，发现下巴上有两根胡须，竟然照了照片……我妈真是。”这张照片里，青葱少年像小树一样挺拔，站在镜子前，举着剪刀冲镜头笑。

“这张是……全家福。”一家四口，还有倩倩。

时敏的手停了下来，评价：“你很像你爸爸。”

“对吧。”骆明镜道，“爸爸那边都是这种长相。”

个儿高，皮肤白，眼睛深邃，五官立体。只不过，从这张全家福上看，骆明镜的神情肖母，太过明艳锐利，反观骆明镜的父亲，他的长相更柔和可亲些，很儒雅。

“长相太有欺骗性，他看着像个好脾气的读书人，其实是个……”可能不太想评价自己的父亲，骆明镜没再说下去，他的目光落在一旁笑得很开心的母亲身上，“哼……骗了我妈，翻页吧。”

时敏翻页。

又一张照片映入眼帘，李翔和骆明镜搭着肩膀，站在T大门口，举着手中的通知书，对着镜头笑。

“想采访一下我现在的心情吗？”骆明镜说。

时敏不客气道：“他和王振宇，在我眼里都是人渣。”

“他很自私。”骆明镜说，“但我之前，自以为我理解他。他爸死得早，他妈妈你也看出来了，跟我爸好过一段，当时李翔也不知道，事到最后有点难看，因为是我和李翔去酒店蹲的点，没想到看见的是她跟我爸进去。他曾经跟我说过，说他在我和我妈面前抬不起头，我说我理解。”

骆明镜合上相册：“我太关注自己，回过神来，身边没多少朋友，只有他是从小玩到大的，我以为我叫他发小，抛开上辈人的恩怨，我俩能哥俩好一辈子。”

时敏道：“你这个人很简单。”

骆明镜苦笑：“是吗？”

“可能你以前太顺利，只关注自己喜欢的事情，而且没受到过挫折，你心思简单，连那份善良都带着理想化的天真。”

骆明镜忽然笑道："有没有人跟你说过，你很会看人？"

"这是我们时家的看家本领。"时敏微微笑道，"你是要卖掉这个房子吗？"

"嗯。"骆明镜说，"现在和之前离开时，心境不同了。当初只想离开，没想这么多……现在，我想卖掉房子，彻底把海市忘掉。"

"卖掉房子，扔掉骆合强。以后他过什么日子，我都不会过问。"骆明镜说，"我妈等了他半生，搭上命，他也不回来看一眼。我心里的家早已没有他，以后，就是陌生人。对了，我还要买下正直画室。"

骆明镜转过头，挑起一边的眉毛，带着笑意说："时敏，以后瓶子胡同里的那两层小楼，就是我的家。"

时敏舒展开眉头，淡淡笑道："明天结束后，我们把要带走的东西搬走，我会帮你找买主，走吧。"

她说："新的一年，新的开始。"

骆明镜道："你知道吗，时敏，我有预感……会越来越好。"

骆明镜和时敏在海市待了三天，终于把海市的家搬空了。

离开时，骆明镜给骆合强打了电话。

骆合强说："明镜，上次你骂我的事，你必须道歉……"

"我以后不回来了。"骆明镜理都没理，直接道，"也不会让谁问你要钱，我自己有事情做，不缺钱。当然，你要愿意相信别人，赶着上当，那我管不了，再见。"

骆明镜关机，取出电话卡，扔掉了。

时敏说："你扔电话卡的样子很帅。"

"要不要我捡起来再扔一次？"

"有这一次就够了，我能回味好多年。"

回到画室，骆明镜简单收拾后开了直播。

粉丝们几乎要泪流满面，“妖精我想死你啦”刷了满屏。

骆明镜道：“刚从海市回来，事情告一段落，很开心。接到出版社电话，咱们的‘猫车’三月份上市，我上来给你们画张贺图。”

就在这时，客厅里传来时敏的声音：“骆明镜，你有想去的地方吗？”

骆明镜长长“嗯”了一声：“什么？”

“旅游，有喜欢的吗？”

“有，想去走一走隔壁省两座山之间的玻璃栈道，我还没去过。”

“好，订票了。”

弹幕：

“玻璃栈道？我我……我要买票了朋友们！我要和妖精偶遇！”

“捉妖队成立！有没有组团的，速速前来报名！”

“小姐姐的声音！”

“噫，去旅游这么快就决定了。妖精现在不穷了哦！”

骆明镜画猫间隙，抬头看了眼弹幕，问道：“你们都没去过玻璃栈道吗？”

有答恐高的，有说一直要去没去的，但最多的还是“穷”。

果然是他的粉丝，颇有他之前的风格。骆明镜笑道：“这次去，我直播吧。”

弹幕欢腾一片，时敏在客厅悠悠笑了起来，又给时爸打去了电话，托付两只猫。

时爸说：“你俩如果没空养，就直接给我吧。”

“这次回来就安定了。”时敏说，“到时候把画室装修一下，请你来做客。另外，爸……”

她站起来，走到画室外，说道：“我想结婚。”

结婚不是只领个证睡一张床，名下多个公司的年轻总裁，要在结婚前处理好许多事情，咨询律师，出婚前协议，这不是今天说想结婚，明天就可以领证结婚的。

所以，当时敏说出这句话时，时爸也不慌张，但他清楚，有这句话，就证明女儿是动真格了。

时爸道："我和你妈商量过，我们都希望你再考察一段时间。"

"另外，你确定他想结婚吗？"时爸有一种似笑非笑的语气，"别跟时楚一样，单方面决定结婚，不尊重对方意见。"

"我这次看吧。"时敏说，"我会想办法弄明白他的确切想法。"

第十章

WOJIAFUREN
CAIMAOSHUANGQUAN

寒冬情暖时

月末，时敏和骆明镜到达著名生态区，第一天，住在了山上的小旅馆中。

山高，又是冬天，小旅馆的房间内即便开了空调，也还是冷飕飕的。

两个大冬天来爬山走栈道的小鸳鸯现在成了小鹌鹑，洗完澡，哆哆嗦嗦地躲进被窝，贴在一起。

时敏直抖：“你听，牙在打颤。”

“听到了，是你还是我？”

时敏哈哈笑：“你和我。”

骆明镜吸了吸鼻涕，把大衣盖在被子上，让时敏靠近点，他则开了床头灯，赶制内衣。

只剩下内衣的带子了。

时敏看着他一针一线亲手缝制，笑了一声，问他：“明天能完工吗？”

“可以的话，今晚就行。”

时敏贴近了些，搂着他的腰，轻声问：“今晚战？”

“勇士。”骆明镜竖起拇指，“你确定要在天寒地冻的时候把我枪挑下马吗？”

时敏闭上眼睛，慢声道：“所谓冬暖血热……”

骆明镜十分保本："会感冒的，明天下山后吧。"

他掀起被子，起身下床。

时敏身边忽然一空，一米八的人形发热火炉不见了。

她掖好被角，问道："哪儿去？"

"给你洗战袍。"骆明镜撑起来，展示给她看。

有着漂亮的弧线浅粉色内衣挂在他的手指尖上。

骆明镜笑道："做好了，洗干净放空调下面吹一晚上就能晾干。还满意吗，将军？"

时敏撑着脑袋，懒懒道："满意，此战过后，暖手宝先生是否可以……以身相许？"

"可以呀！"骆明镜接话无比自然，"我带着嫁妆嫁你。"

时敏一愣："嫁妆？你有嫁妆？"

骆明镜搓着内衣，语气愉悦道："有，一间正直画室，还有两只猫。将军要是把我俘虏了，我的房产和猫，都是你的了，满意吗？"

时敏闷在枕头里笑完，玩笑道："不妥，还请暖手宝先生推销一下自己，说服我这桩买卖划算。"

骆明镜一边洗着内衣，一边说道："划算的！暖手宝白天为你洗衣做饭递茶，给你缝制新衣，化妆理云鬓，晚上暖手暖脚顺便暖床，你只用给暖手宝一个家，他能记你一辈子好，时将军，你呢？"

水声停了，骆明镜等着她的回答。

时敏慢慢地说："我，会给他一个相伴一生的家，永远做他的后盾，呵护他，爱着他，谁都无法欺负他。我会成为刀柄，为他的刀锋指引方向，带着他劈开迷雾，从此踏上坦途。"

她说得很慢，每一句都坚定且认真。

好久之后，浴室传来一道清晰的抽鼻子声。

时敏惊奇道："哭了？"

骆明镜笑答："怎么会！没有！我擤鼻涕而已。"

他把洗好的内衣在空调下挂好，回到床上，哈了哈冰凉的手，抱着时敏，问她：“姐，我能埋胸吗？”

时敏张开怀抱。

骆明镜轻轻靠在她柔软温暖的胸上，叹息：“你怎么这么好。”

时敏手指绕着他的头发，笑：“你运气好。”

“有一瞬间，我想带你回家，想和你安安心心在家里热炕头。”骆明镜说，“时敏，谢谢你。”

他闭上眼睛，握着她的手，轻轻吻了吻，道：“我喜欢你。”

时敏抚着他的长发，轻声道：“我也是，骆明镜，我一直都喜欢你。”

第二天的栈道上，骆明镜打开手机直播，走出去几步，伸手一抓，却抓了个空。

“哎？时敏？”

他回头，看到时敏站在边缘处，双手插兜，垂眼看着透明的栈道和下方的云雾深沟，始终没有迈开腿。

“你莫不是……恐高吧？没事的，掉不下去。”骆明镜像发现了新大陆，他把手机扣在外衣口袋上，回身拉时敏，“别怕，我跟你一起，手给我。”

“不管用。”时敏淡淡道，“腿迈不开。”

“我背你。”骆明镜弯下腰，“来吧，虽然我腿也软，但背着你，我爬也要爬过去。”

……

“时敏。”骆明镜道，“你手圈太紧了，我快要喘不过气了，放松一下姑娘，没事的，我不会摔下去的。”

直播间内：

“听清女友名字了吗？课代表呢？橘子都准备好了！”

“坐等课代表划重点！”

“时敏。你们百度一下（见过真人的笑而不语 .jpg）。”

“嗯？抓住楼上课代表，打开百度中！”

一分钟后，当骆明镜背着时敏走到中间时，直播间弹幕已经遮盖了整个屏幕。

“真总裁！”

“妈呀妈呀……说不出话了！”

“东时科技大佬吗？时敏吗？有知情人吗？”

“交往还是包养？”

“包养个屁，人总裁才二十五！又不是五十二，何况妖精家不缺钱！”

而骆明镜，扶着一旁的玻璃墙，忽然说道：“时敏，今年……结婚吧。”

时敏怔了一下，问他：“不答应就要把我扔下去？”

骆明镜紧紧揽着她，笑道：“不能，舍不得。不答应……我没想过要怎么办，所以你答应吧。”

骆明镜说：“我喜欢你，心动过，你这么好，我不想错过你。我还想要有你的家，我的家。”

“天哪！表白了！”

“我炸了！我要炸了！同志们天上见！我已经炸成烟花！”

“怎么了怎么了，刚进来，好像听到了什么不得了的事情！”

“妖精表白了！”

“是求婚了！”

“不答应！不答应！钻戒呢！直播呢！”

“我咋忽然有点想哭，妖精说想要个家……”

“楼上你干吗呢！大喜的日子让谁哭呢！（泪眼汪汪）”

“这表白语，无法拒绝啊！总裁忍心吗？”

“好。”时敏说，“骆明镜，你嫁我。”

长久的沉默后，骆明镜弯下腰，笑了起来，整个屏幕都在抖。

直播间弹幕飘过一排又一排的：“没毛病！”

时敏道：“不要嫁妆，你来就好，我给你家，永不背叛。”

骆明镜蹲在地上，看着玻璃栈道下的云雾，眼前模糊一片。

时敏从他身上滑下来，握住他的手，歪头看着：“哭了？”

哭了？这附近有太多的人在哭，欢声笑语中，被脚下清晰可见的云雾和深渊吓哭。

骆明镜也在哭，长发垂下来，遮住了他的眼。

“值了。”他低声说，再抬起头时，是一张笑脸。

“时敏，谢谢你，我爱你。”

“我爱你”说完，时敏仿佛有了力量，挽着他的手，大步迈开向前走。

“不怕了？”骆明镜惊奇不已。

时敏道：“爱情使我盲目。”从此不见脚下深渊，悬崖峭壁。

“等等，好像有电话。”骆明镜抽出手机，惊讶道，“我学校的。”

电话是T大的调查负责人打来的，告诉他，有关抄袭事件，学校给出的初步处理决定。

由三所学校以及服设系老教授们组成的T大调查会成员经过一系列的调查比对分析，认为骆明镜提交的晴空鹤作品风格和他在读期间提交给学校的作品风格一致，而因王振宇的毕业作品与平时作品风格不同，且有同宿舍学生证实他并没有亲自参与中国鹤的设计制作，因此，学校判定，王振宇提交给学校的毕设，是窃取了骆明镜的毕业设计创意。

于是，T大决定，补发骆明镜的毕业证与学位证，并给了他毕业作品的展示机会。

“和今年服设系毕业生一起参加毕业会展，五月二十七日到六月二十八日，还有三次上展台许可，如果你参加，五月十日之前把作品准备好，交给院长，他这几天有空的话会联系你，你时间上来得及吗？”

“可以！谢谢你。”

“哪里，应该的。”负责老师说，“你的学位和毕业证，我们会先提交申请，顺利的话，今年六月学校这边会安排学位授予仪式。柯戈的处分已经初步通过了，予以开除。还有王振宇，我们会等法院判决后，撤回他的双证。以上这些，我们会通过微信微博公布。抄袭案是四月开庭吗？等到判决结果后，我们会公布对王振宇的处理结果。”

“谢谢老师。”

“不客气，祝顺利。”

看他挂断电话，时敏问道：“学校有结果了？”

“嗯！我要回去把晴空鹤做好，五月参展，学校说，如果顺利，我六月可以拿到毕业证。”

骆明镜笑道：“看来要和倩倩一起毕业了……”

时敏目光落在他的手机上，指了指，问道：“你直播开了吗？”

“……”

骆明镜低头看到闪烁的直播标，心累道：“开着……”

直播间内，粉丝们快要笑疯了。

“恭喜恭喜！是要重新拿到毕业证了吧！哎呀妈，我腰板现在挺可直了，粉的男神是学霸！”

“趁妖精看评论，姐妹们快，再来一遍！恭喜妖精嫁入豪门，早生贵子！”

“恭喜嫁入豪门！”

“哈哈哈哈哈，二少奶奶！”

“我研究了半天时二少的简历，我想跟妖精抢老婆。”

“楼上别做梦了，快醒醒，身高学历颜值才华都比得过妖精吗？咱们就剩穷跟妖精有一比了，结果妖精现在也要暴富了，脱粉脱粉（抱住，舍不得）。”

骆明镜抱着手机，转过头，可怜巴巴地道：“总裁，她们知道你……谁了。”

时敏眉头动了动，说：“既然这样，我要对她们说几句话。”

骆明镜犹犹豫豫，最终把镜头对准了时敏。

直播间观看人数慢慢攀升中。

然而时敏并没有立刻开口说话，她抬起眼，直视着镜头，眼神慢慢变化，她像是在准备什么。

骆明镜小心问道：“你要……发表胜利演讲吗？”

他俩悬在两座山之间，脚下深渊，头上蓝天。

时敏脸上没有惧意，她神情渐渐坚定。

上山前，骆明镜说要让时敏捡起少女时期的回忆，给了她米白色的外套、粉色的围巾和帽子。

时敏倒是不拒绝，然而穿到她身上，粉色没有把她少女化，反而是她把粉色穿出了锐利感，变成了简单，直线条，我行我素，张狂起来的柔粉色。

时敏终于开口，慢慢说道：“我是时敏，如你们所见，是骆明镜的女友。身为和你们眼光一致的人，我很感谢你们一直以来对明镜的支持，刚刚我们两人的话，想必你们也听到了，那么，我再说一次，大家作为见证。”

时敏坚定地向前一步，看着骆明镜的眼睛，说：“从一见钟情，到今天，我对你的情感已经从热烈占有，变作想和你细水长流。我想，是时候结束一段关系，开启新的亲密关系了。骆明镜，我要你成为我的家人，我的丈夫，我要合法拥有你，从今往后，一心一意，不分彼此。我将是你最亲密的爱人，相伴一生的家人。”

“骆明镜，请和我结婚。”她说。

怔愣过后，骆明镜皱眉。

“不行。”他把手机塞进口袋，“不能让你说这句话，这句应该我来说，至少这句，我应该说给你听。”

观看直播的九万多粉丝在黑暗中笑到打嗝。

“妖精还想反攻吗？”

“想看小姐姐现在的表情，哈哈哈哈，抽死这小子，我刚感动着，他来了脚刹车！”

“吻呢？”

“嘘嘘嘘！屏幕字多得我都听不见了！大家都冷静一下，我要听打啵声！”

“哈哈哈哈哈哈，前面的笑死我了，大家的弹幕都小点声，哈哈哈，我都被你们吵瞎了，双眼漆黑一片。”

两旁的游人，嗅到求婚的气息，纷纷掏出手机录视频。

骆明镜深吸口气，站直，定定地看着她，说道：“时敏，和我结婚！”

字字清晰。

时敏讶异片刻，轻声笑了起来。她让步，微微歪头，打量着一脸认真的骆明镜，答道：“好啊。”

她无所谓钻戒，也无所谓仪式，因为她不缺。

对于她而言，一切都不重要，唯有骆明镜的认真，她最在乎，也最受用。

她信任他，他是个正直努力的人。

虽不是命途多舛，却也曾遭受打击一蹶不振，但他没有崩塌。

他在温柔和坚定中，一步步艰难地走在人生之刃上，摇摇欲坠，却始终不抛下心底的柔软。

时敏想，真好，有幸遇见他。也万幸，他从此有了我。

她走过来，抱住骆明镜，把头埋在他的胸口，闭上眼睛说道："骆明镜，我要在你最光彩夺目的时候，再次向你求婚，做好准备吧明镜，今年就结……很快的。"

很快，我就能给你一个家，我从遇见你那一刻起，就时刻准备着。

相见的第一天，她看着他离开的背影，心中默道：他会是我的枕边人。

有些爱情，第一眼就注定归属，看到你的那天起，我心中相守一生的爱人，终于有了清晰的面孔。

在旁边游客热情的掌声中，骆明镜抱紧时敏，深深吻了下去。

这突如其来的求婚，最后惊动了风景区的工作人员。

离开时，时敏和骆明镜人手一个景区送的小纪念品，在众人投来的目光和热情游客的祝福声中，携手踏上归途。

日暮时分，两个人拖着行李离开，身后的天空一片橙暖。

骆明镜手机忽然振动了起来。

"是短信。"骆明镜说，"银行的，我的一张旧卡上，有人给我转了八十万。"

时敏稍作沉思后，说道："是李翔他家给你的吧。"

"嗯？"骆明镜愣了一会儿，恍然大悟。

"估计先给你转了点钱，因为怕你起诉他们欺诈。"

这时，许倩倩的电话也打了进来，一接通就火急火燎道："哥，李翔他妈有没有联系你？她给我打电话，问我有没有你的卡号，还说要给我转钱！”

“你怎么说？”

“我能说吗！他们家心眼儿那么多，谁知道是不是又要坑害你。”许倩倩道，“还有！大伯也给我打了电话，问我知不知道你在哪儿，他说他昨天跟券商吃饭，券商忽然提起你，他看了新闻报道，想问问你情况，但你电话打不通。”

“哦……我旧号码不用了。”骆明镜笑了起来，“别管了，倩倩，没事的。”

“你准备什么时候结婚？”许倩倩忽然嘿嘿笑了起来，“我可是看了你刚刚的直播啊，快给我点小道消息！微博上都在刷你跟时……咳，嫂子的求婚片段。”

时敏忽然出声道：“她问婚期吗？等你拿到毕业证，等所有的荣誉都归还，在你最心安的时候，我们结婚。”

骆明镜的心忽然一热，再也说不出话。

时敏又道：“不过，比起婚期，我更想知道，你准备何时应战？我看你出门也拿着战袍，分明是期待的，所以，择日不如撞日，今天来过如何？”

时敏挑起眉，补充道：“我状态很好，想趁热打铁。”

“……”骆明镜蒙了一下，也抛弃了电话那头嗷嗷乱叫要问个明白啥叫趁热打铁的许倩倩。

他关了手机，静静站了会儿，托着下巴沉思后，道：“那就，今天吧。”

时敏笑：“好，我请你吃饭补充体力，请精神百倍的，与我共度良宵。”

窗外是连绵起伏的山影，时敏拢着浴袍，走到窗前，深蓝色的玻璃窗浸在夜色中，映着一抹倩影，半弧莹白酥胸，和浴袍中若隐若现的粉色战衣。

纱帘合拢，时敏转身，浴袍围着床脚打了个旋儿，脱落在地毯上。

骆明镜一脸淡定地上床，盖进被窝，待洗发水的香味慢慢落下来时，他笑出了声。

很开心的笑声，他说：“你转过来让我看看。”

时敏眉梢微动，眼睛没睁，手指点了点被子：“自己拉开看。”

骆明镜轻声道，那我看了。

他拉住被子，轻轻掀开，缓缓低下头去，闭上眼睛，在时敏的颈窝处，深吸口气，吐息。

微挑的凤眼慢慢张开，黑眸向下看去，恰巧看到骆明镜阖起来的睫毛，在昏黄床头灯下，似勾了一道淡金色的边。

时敏手指探去，撩起他垂下的长发，低声感慨：“好妙。”

骆明镜笑，笑声很轻，像羽毛轻搔心尖。

他睁开眼，欣赏着自己的作品披在将军身上的效果。

眼前，就像半剥开的新鲜荔枝，你已闻到了她的芬芳，看到了近在咫尺的美味。

更像是出于本能，手急切地想要剥开她，放在舌尖品尝。

时敏从容不迫的神情，半含春意的眸，无一不是锦上添花。

骆明镜抬起身，将军最后一件战袍脱下。

他眼中燃起两簇火苗，用灼热的目光慢慢扫过她的每一寸肌肤，每一处都不放过。

雪白的床被从滑落，倏地，骆明镜的心烧了起来，他抱住时敏，侧过脸，密集轻柔的吻，从耳珠开始，一路而下。

“明镜……”她轻叹。

这个男人，时敏回应着他，听着他的声音，听他沉浸在爱情深海中的气息，像初次见面时，她车内的那首蓝调，缓缓的、迷情般的旋律，一点点诉说给时光。

铭印在他过去的哀伤，与他藏在温柔下的桀骜，通过体温的交换，清晰地传递给了时敏。

一年之初，严冬里，两个倾心之人，爱意真挚，一夜浓情。

从外地回来后，骆明镜在自己的小画室里，接受了国际著名服装设计师协会的采访。

记者问道："骆，你一直留着证据，为什么等了五年才选择揭发他呢？被窃走了作品，不管是谁都会很愤怒，你却没有揭发。"

沉默良久，骆明镜道："过去的五年，是我人生中的黑夜。我母亲，我一直认为，她的去世我有责任。她的离开对我打击很大，她是个没有自己生活的母亲，我父亲让她失望后，她将所有的希望都寄托在我身上，在我入狱之前，我给了她希望，我递交了留学申请，并且说服了她，如果拿到通知书，她就去陪读，走出去，离开不幸的家乡，慢慢找到自己的生活。她是自杀，因为我，她当时孤立无援，身为希望，我不在她身边……"

骆明镜平静地讲述着这些："我出狱后，没有办法想其他事情，我知道我的作品被抢走了，我甚至知道自己应该去为自己摇旗呐喊，鼓励自己站起来讨要公平，但我没有力量。从那时起，很长的一段时间，我是自我封闭的状态。没有必要了，因为我在乎的人已经去世了，我丧失了努力的力量，也丧失了追求生活的力量，那时是这么想的。"

记者又问："那你现在，重新找回了力量吗？"

忽然，骆明镜笑了，他双眼明亮，说道："是，我找到了力量。"

他说："失去母亲，亲情的塌方，让我失去了力量，堕入黑夜。但我很幸运，我爱上了一个天使，是她给了我要活下去、认真生活、追求美好生活的力量。我要拿回属于自己的荣光，我要直面虚假难堪的罪名，我需要站起来，用最好的姿态去爱她，回应她。我要一个未来，一个有她的未来，配得上她的未来，所以我需要拿出勇气，洗刷罪名，夺回荣耀，坚定勇敢地活着，为她，也为自己。"

他眼中含笑，也含着泪，像晶莹的宝珠，闪着光。

"给你们最好的祝福。"年轻的记者笑着说，"你让我看到了爱的美好。"

不知不觉，接近三月。

这周一，时敏返回公司重新投入工作。

骆明镜旅游回来后，就见了时楚为镜·界账号雇的媒体宣传员Ashley。Ashley现在有正经事做，每天忙着出二十四节气宣传策划，然而时楚却天天以公事为由，让Ashley操刀剪他和杨鹤的相爱回忆视频。

时间久了，小姑娘觉得对不起本职工作，时敏回到公司后，Ashley也立刻“告了状”。

“大小姐他……啊呸……”Ashley说顺了嘴，把时楚的江湖诨号秃噜了出来，意识到后，她立刻悬崖勒马，重新组织语言，“时总裁他有些狂热，我这边该宣传清明和谷雨了，实在挪不开时间，您能不能委婉地跟总裁提一下，我没空剪杨姐的视频？”

时敏默然无声，很想现在就卷吧卷吧把时楚抡圆了打包卖出去——货物既出概不退换的那种。

时楚确实该整治了。中午，时敏去休息厅转了一圈，以告诉爸妈时楚藏在地下室的电动轮椅为由，当场“解雇”时总裁，并没收了微博账号。

时楚不服，跑到画室撸猫，顺便骚扰一下骆明镜，实施曲线报复。

这些日子，骆明镜忙疯了，他在晴空鹤身上倾注了大量心血，这件作品就像他失而复得的孩子，除了本身对它的热爱，他还想补上五年的空缺，于是，几乎所有的时间都用来做晴空鹤。

时楚来，骆明镜忙里抽闲，听了他的观看感受，之后抛开杂念，投入修改工作。时楚碎碎念时敏，骆明镜只敷衍地点头，自动屏蔽他。

晴空鹤已经做出了三件成衣，骆明镜身上穿着新做好的那一件晴空鹤的浅蓝长裙改裙边，头发扎成了道士髻，缠着一根卷尺。

时楚从一堆边角料扒出一根布条，在他脖子上比画了一下，意图“谋杀”，骆明镜丝毫没感觉，他在打电话跟试穿模特预约时间。

直播开着，时楚不知道，他手贱加嘴贱，于是，时楚说的话、做的事，全被直播间的粉丝们抓个正着。骆明镜的粉丝们得知微博ID楚鹤CP站站长正是时楚后，纷纷跑到该账号下留言。

“组团观光，时大小姐你好……好可爱！”

“哈哈哈，杨鹤迷弟，有钱人的世界我不懂，自己组 CP 自己做站长自己剪视频！”

“总裁圈的清流！”

“影后当年说，我俩分手原因只是因为理想不同，所以时大小姐的理想是分开后剪视频做太太产粮吗？”

时楚对此一无所知，他滔滔不绝地跟骆明镜诉苦，骆明镜却让他安静点，因为时敏打来了电话。

“我想吃油饼。”时敏说，“那种一圈圈的，薄薄的油饼，小时候外婆会做，好久没吃到了。”

“好，我现在做，晚上回来吗？”

时楚问：“是时敏吗？”

骆明镜点了点头，时敏说她下午有项目总结会，可能很晚才能回来。

“那我给你送。”

“你做好给小皮打个电话，他去接你。”时敏转着椅子，望了眼窗外，“下雪了。”

“知道了。”

骆明镜把电话一扔，洗手做饭。

时楚闲着没事在厨房晃悠着，帮他倒油什么的。

骆明镜忽然直起身子，与时楚对视两秒。在时楚崩裂的表情中，他说：“把直播关一下，点退出就行。”

时楚惊了：“你开着直播？在哪儿？”

“电脑上啊。”骆明镜道，“没见我电脑搬出来了。”

他们年前把画室隔断敲了，扩大了客厅的空间，把电脑挪出来，方便做设计时直播。

时楚慌不迭地跑出去，发现直播真的开着。

他坐下来，翻看之前的评论，微怔之后，他立刻打开微博账号查看留言。

就是现在，也还有骆明镜的粉丝在他微博下刷评，并且帮忙圈了杨鹤。

“大小姐这么可爱，我来贡献力量，求复合！@演员杨鹤。”

这个评论已经不知道是谁先发的了，评论区下正在排队复制粘贴。

时楚抬起头，幽幽盯着屏幕。半晌，他说道：“我做这些不是为了和她复合。”

粉丝们嗅到了八卦的气息，开始为他打灯光递话筒。

“像她那样找到至爱的职业，为此奉献一生的纯粹人几乎找不到了，她爱演艺事业，我爱她。我会希望得到她的回应，毕竟她是活的，我对她有期许。我做那些视频，不是为了让她回心转意，当然也不存在回心转意，因为她爱着我，只是没有那么热烈，在我和事业之间，她选择了事业，抛下了我，但这并不代表她不爱我。”

弹幕少了许多，但在线人数慢慢攀登着。

“我做这些，只是想留存美好回忆，也让她看到。”时楚说道，“她一直误解了，觉得我烦。我开我俩的情侣网站，做恋爱时期的视频，每天向她表白，只是想让她看到我还爱她，每天如此。我要表现出这些爱，这样她会更自信地前行，生活总会有不如意的时候，只要是人，就都会有万念俱灰的时候，我希望她在经历这些艰难的时候，我的这份每天拿给她看的爱，会成为支撑她不倒下的一根支柱。”

“她要比你们任何人想象中的都坚强，她有信念感，支撑她的最稳的那根支柱不是我，是她要为演艺事业奉献一生的信念。所以我说这些都是多虑，但我还是要这么做。”时楚说，“因为这些也是支撑我的支柱，从我十九岁爱上她起，这根支柱就成为了我生活的一部分。”

直播室很安静，每个人都在静静地听着。

“她的事业是演戏，我的事业，是爱她。所以……”时楚说，“你们别跑到微博底下圈她让她看，她微博自己打理的，是每天刷的，你们这么圈她，她肯定要来看的！而且还会翻我个白眼！”

直播室的评论开始放肆笑。

时楚又说：“还有，不许叫我大小姐！不然我欺负你们男神！”

粉丝：

“哈哈哈哈哈，然后再被二少收拾。”

“楼上的正解了，哈哈哈。”

骆明镜油饼烙好出锅，先被时楚抓走了一半，一边吹一边吃。杨鹤打来电话时，时楚两手油没处抹，只好在脸上蹭了蹭，接了电话：“看到了？”

杨鹤声音疲惫：“心机……”

“我就是很有心机。”时楚说，“还能给我妹夫炒波热度。鹤子，下次回来，一起吃个饭吧。”

杨鹤叹气，说道：“这对你不公平。”

“有什么不公平，不就是不跟我结婚呗。”时楚伸了个懒腰，像跟朋友问好，语气平淡道，“我今天也爱你。”

“嗯。”杨鹤终于配合了他，“我今天也喜欢你。”

“早点吃饭，好好休息，别太累。”他挂了电话，看到骆明镜已经装好油饼，准备出发了。

“妹夫。”时楚叫了一声。

骆明镜说：“别闲着，记得帮我喂猫，别动我的设计图，厨房有粥，饿了先喝。”

“你是没听清我叫你什么吗？”

“听到了。”骆明镜眯眼笑道，“这不应该的吗，时楚？”

办公室内很暖和，骆明镜一样样取出摆好，拍手让时敏回神：“快吃，中午吃的什么？”

“咖啡。”时敏脸色不太好，她闻到味道，微微皱眉。

“怎么了？脸色不太好。先喝点粥，不舒服吗？”

“有点。”时敏捂着嘴，若有所思道，“那个是你调的萝卜丝吗？你端来，我感受一下。”

骆明镜：“感受什么？”

时敏端过碗，举了一会儿，她看向骆明镜：“我这个月没来。”

骆明镜给了她一个迷茫的眼神。

时敏笑了一下，说道：“公司旁边有家药店，你帮我买一样东西。”

“嗯，要买什么？”

“验孕棒。”

第十一章

WOJIAFUREN
CAIMAOSHUANGQUAN

妖精的新家

清晨，时敏被耳边的一阵笑声惊醒，身上搭着一只胳膊，把她圈得紧紧的，而骆明镜本人，正一脸笑容，在睡梦中，发出一连串的笑声。

时敏轻笑：“乐傻了？”

这还是她第一次见到有人开心到真的在梦中笑出声来。

骆明镜睁开眼，脸上挂着没有收起的笑迷茫了一会儿，抱住时敏蹭了蹭，说道：“开心。”

“做的什么梦？笑出声了。”

“不记得内容了。”骆明镜说，“但我当爸爸了！”

这才是重点。

时敏笑了：“不是做梦，是真的。”

“真的真的……”骆明镜开心圈胸，蹭过来亲了一口，再次闭上眼睛。

梦中牵挂的人，就在枕边，梦中开心的事，就是现实。

这是最幸福的时刻。

白天，两个人最终去医院做了检查，拿到结果的那一刹那，骆明镜结结实实蒙了圈。

他扶着墙平静了好久，时敏拉着他回家，他打着颤跟在后面，之后，他抱住时敏，慢吞吞笑了起来。

他问："结婚吗？"

"不着急。"时敏说，"我在咨询律师，明天给你看婚前协议，孩子可以急着来，但结婚急不来。"

骆明镜："你不用再给我什么，已经足够了。时敏，谢谢你愿意接受我，给我家，给我孩子。"

"开心吗？"

"开心。"骆明镜开心到哆嗦着说，"真的好开心。"

"开心就好。"

然而骆明镜却又忽然耸起眉头，轻声道："时敏，你……不怕我，会像我爸吗？"

"我相信我看人的水准。"时敏道，"你是最好的，不要被家庭影响，你拎得清，也做得到。"

这世上，违背爱情誓言背弃婚姻契约的男人成千上万，但不管是谁，都不会有骆明镜。

时敏自信道："你是守诺的男人，也是相信爱情的男人，骆明镜，你不会像你父亲的。"

"我不会，我绝对不会……"骆明镜抱着她，慢慢说道，"你知我，你信我，是你救了我……遇到你，是我最幸运的事。"

第二日，骆明镜衬衫黑裤，规规矩矩地扎好头发，买了一大堆礼品，跟着时敏上门拜访二老。

进门前，时敏问他："知道这次要叫什么吗？"

"爸妈。"骆明镜点头。

进门后，骆明镜正襟危坐，对着二位家长认真叫了声："爸爸好，妈妈好，我叫骆明镜，二十七岁，海市人，目前的职业是女装设计师，家有一间胡同口的二层画室，两只猫，另外还有17%的家族企业股份，但因家庭关系，我会在结婚前放弃这部分股权。”

张女士惊了：“结……结婚？”

“我和时敏相识于几个月前，虽然时间不长，但已足够。我很爱她，也很欣赏她，我想和她组成家庭。”

“哦……哦，你继续。”张女士收拾了略显惊讶的表情，让骆明镜接着说。

时敏面带微笑坐在一旁。

“我们商量后，决定我拿到毕业证那天领证，婚期另定。”骆明镜道，“希望爸妈同意。”

张女士捂着嘴，好像轻轻说了句什么。

骆明镜又道：“还有，我和时敏有孩子了，预产期是今年十月份。”

“时敏？”张女士惊讶转向女儿，“真的？”

“怀孕还有假的？”时敏很无奈，“快九周了。”

张女士半晌合不住嘴，像石化了一样，时敏伸手拍了拍她的肩膀。

张女士终于回神，起身拍了拍新女婿的肩膀，笑道：“小朋友，欢迎你。这个大眼睛小朋友终于可以叫我妈妈了，我很开心。”

那一刻，骆明镜觉得，自己之前受过的苦楚和委屈，那仿佛无尽的人生黑暗期，忽然烟消云散了。

时敏的好，一定是家传。

张女士盛饭，时小弟叫住这两个人，负责收尾：“婚前协议，公证记得抓紧在领证前做好。”

“嗯，已经出第一份协议了，晚上回去给他看。”时敏道，“爸，还满意吗？”

“我一直相信你的眼光。”时小弟微微笑了一下，伸出手，“骆明镜，欢迎。”

"谢谢……爸爸。"

回画室后，骆明镜说要给时敏看星空，他在客厅扎了个帐篷，请时敏进去："进来躺着。"

帐篷里面铺了一层厚厚的雪白色长毛毛毯，两个软垫，旁边一张小矮桌，桌上一壶茶，两个茶杯。

骆明镜的两只猫懒散地躺在绒绒的毯子里，互相舔毛。

时敏钻进帐篷，靠在软垫上，问他："星空呢？"

"马上。"骆明镜关了画室的灯，钻进来搂着时敏，拉开帐篷顶端的窗户链，星光倾泻下来，在帐篷内打转，而画室的天花板上，满是星辰。

"你买的灯？"

"嗯。"骆明镜道，"实际上，今晚有东西要送你。抱歉没有准备太充分，惊喜来得太快，所以有些仓促，没办法给你看成品。"

骆明镜取出矮桌下的一个扎着绸带的大盒子，在时敏略带好奇的目光注视下，慢慢掀开盖子，拿出里面的画稿。

他伸手打开矮桌上的灯，朦胧的光线下，时敏看清了画稿上的衣服——是套婚纱。

骆明镜说道："这是新娘婚纱设计图。"

他诚恳请求，请她穿上自己亲手制作的独一无二的，总裁专属婚纱，与他结婚。

这种请求，比午夜梦回，睡在温暖的床上，请求她分享甜蜜时，更令他心跳加速。

时敏微微挑起一侧嘴角，回答："为你，我会的。"

骆明镜眨了眨眼，忽然问她："渴吗？"

他沏了杯茶，给时敏。

时敏感觉他还留有一手，端着瓷杯研究了半天，也没看出跟平时有什么不同。

她喝了一口，刚放下杯子，就被骆明镜按在地上，吻了起来。

舌尖相缠，似乎顶进来了一个东西，分离后，骆明镜道：“千万别咽了，吐出来看看，是我送你的。”

原来刚刚给她端茶倒水，是为了转移她注意力，好把要送的东西藏入口中，一吻送出。

时敏从嘴里吐出一枚戒指。

骆明镜笑眯眯道：“送你的。”

“婚服最快也才做了一半，赶不及给你展示成品，好在戒指争气，我已经完成了。”骆明镜说，“我自己设计的……请准夫人笑纳。”

时敏看着那枚湿答答的钻石戒指，捋了下头发，这才，恍然大悟：“怪不得最近总捏我手指……钱哪儿来的？”

“二十四节气的钱，提前预支的。”骆明镜道，“时敏，快戴上，你不戴上我心里不踏实。”

他用自己的梦想起航后获得的第一桶金，换了枚求婚戒，给了时敏。

时敏一笑，回过身，在猫身上擦了擦戒指，戴到了手指上。

骆明镜先是拉着她的手笑，之后愣了一下，又将戒指摘下来，举起来，单腿跪地：“我把这事给忘了，仪式不能少。时敏，嫁给我。”

时敏微微动了动眉，配合地伸出手：“好，戴上吧。”

简单干净的钻石戒指戴到了时敏手上，她张开手看了看，笑得很开心。

欣赏了会儿，她对骆明镜道：“我也有准备。”

时敏从包里取出一个牛皮档案袋，从里面抽出一沓文件，把灯推到骆明镜那里，骆明镜戴上眼镜，认真看了起来。

最前面那份文件，是时敏投保的高额意外保险，受益人是骆明镜。

骆明镜微微一惊，时敏道：“不用问太多，我完全信任你。”

骆明镜深吸口气镇定了下来，看下面那份文件。

骆明镜看懂了第二份文件写的什么后，更是惊愕："镜·界服饰总部？长安路 CBD 那座写字楼？你疯了，你这是……全买下来了？整栋？"

"送你的，婚前抽空带着证件跟我去做交接。"时敏不愧是总裁本色，四平八稳眼神淡定，"一点薄礼，还请准新郎笑纳。"

"我用不了……"

时敏语气不容置疑："钱多没办法，所以我们这样的，必须要多花钱才能让你看到诚意。重金买下工作室，只为博君一笑，别推辞了，快笑一个。"

骆明镜当真笑了起来，又无奈又羞涩："这么重的礼金，我手都软了。"

"开心吗？"

"开心。"骆明镜知道她下句要说什么，两人异口同声道——

"开心就好。"

时敏又抽出两份协议："看一下这个。婚前协议，都是财产方面的，没意见就签字，签完字，想什么时候领证都可以了。"

在这两份婚前协议中明确指出了哪些是赠与骆明镜的财产，除了刚刚的写字楼，还有一套房、一辆自行车，以及……瓶子胡同南的一家花店。

骆明镜暂且忘了那套房，惊道："花店是什么？"

时敏微笑道："我之前订花的地方，现在花店更名为'吾家有镜'了。之前说好每天送你玫瑰，最终没能坚持下来，是我食言在先。所以，我送你一家花店作为补偿。"

"你这是……总裁式浪漫？"骆明镜调侃。

时敏打了个响指："你倒是提醒了我，总裁不应该只送花店才对。"

骆明镜反应迅速，当即动身去捂她的嘴，试图阻止她接下来要说的话。

可惜晚了一步，时敏说："我要买下万亩玫瑰花田送你。"

骆明镜没收住，笑倒在时敏怀里："你宠小言女主呢？"

"嗯，玩笑而已，不过这种话说出来，心中确实会有一种……"时敏眯着眼睛，摸着他的头发，说，"有一种，烽火戏诸侯，千金买一笑，运筹帷幄，江山美人皆在手的领袖感觉。"

时敏犹自品了会儿，笑道：“坏了，有点心动了，等我给你买花田。”

“我不要，哈哈哈哈，还不如我画给你看……”骆明镜撩起她的衣服，吻了吻她尚且平坦的小腹。

第二日清晨，许倩倩打来电话，道：“哥！今天庆祝吗？”

骆明镜一下子清醒：“等等，你怎么知道的？”

“网上都发布了呀！刚刚发的，被你粉丝转起来啦，哥！快点，烧几道硬菜，我跟何西到画室看你！”

骆明镜连忙问时敏：“你怀孕的消息，发布出去了？”

时敏摇头。

沉默两秒后，许倩倩尖叫起来：“谁怀孕了？”

骆明镜：“那你说的喜事是什么？”

他如今，一提及喜事，他想的就是时敏怀孕。

许倩倩语无伦次道：“海市检察院宣布海市公安那几个涉案渣渣罪名确立，向法院提起公诉了啊！不是，总裁怀孕了吗？那我是不是可以大胆叫她嫂子了？你们什么时候结婚？预产期几月？为什么不提前告诉我！”

骆明镜让她中午来吃饭，挂了电话连忙到海市检察院的微博看最新消息。果然，公告出来了，查明当年对骆明镜的监禁属严重违法行为，并对海市派出所涉案民警提起公诉。

骆明镜顾不上刷转发和评论，他把电话一撂，抱起时敏，落下如雨点般密集的吻。

时敏享受地闭起眼睛，伸出两截白皙的胳膊，圈住了他。

骆明镜一边吻一边轻声唤她名字：“时敏……时敏，时来运转。”

“和过去告别，挺胸抬头向前走吧，我的新郎。”时敏慢悠悠道，“从此以后，你的未来，只有美好。”

骆明镜轻轻吻她，温柔道：“我的未来有你，真好。”

四月下旬，王振宇涉嫌抄袭晴空鹤一案宣判。

因情节严重，违法所得的金额较大，且涉嫌公开抢夺他人财物，判处被告王振宇，有期徒刑三年。

时敏的车等在门口，骆明镜匆匆地和律师告别，从长长的台阶上飞奔而来。

见状，时敏解开安全带，打开车门，张开双臂迎了上去。

骆明镜飞来，抱着她转了个圈："时敏！"

这个时候，仅叫对方的名字，就能代表他的所有心情。

时敏也给了他最好的庆贺："好了，回家。"

骆明镜神清气爽坐上车，笑眯眯问道："想吃什么？"

时敏眯着眼睛，轻咬字："妖精。"

骆明镜假装没听懂，道："回去煮火锅给你吃。"

回到画室，心头卸下一块巨石的骆明镜，到厨房挽袖子做饭。

桌上的锅煮着汤料，香味扑鼻，时敏坐在沙发上，搭着骆明镜做的猫静静和猫总裁图案的毯子，火锅沸腾起的水雾中，闭眼歇息。

她道："怀孕非常之烦人，能看不能吃。"

"说得跟你不怀孕时，能天天开荤一样。"骆明镜笑道，"没遇到我之前，你也没吃什么。"

"品男人就像品美食，色香味，缺一不可。起码要先看着合眼缘才能品尝合不合口，我之前没遇到过品相合我眼缘的，所以宁可不吃也不能勉强自己吃完给差评。"

骆明镜哈哈两声，接道："我呢？吃完给五星好评？"

"好评。你在我眼里，就是至美佳肴。"

骆明镜道："你想想，像你这种高标准口味偏还挑的，你要没遇到我，一口都尝不了。”

时敏悠悠敲手指：“的确。”

食材下锅，骆明镜调好料汁端来，抱起时敏亲了一口，两人调整好坐姿，举筷子开吃。

两只猫迅速围过来，喵喵叫着，渴求二人分它们一口。

“秘制蘸料，赶紧尝尝。”骆明镜说，“好吃吗？”

时敏面无表情道：“好吃。”

“是吧，我现在非常懂你。”骆明镜道，“最初给你做饭，你吃什么都是一副表情，我在心里叫你扑克脸小姐，也不知道你是真觉得好吃，还是看在我的份儿上说好吃。”

“我一般看着你的脸说好吃。”时敏说，“你比你做的菜还要下饭。”

“所以你真的喜欢我做的菜吗？”

“非常。”时敏说，“第一次尝到你做的菜后，我就知道，你一定会是我家的人。明镜，你做的菜，能让我有家的感觉。家的味道，只有家人能做到。就是从那一天起，我下决心认真追你。”

时敏拿起红酒，给骆明镜倒了一杯，自己则在骆明镜的注视下，乖乖倒了杯温水。

时敏举杯：“庆祝你取回荣誉，开启光明前程。”

骆明镜碰杯，一饮而尽：“谢谢，都是孩子妈的支持，由衷感谢你。”

等骆明镜咬着筷子头到厨房加汤时，门口的风铃突然响了起来，夜风从门口吹过来，骆明镜问道：“哪位？”

时敏抬起头，看到眼前的两个男人，表情无半点波澜，平静地回答：“明镜，你爸爸。”

厨房静了片刻，骆明镜走出来，脸色阴沉：“干吗来了？”

骆合强和他的秘书一起来了。曹秘书见多了父子俩一见面就剑拔弩张的情况，熟练调解道："在吃火锅啊，不错啊，你们自己准备的？"

他顺势让一脸复杂沉默无言的骆合强坐下，热情地掏出名片，递给了时敏："我姓曹，是海骆轴承的秘书，我看您面熟，您是？"

时敏没动，也没伸手，更没介绍自己，她就这么坐着，问他："来找明镜做什么？"

"是这样的。"曹秘书冲骆明镜招了招手，"你来坐下，有事商量。"

骆明镜说："不好意思，不管是骆合强还是你公司，现在都跟我无关，不欢迎，不商量，立刻走。"

他已经把手上海骆轴承的股份转给了时楚。

骆合强拍桌："你就不会好好说话？"

他猛地拍桌，时敏脸色都变了，骆明镜见状怒道："少来我这儿撒野！听不懂人话吗？立刻离开！"

骆合强气得胸口剧烈起伏，曹秘书连忙顺气，软下声音道："明镜啊，其实也没什么，就是你爸爸想你了，你们多久没见了，你想想，毕竟是你爸爸……"

骆合强别过脸去，气道："惯他那臭脾气！"

"呵，想起我了。"骆明镜扯动嘴角，刺道，"怎么，你那一双儿女不够你想的？想起我这个让你丢脸的社会渣滓了？"

骆合强闭上眼睛，仍是没正过脸看他。曹秘书长叹口气，从包里拿出一份文件，推过去。

"明镜，你看看吧。"

时敏垂眸看到封皮上的亲子关系鉴定，探身拿了过来，翻开瞥了一眼，递给骆明镜："看看吧。"

时敏给他，骆明镜接了过来，看完，忽然一声冷笑。

"哦。我说你怎么突然想起我了，原来你喜欢的那对儿龙凤胎不是你的啊……"

"心里不好受了？"骆明镜眼眶通红，恨声道，"我妈从楼上跳下来的时候，我被人弄进监狱的时候，葬礼没人主持我妈没处埋的时候，你在哪儿？你在外地，因为你的新欢给你生了一对龙凤呈祥！好……现在知道孩子不是你的了，你想起我了，想求我原谅？骆合强，你有脸吗？”

“明镜，你爸爸只是来看看你，你别……”曹秘书抹起眼泪，“这些天，你电话打不通，我们给倩倩打电话，那丫头也不知道怎么了，就不告诉我们，把你爸爸急的……”

曹秘书拿出纸巾擦了泪花，叹了口气道：“人上了岁数了，回过头才知道什么最重要。”

“曹叔，你也别跟我面前说这些了。”骆明镜把头转向骆合强，“骆合强，我在你心里不学无术，是社会渣滓，是不务正业被我妈宠坏的孩子，你从不信我，你要去听他们讲，讲你儿子高考是别人替考的，讲我拿着妈花重金砸出来的学历玩弄女学生把她气死。”

骆明镜继续道：“有一句话，很早我就想问你，我也问过你，你觉得我是在侮辱你。我今天再问一次，我纯粹只是问你这个问题，你瞎吗？你自己儿子什么样你不知道？你不会看？不，你只是从来不信。”

“我看了！”骆合强深吸一口气，“你有话从不跟我说，我从哪儿问你？我一个当老子的，你要我追在你屁股后面问你今天吃了什么喝了什么学习成绩如何吗？你一次都没跟我好好说过话，我欠你吗？骆明镜，我欠你吗？这么长时间了，你花了我多少钱？你告诉我，我是短着你吃了还是短着你穿了？”

“是我要的吗？”骆明镜手微微抖着，“骆合强你从来不信我说的，你那些莺莺雀雀都知道你傻，全都来骗你，全都在离间你。他们打着我的名义问你要了多少钱，你问曹叔啊！你问他有一次是把钱给我的吗？”

泪从眼中掉落，骆明镜的语气却异常平静：“你知道你儿子是为什么消失了五年吗？你不知道，你不仅不知道，你还一直给李翔，给那个女人钱！”

“他们把钱还了！”骆合强哆嗦着嘴唇，气道，“已经还了的事，不提了！”

“真想知道，他们还钱时，你是什么表情。”骆明镜讽刺一笑，垂下眼，低落道，“怎么想起查亲子关系了？”

曹秘书摇摇手，打圆场：“别提了，唉，是孩子的亲奶奶找上门我们才知道的，都闹到法院去了，唉……”

也正是闹到了法院，他们才去做的亲子鉴定，看到结果的那天，骆合强顿感天旋地转，昏了过去。

这对他而言，打击太大。

一个以海市制造王自居的男人，一辈子都眼朝上，为了前途，跟老板家的女儿结了婚，完成这桩婚姻的任务后，他就抛弃了发妻。他基本不回家，老板还在世时，他收敛些，跟老板保证绝不搞出私生子，独断的老板去世后，他才松了口气，恰巧这时，最投入感情的那个年轻女孩儿给他生了对龙凤呈祥，他喜不自禁。

亲儿子从出生到成人，骆合强从未参与过，也没多少感觉。然而人或许是老了，恋家了，当看到那一对儿刚出生的儿女，他老泪纵横，五十多岁的人，学着哄孩子睡觉，亲眼看着他们长大，叫他老爸爸。

他是投入真感情了，期间也有对长子的愧疚，所以当以前照顾过他家庭的女人告诉他，骆明镜需要钱时，他几乎是加倍给，要二十万，他给四五十万。

他没有别的弥补方式，只有给钱。

然而……当那个老太太找上门来，在公司门前抱住他的腿，哭喊了一通，让他还她的孙子孙女时，他蒙了，有什么东西碎裂了，使他摇摇欲坠。

他身体垮了，精神也垮了，这或许就是他的报应。

也就是那时，他从一位酒肉朋友口中，听说了骆明镜的事情。他找到了所有的新闻报道，甚至让秘书找出网络上的有关骆明镜的报道。

他隔着屏幕看着自己的儿子，相似的脸，却仿佛在看一个陌生人。

那时，他第一个思考的不是新闻报道的内容，不是儿子这些年遭遇了什么，而是最后一次见骆明镜是什么时候。

他思考着这个问题，最终发现，在他记忆中，骆明镜竟然还是穿着校服的样子。

他想起很早之前，也或许是不久前，他的发妻语气兴奋地给他打电话，说骆明镜被T大录取了。

他对这些没什么概念，曹秘书说，这学校全国第一好。

他回答："那应该的，都能上。"

后来，又有一些年轻的姑娘对他说，骆叔叔，跟你说一句话，你可别生气啊，我们听说，是有人帮你儿子替考的。

他信了，这种事，怎么会不信呢？海市的那群小子他都知道，他认识的那些老板家的孩子，基本都是那种德行，玩尽兴了，家里就花点钱，要么把他们送出去，要么就找点关系让他们上个大学。

他觉得，他的发妻，争强好胜好面子的女人，肯定会为了儿子找替考，让儿子上个好大学。

何况，那些陌生人跟他儿子没什么交集，为什么会平白无故地说谎呢？

所以，他深信不疑。

这些想法根深蒂固，直到最近，看到骆明镜的视频，看到喜欢他儿子的那些姑娘在网络上发的一大段一大段的介绍，他才有所动摇。

至少，他儿子在视频中流利的外语，让他震惊。

视频还是外国人的采访，他儿子出现时，屏幕下方会用好几种语言，介绍他儿子。

他能看到的中文标签里，是这么介绍他儿子的：中国著名服装设计师。

他儿子不是倒卖画材的，也不是躲在外地吃喝嫖赌挥霍钱财的人。

视频里，儿子有自己的生活，是他这个做父亲的从不知道的生活。

他的作品。

他的学历。

想起这些，骆合强心中微动，抬眼问骆明镜："你跟我说句实话，你当年高考是别人替的吗？"

一股委屈涌上心头，骆明镜双眼瞬间模糊，他不知是哭是笑。他皱着眉头，不停地摇头："爸，我叫你这声爸，你心里没愧吗？"

他说完，擦了泪，忽然一笑，悲戚道："骆合强，你知道我上的高中叫什么名字吗？你知道我读的什么专业吗？你知道我是当年海市高考文科第二名，被三所全国最好的学校争着要吗？我摆在家里的那些奖杯奖状，你看过吗？我妈把它们放在走廊两边，特地起的台子，就是为了让你看见！你知道我除了学习好，书法年年得奖吗？你知道我钢琴比赛得过六次第一名，知道我画画从来都是全国金奖吗？这些荣誉，这些……"

他哭着说："你随便拿出去一个，别人家的爸爸，都能吹十年二十年，可你……"

时敏起身，轻轻抱了抱他，拉着他坐下来。

"爸，我再问你一个问题，如果你说实话，我就原谅你。"骆明镜深吸口气，轻声问他父亲，"我妈去世了五年，你去看过吗？"

骆合强撑着下巴，手指捂着嘴，轻轻颤着，他回想着，甚至还看了曹秘书一眼。

曹秘书眼神急切，却也无奈。

骆合强说："去看过，我送过花。"

骆明镜面无表情："你上哪儿看的？"

"墓地，你妈旁边是你外公的墓，我知道。"年年有人去送花扫墓，这些事情，他给当作每年的一项任务，想起来了会问一句，因为他不愿别人说他冷血，说提携他的老板死了，他就不再去看望。

所以，他每年都有让员工去扫墓，去送一束花。发妻去世后，员工去送花扫墓时，肯定也会捎带着。

“轰隆”一声，桌子翻了。

“滚！”骆明镜动手了，“滚出去！”

曹秘书连忙劝架，一直低头玩手机的时敏忽然说道：“请离开吧，不然，一会儿你们会走得很难看。”

骆合强怒道：“我就是看不惯你这动不动就发疯的脾气！”

骆明镜凄凄一笑，说道：“我不会原谅你，这辈子都不可能了。骆合强，你要当初跟我妈离婚，净身出户，把我妈给你的全都还回来，你想睡多少个女人我都不在乎。你算个男人吗？你知道什么叫结婚吗？那是契约，是承诺，你不想要这份契约可以，解约后，你把该还的还完，就是自由身，你做什么都可以。而你，既享受着这张契约带给你的财富，又背信弃义，完全不负责任。你目无家庭，只想享受，不想尽义务，你知道逼死我妈的是谁吗？就是你这个小人！”

骆合强恼羞成怒：“给我闭嘴！目无尊长，你妈就是这么教你的？”

“我来告诉你，你应该从这里滚出去的原因。”骆明镜说，“我妈没墓碑，也没在墓园，我把她骨灰撒了，撒海里了。”

他带着泪笑着，摊开手，轻声道：“你看，你什么都不知道。你自己想，你还有脸来见我吗？听清楚了，骆合强，我和你没关系了，从我妈去世那天起，你在我眼里就是死人，我不认你，这辈子都不认。”

风铃响动，Fiona 提着两个沉甸甸的箱子进来了：“姐，我来了，钱给谁？”

时敏指了指骆合强：“菲儿，把钱撒给他。”

Fiona 犹豫了会儿，决定听从“衣食父母”的话，她按照时敏短信里吩咐的“给钱”流程，装好卡片枪，打开手提箱，把满满一箱的现金装上，抬起枪，一张张射向骆合强。

时敏道：“骆先生，这是我给你的精神损失费，请你以后不要来打扰我的生活，否则，我将联系我的律师，法庭上见。”

骆合强的脸色变得极其难看，连曹秘书的表情都有些挂不住了。

骆明镜哼声一笑，转身回厨房。

Fiona 还在发射一张张的粉红钞票，额头上沁满汗珠，就怕眼前两个岁数不小的大叔会突然发飙打死她。

在粉红色钱雨中，骆合强忽然双手掩面，蹲在地上干号了两声，颤颤巍巍地扶着墙，擦着泪离开了。

曹秘书搀扶着他，似有什么话要说，最终只是叹了口气，低声跟时敏说了句话，走了。

Fiona 愣住了。在人都出去后，她小心翼翼地问时敏："要不要告诉姐夫？"

曹秘书说："他得了癌症……唉，算了。"

时敏转过头，看见骆明镜倚在厨房门口，垂着眼，两只猫在他腿上蹭着。

"明镜。"

"我没事。"他说，"我说过不会原谅，就不会原谅，死都不会。"

其他人都走后，骆明镜收拾情绪，打扫房间，还给时敏煮了碗孕期大补汤。

时敏喝汤时，他则默默无声地把画室大扫除了一番，坐回沙发上，抱膝发呆。时敏默契张开怀抱，道："来，给你充电。"

骆明镜抽了抽鼻子，轻轻靠了过来。

时敏垂头看了看，说道："闭上眼。"

"你要干吗？"

"我想撩一下你的睫毛。"时敏真诚道，"它在诱惑我。"

骆明镜闭上眼，却在笑："以前是撩人，现在连睫毛都不放过了，过分啊。"

时敏屈着指头，轻轻在他的睫毛上刮着，之后，手指不安分地揉了揉他的头发。

骆明镜忽然愣了下，支起身子，睁大了眼睛看向时敏：“你感觉到了吗？”

“刚刚是动了吗？”骆明镜差点要跳起来。

“是你的错觉。”时敏波澜不惊，“不过，它很健康。”

骆明镜怔了一下，微笑着点了点头：“对不起，今天吓到你了，我掀了桌子，比他……还暴躁，我刚刚很担心，担心你会认为我控制不住脾气。”

时敏说：“你不能拿圣人的标准要求自己。人都是有脾气的，遇到不可原谅的人，还要和颜悦色，会把自己憋坏的。你需要发泄……”

骆明镜刚有点感动，就听时敏接着道：“而且你掉眼泪挺好看的。”

看到他睫毛上挂着泪光，在灯下闪烁，时敏就想替他吻去泪痕，帮他藏起悲伤。

“这段删掉。”骆明镜轻轻按住她的头，在眉心落下一吻，“记住这一吻，把我哭的那段记忆删除。”

时敏笑完，极有经验地配合他：“嗯？你什么时候哭了？我怎么不知道。”

骆明镜抱住她，把下巴搁在她肩膀上，闭上眼，深深吸了一口她身上的味道，淡淡的香，令心踏实下来的，家的味道。

他说：“时敏，好喜欢你……”

时敏忽然提议：“我带你去个地方吧。”

“吃饭？”

“回家。”

“哪个家？”

时敏指了指自己，又指了指他：“你和我，我们的家。”

车在一处安静的高层楼房小区停了下来，时敏说：“这是以后，我们的家。”

“现在，来家里看看吧。”时敏拉住他的手，把钥匙交给他，“还有惊喜给你。”

电梯门开，骆明镜抖着手开了门，刚进去，就被客厅墙上的壁画惊到了。

那是《正直画室》，是一面墙的正直画室。

蓝天白云，午后阳光，岁月静好。

而他的那幅《正直画室》就挂在墙的正中央。

“我画的。”时敏说，“从买了那幅《正直画室》后，就开始学着画这幅图，每添一笔，想让你住在我家躺在我身边的念头就更强烈。”

“什么时候……画完的？”骆明镜走上前去，抚摸着墙壁，他闭上眼睛，仿佛看到了时敏一点点，拿着画笔，把色彩，把他的《正直画室》画到自己家的墙壁上。

“上周。你看，正直画室在墙上，正直画室里那个正直的妖精，在我家里。”时敏笑着说，“骆明镜，我圆梦了。”

她走过来，从身后抱住骆明镜，轻声道：“谢谢你，让我实现愿望，我爱你。”

第十二章

WOJIAFUREN
CAIMAOSHUANGQUAN

毕业快乐

五月，突发新闻。

晚间头条：[突发]杨鹤在大型纪实电视剧《塞上曲》拍摄过程中，不慎落马受伤，目前已送往医院就医，拍摄暂停。日前，杨鹤工作室已对外发布公告，将暂停近期一切活动，原计划于五月二十八日在京召开的，由杨鹤担任编剧与主演的《永别了，摇篮》电影首映见面会，也将受到影响。

骆明镜接到杨鹤经纪人电话时，是深夜两点半。

“杨鹤受伤了。”挂了电话，骆明镜对醒来的时敏说，“经纪人说拍摄期间摔下了马，摔到了头，情况不太乐观，正在想办法联系专家，短期内回不来。”

时敏听完，给时楚打了电话，那边刚接到电话就说：“我已经知道了，正在去机场的路上，你睡吧，别担心。”

时敏若有所思道：“可能很严重。”

“我们需要做什么吗？”

“不必。”时敏摇头，“杨鹤的工作室运转成熟，现在我哥也去了，不会有什么问题的。你该操心的是你的宣传，我记得没错的话，这周六她应该回来补拍小满和夏至的宣传短片。”

骆明镜一时无话，他上半年实在抽不出空来组建镜·界工作室班子，因而，遇到突发情况，竟然没人帮他拿出应急方案。

“你有想法吗？”时敏问，“下周起码要把小满的宣传片做好，她上次拍了几个镜头，我联系一下二台的剪辑师，帮你剪个稍微短一点的吧。”

“时长不一致，如果空镜太多，会很敷衍。”骆明镜轻轻皱眉，“我明天找后期商量。”

第二日，剪辑师看过杨鹤上次拍过的所有镜头后，说道：“真要剪辑的话，时间也够，但没有衣服的侧面试穿效果，你看，都是正面和背面的镜头。”

这种情况骆明镜也知道，上次杨鹤拍摄节气小满的女装宣传片时，他没有在现场，拍摄完之后看到镜头，才发现那套试穿服的侧腰线有些瑕疵，于是弃用了所有的侧面镜头，联系杨鹤这周六再来补拍小满，赶上下周一的宣传发片。

时间紧迫，宣传视频不能没有衣服的侧面试穿效果，二十四节气又是签的独家代言不能再签其他人出镜。

骆明镜正忧愁着，助理 Ashley 弱弱举起手：“那个……Boss，你女装……”

骆明镜一时没听懂她说什么：“怎么，你有什么建议吗？”

“你女装。”Ashley 悄悄瞄了一眼时敏，发现她没意见，于是放大了声音，“Boss 你就是女装成名，女神因身体原因来不了录制现场，你作为二十四节气的设计师，把侧面的镜头补拍了，完了之后，我们可以在视频最后放上这么做的原因。而且你还能解释一下这套衣服的设计理念，不用再单独发长文介绍了，视频介绍看的人会更多，大家会理解的。”

骆明镜犹豫，时敏拍板：“就这样吧，明镜，换衣服去。”

骆明镜蒙道：“现在？”

“我带你去隔壁找化妆师，等三号棚拍完那个小姑娘，我们就去。”时敏站了起来，说干就干。

Ashley 开心道：“终于能现场看到 Boss 大变身了！”

骆明镜不自信道：“会不会流失客户？”

“转身，照下镜子。”时敏问道，“好看吗？”

骆明镜不语，Ashley 抢着回答：“好看！”

时敏笑道：“事出有因，并非作秀，放心拍。”

骆明镜终于松口，乖乖坐在了化妆台前。

时敏转头对现场工作人员说道：“待会儿有劳各位了，镜头不需太多，多拍摄衣服的侧面效果，尽量低调就好。”

半个小时后，骆明镜站在了拍摄现场。

摄影师调好镜头，说道：“不要这副表情，笑一笑。”

骆明镜睫毛忽闪了两下，蔫道：“笑不出。”

“怎么笑不出，骆设计师马上就要飞国外参展了吧，孩子也要出生了，家庭事业双丰收，心里美滋滋，笑一个！”

这倒是。骆明镜视线转到时敏身上，见到她脸上若有若无的笑意，才终于放松了紧绷的身体，微微舒了口气，矜持地对摄影师笑了笑。

节气小满的主打色是烟青色，如雨后初晴的天空，似初夏田野里的青麦，柔嫩温柔。一点微风，就能撩动裙边，裙摆就像风拂过麦田，轻波荡漾。

当他垂在肩头的发丝与轻纱披肩被风吹拂，轻轻飘动时，时敏忽然有种冲动，她想告诉全世界，这个人，这个温柔又明亮的男人，是她深爱的人。

她从茫茫人海中发现了他，她擦去了他身上的尘埃，让他露出了原本的光芒。

明镜，这一刻，他终于如名一般，明亮夺目。

时敏按捺不住被撩拨的心弦，歪头问 Ashley：“他好看吗？”

Ashley 点头：“魅力四射。时董，那个……请问，Boss 他有兄弟吗？哥哥弟弟都行，单身的，没对象的，长相像他，性格像他，才华人品也像他的！”

时敏轻笑道：“Fiona 也问过同样的问题。答案是……没有，仅此一个。”

Ashley 拍了拍时敏的肩，叹息摇头：“时董，你好好珍惜，好男人已经是稀有品了，这么梦幻的，恐怕真的只有这一个。”

时敏忽然抱胸，扬起自信的笑：“实话说，他这样的人，身边不是我，也不会是别人。”

骆明镜是个特殊的人，不管他有没有受过生活给予的创伤，他都是特立独行的。

会有人被他的光芒吸引，但能与他同行的，却难碰上。这就是特殊的代价，与众不同，必难寻到相伴人。

而时敏，她也是特殊的。

假如这世上寻找另一半，都是什么锅配什么盖，那么，在遇到骆明镜之前，时敏以为自己不会找到与她同样特殊的盖子。

她去上大学那年，张女士曾对她说过：时敏，你与大多数女孩不同，妈妈甚至不知道拿什么来定义你。他们说，妈妈把你和你哥哥生反了性别，但妈妈觉得不是，你也不像他们所说的男孩子，你就是个女孩子，但你是特别的，你太特殊了，以至于妈妈想了好久，竟然没有词来定义你。

“但时敏就是时敏。”张女士最终这么说，“妈妈欣赏你的不同，正是这些不同，让你比其他人都优秀，但时敏你要记住，特殊的人，会在生活中遇到更多的困难，所以妈妈希望你不会因为遭遇挫折就否认自己的特殊，永远不要因此而痛苦。”

“更多的困难？”时敏面无表情，“比如？”

张女士说：“比如找到适合你的爱人。”

“我不找适合的。”时敏耸肩，“我找我理想中的伴侣。”

张女士颇为无奈：“闺女啊，你找不到的。”

“找不到就找不到吧。”时敏无所谓道，“理想都不好实现，看天意了。”

摄影师举起大拇指，示意拍摄结束。

骆明镜总算松了口气，向工作人员一一致谢，走到了时敏身边，不高兴道：“你怎么一直站着？累吗？”

时敏轻握着他的手，自然地吻了吻，说道：“看你入迷了。”

骆明镜压低声音：“大庭广众之下不许调戏我。”

“天意。”时敏温柔看向他，忽然笑道，“骆明镜，我真是上天宠儿。”

“所以你遇到我。”骆明镜竟然知道了她在说什么，他小心抱住时敏，发丝垂落，遮住了旁人的视线，他就在这一刹那，轻轻吻了吻她带笑的脸庞。

周一，小满的宣传视频发布。

大家惊奇地发现，这一期的视频，竟然有设计师出镜。

“这一天女装大佬终于想起了他的本职。”

“哎哟，不错啊！”

“说句可能招黑的话，我觉得妖精的女装是所有女装大佬里最好看最有格调的！气质跟杨鹤比不落下风，杨鹤哎！影后啊！演艺圈里我最服的女星！”

“嗯，不招黑，实话，就是好看。妖精的女装舒服不别扭，还有种出身书香门第的大家闺秀感觉。”

“小哥哥的眼睛好漂亮……不知道衣服我穿会不会好看。”

“我不管，我反正要买！能穿出不同风格，我买了立春，穿着立春第一次见公公婆婆，被夸会穿衣服有品位了，很开心，小满我也要买，就很好看啊！”

“姐妹们，二十四节气系列真的真的很显气质！闭眼随便买个节气的都好看！我把这衣服叫前男友裙装，get 到了吗？上次街上遇到我前任，我穿着谷雨，前任眼都直了，满脸不敢相信，哈哈哈，爽！”

视频最后，骆明镜讲解了设计理念和设计构思，最后解释了一下自己出镜的原因。

他原本担心会流失顾客，未料宣传视频发布后，人气非但不减，反而有爆的势头。

小满的视频登上各大网站热门首位时，骆明镜和时敏正在机场送张女士。

张女士接到儿子的电话，和几名外科手术专家一起奔赴边境医院看望杨鹤。

送走张女士，骆明镜问时敏：“你哥哥跟杨鹤为什么不在一起？”

“追求不同。”时敏顿了顿，又道，“不过，殊途同归，他们会在一起的。”

骆明镜好奇地道：“起初以为你妈妈不喜欢杨鹤，现在看，妈妈很关心她。”

“有感情。”时敏说，“我妈从少儿节目辞职后，当了经纪人，杨鹤的。”

“真的？”

“嗯，可能是那些年你不关注娱乐新闻。”时敏说，“你低谷期那五年，是我妈带着杨鹤腾飞的黄金五年，最后杨鹤飞出了自己的蓝天。虽然我妈生气时，会骂她骗资源白睡我哥，但她理解杨鹤的选择。”

骆明镜沉默半晌，说道：“你家……是我见过最好的家庭，由最好的人组成的最好的家，善解人意，很开明，也尊重每一个成员……”

“所以……”时敏说，“杨鹤也会回来的，毕竟她与你情况相似，也没有自己的家，能称为家的，只有这里了。”

二人十指相扣，沿着长安路慢慢拐进胡同。

老树抽新芽呀，两只猫儿在画室门口蹲着，等待着两人归来。

骆明镜笑了笑，忽然问道：“时敏，吃糖吗？”

“什么味儿的？”

“甜的。”骆明镜低下头，轻轻吻住她柔软的嘴唇。

时敏笑眯眯道：“这辈子唯一喜欢的甜食，叫骆明镜。”

五月底，看完晴空鹤彩排的骆明镜接到了学校的通知。

他的毕业典礼定在了六月二十八日。

回画室的路上，骆明镜拐到胡同那头的“吾家有镜”花店，给时敏买了束鲜花，又到隔壁老大爷陶瓷店买了个色泽温柔的瓷花瓶，提着花和花瓶走回画室，恰巧时敏从胡同口那头回来，两个人打了个照面。

“送你。”骆明镜把手中的花交给时敏。

“送花给我啊……”时敏微微眯了眯眼睛，“我想想回你个什么礼物好。”

骆明镜笑：“简单，吻一个。”

时敏笑：“今天送点特殊的。”

“嗯？”见她翻包，骆明镜好奇，“比如？”

“比如，我们宝宝的第一张清晰照。”时敏拿出一张彩照，“四维彩超，别被吓到，我想会是个女儿。”

“女孩儿？真的吗？”骆明镜舌头都乐飘了，眼睛熠熠发亮，他差点把手中的花瓶扔掉，愣了一下才放地上，颤着手接过这张看起来很一言难尽的婴儿照。

他睁大了眼睛仔细看这张照片，四维彩超的婴儿成像图不是很好看，如果不是准爸准妈爱的滤镜，可能在大多数人眼中，这种照片称得上是“诡异”。子宫中的婴儿闭着眼睛，五官还很模糊，照片中通常是一张挤满整个相片的大脸。

骆明镜嘿嘿笑了起来："好看。"

"滤镜太厚了。"时敏淡淡笑道。

"真的！"骆明镜指着这张成像图让她看，"你看，鼻梁高，眼睛大，应该像我多一点。确定是女孩儿了吗？我有点控制不住要去给她做裙子的手了。"

"我猜的，八九不离十。应该是个像你的女儿。"时敏点头，"你现在什么感觉？"

骆明镜开心得像个孩子，一双大眼硬是笑没了："高兴！"

"就知道你喜欢女孩儿。"

"你刚刚一说女儿……"骆明镜比画着，"我脑海里'嘭'的一声，就跟礼物盒爆开了一样，冒出来好多漂亮衣服的构思！"

骆明镜痴笑着，把时敏拉回画室，安置在沙发上，快速到厨房烧上水，这边急急忙忙地就把之前挑的好棉好料扯了出来："先给我女儿做个小毯子。"

时敏剪着花枝，闲闲抬起眼皮，说道："你是设计师，不是裁缝。她还早，你先忙你的。"

骆明镜这才想起今天确定好的毕业典礼时间，他摇头："我不忙了，彩排好了，后天晚上和我一起去看正式展出，我的学位证授予仪式是下月二十八号，时敏，你知道还是什么日子吧？"

他笑着眨眼。

"嗯。"时敏插好花，"你正式拿到授权，被政府批准嫁我的日子。"

"哈哈哈哈哈，你这人。"

骆明镜兴奋过度，做了个脚丫形状的相框，把这张照片放在了相框里，挂在客厅的墙上，一进画室就能看见的地方。

时敏对那张照片没有特殊情感，毕竟真的就在她肚子里暖着，没必要把画风诡异半点不可爱的照片当宝贝。

于是，一整晚，那张彩超照片就像骆明镜的动力机，骆明镜画着画着图，会朝挂照片的方向看一眼，之后像充满了电，傻笑着继续工作。

直播也是，粉丝们发现，骆明镜总是带着谜之微笑，看向某个方向。

“难道那边是总裁在裸舞吗？”

“总裁不是怀孕了吗？安全考虑，不说裸舞，可能她稍微动一下妖精就一个箭步冲过去了吧？”

“难道总裁在我们看不到的地方撩他？”

“这个笑容，很慈爱啊姐妹们……”

骆明镜转回头，眼里闪光，他脸上挂着笑，还是没忍住，一边画图一边说：“你们知道现在能给肚子里的孩子照相了吗？看得可清楚了，我女儿有一只手是这样的！”

他还做了那个姿势，继续激动道：“五根手指头都能看清，太可爱了！哈哈哈！”

评论炸开了锅：

“信息量好大！”

“可能是总裁做了彩超吧……妖精看到图了，哈哈哈哈！”

“小棉袄，小棉袄，小棉袄！”

“所以是女儿？没错吧？刚刚妖精有说吗？”

“说了，是女儿啊……看他笑的。”

“妖精是个女儿控啊！”

骆明镜一边笑着，一边说：“一定是女儿，不知道出生后什么样子。总裁说出生后比照片更好看，开心死了……”

他做直播，一向很注意，从不炫耀什么，然而今天，他实在是忍不住了。

“做爸爸的感觉真的……”骆明镜一个人发表着感慨，压根没有看评论，“觉得自己幸福上天了！真的是那种心在飘扬的感觉。”

六月，杨鹤情况稳定后，转回了首都的医院，苏醒后，时楚松了口气，中午来画室休息。

他像个丧尸一般，脸上挂着黑眼圈和泛青的胡楂，拖着疲惫的步伐进了门，一抬头，被墙上外甥女的婴儿照吓了个半死。

乍一眼看到那十八铜人似的没半点美感的婴儿照，时楚魂儿都要飞了，幸好在他鬼叫前，被骆明镜一句话拽了回来：“时楚，快看，这是我女儿！”

时楚闭上眼，深深吐气，念在骆明镜第一次当爹的份上，忍住了已到嘴边那句“什么鬼东西”的吐槽。

“你离近了看！看得清楚！”骆明镜兴奋道，“她很漂亮！眼睛很大，腿也长，还聪明，你看中间那张，在沉思呢！”

时楚无语：“你女儿？”

“对，女儿，时敏跟你说了吗？名字取好了，叫时月明，是我们爱情的见证。”

孩子是那天，月明雪落之夜有的，因而取名月明，寓意月明之时有了爱的结晶。

时楚点头：“说过。还说了跟我家姓，你没意见？”

骆明镜完全没有意见，他笑道：“是我猜拳输了，姓时姓骆都好听。”

时楚鼓起勇气，悄悄又瞥了一眼那张照片，扭过头抿着嘴笑。

“鹤姐能说话了吗？”

“能了。”时楚陷进沙发里，长长叹了口气，闭眼道，“妹夫，可怜可怜你大哥，给我做点热乎饭行不？”

“吃什么？”

“随意。”时楚翻了个身，睡意蒙眬，他听到骆明镜问，“鹤姐现在怎么吃？煮小米粥可以吗？”

睡着前的那一秒，时楚心道：“家里都是好人，连妹夫都好……”

五月最后一天，T 大的优秀服装设计作品“晴空鹤”展示专场正式开幕，骆明镜带着时敏坐到了贵宾席。

伴随着空旷舒缓的古琴声和几声鹤鸣，灯光缓缓亮起，舞台上郁郁葱葱，以竹林为背景，穿着晴空鹤服装的模特或站或卧，弹琴饮酒，衣摆轻扬，清逸脱俗。

在观众的掌声中，时敏轻声道：“很美。”

骆明镜没有给反应，她转过头，才发现他眼神飘远，双眼含泪。

“世道艰辛，头顶那片天，虽笼阴云，但终究会现晴空，无论出世入世，鹤就是鹤，我亦是我。向往的晴空不变，脚下的路不变，我所追求的亦不变。”

晴空鹤展示结束后，T 大给骆明镜颁发了优秀设计奖，美院系主任歉意道：“前几天，我给其他几位优秀毕业生颁发奖杯时，没有这样的心情。在座的，可能有些知道，有些不知道。站在我面前的这位优秀的设计师，本该五年前就拿到属于他的荣誉，但因为部分教工和 T 大的疏忽，使这份迟来的荣誉现在才到他手中。骆明镜同学，我代表 T 大美院，向你致歉。”

满头白发的系主任微微鞠躬，骆明镜握着奖杯，一时怔忡。

“欢迎服设系优秀毕业作品晴空鹤的设计师骆明镜发表获奖感言。”

闪光灯如同闪烁的星光，台下响起雷鸣般的掌声，骆明镜站在话筒前，沉默无声。

掌声渐渐停歇，他从似黑夜的舞台下，找到了时敏。

就像从灰茫茫人海中，找到了唯一有色彩的人，那是他的命中注定。

骆明镜笑了起来。

他说："从遇到你的那一天起，漂泊的舟找到了航行的方向，也找回了搏击风浪的勇气。时敏，我所获得的所有荣誉属于你，而我所有的荣誉加起来，也没有你重要。我爱你，我的爱人。"

六月二十八日，骆明镜起了个大早，洗脸收拾，穿上昨晚熨烫好的衬衣，深吸口气，看向时敏。

时敏躺在床上，笑吟吟看着他，轻声道："还早，着急什么。"

"我今天……结婚。"

他神色复杂，挣扎在忐忑和欣喜中。

"恭喜恭喜。"总裁伸了个懒腰，慢吞吞起床，"巧了，我今天也结婚。"

骆明镜："我今天不仅结婚，还毕业。"

"恭喜，我今天也毕业了。"

"你毕业？"

"恋爱毕业，进入婚姻阶段。"时敏照了照镜子，慢慢脱下睡衣，接着道，"结束一段关系，进入另一段更亲密的关系，今天，合法拥有你。骆先生，恋爱这门课，我是否可以满分毕业？"

骆明镜小声道："满分，总裁。永远比不过你这个可怕的全优生，连恋爱课程都能修满分。"

"你满意就好。"

今日到民政局领证的人不少，骆明镜和时敏一出现，就引起了小小的骚动。

有的盯着时敏的肚子看，有的盯着骆明镜的长发看。

因为天气热，两个人没有牵手，时敏还戴着墨镜，面无表情。

好几个准夫妻脑中就浮现出了不同类别的狗血大剧。

然而，他们脑中的狗血剧还没演完，队伍前头一个漂亮女孩儿"嗷"的一声尖叫，又为狗血剧注入了新鲜的题材。

时敏惊得摘掉了墨镜，然后，抿嘴笑了笑。

一身白衬衫，妆容精致的许倩倩捂着嘴呆愣在原地，而她旁边，何西伸出手，弱弱地打了个招呼。

骆明镜总算回神，大喊道："你俩在这儿干什么？"

"哥，你在这儿干什么？"

"我领证结婚！"

"你们竟然现在才领证？"许倩倩像是发现了新大陆。

"时敏说要挑个好日子。"

许倩倩哈哈笑："所以拖到今天？我的老天爷啊！我以为你早跟总裁领证了。"

时敏问她："你跟何西也今天结？"

许倩倩红透了脸，羞愤跺脚："竟然一天……你为什么跟我选一天？"

骆明镜轻咳一声："我今天毕业。"

许倩倩没忍住笑："噗……咳，没事哥，毕业就好。"

何西戳了她一下，许倩倩立刻正色道："下午回学校？我也回去取毕业证，我跟何西帮你照相，帮你照顾嫂嫂！"

这句嫂嫂，让时敏眉头微动。

骆明镜扶额："不用了。"

竟然混到跟妹妹领证日期一天，跟妹妹毕业时间一天……

拍结婚证件照时，骆明镜悄悄对时敏说："如果对照片不满意，等你生完，我们可以谎称结婚证丢了，再补照一次。"

时敏狡黠笑道："骆明镜，我想玩个大的。"

"嗯？"骆明镜没听清。

摄影师说："好，这对新人看这里，新郎别蒙，大喜的日子，笑一个，一、二、三！"

时敏忽然抬起头，吻住了骆明镜。

摄影师下巴“嘎嘣”一下，掉了。

时敏亲完，微微扬起下巴，欣赏着骆明镜崩裂的表情。

摄影师笑：“新娘爱得炽热，好，我们快点，再来一张啊，正面正面。”

时敏笑容自信，摄影师按下快门时，骆明镜忽然咧开嘴，笑得有牙没眼。

照片洗出来后，两个人笑成一团。

“骆明镜。”

“嗳，姐，有什么指示？”

“特别喜欢你。”

“巧了，我也是！”

下午T大礼堂前，今年的毕业学生依次入场。

“服设系的毕业生，这边走，按班级组织一下。”

许倩倩把挎包递给何西，手忙脚乱套上学士服，问一脸笑意的骆明镜：“哥，你位置在哪儿？”

“你走你的，别管我。”

“嫂子你走那边，家属来得多，你进去先找个位置坐……何西你照顾点嫂子。”许倩倩还没安排完，就被骆明镜揉了脑袋。

“不用管我们。”骆明镜说，“她有位置坐，我走了，待会儿见。”

许倩倩一脸茫然，见骆明镜拉着时敏走向侧门，还从口袋里拿出一张写满字的纸，这才恍然大悟道：“我的天，哥你是毕业生代表啊？”

“我这么特殊，肯定要上台谈谈感受了。”骆明镜扬了扬手中的纸，“妹妹，记得捧场。”

毕业生们都入场了，美院院长上台颁发授予学位，祝贺大家毕业，时敏坐在前排，等待着骆明镜的出场。

许倩倩等得都要睡着了，她同学戳了戳她：“许神经，你不是说有你哥吗？”

“应该有。”许倩倩打了个哈欠，“耐心等，指不定是压轴。”

还真让她说准了。学生代表发言结束后，系主任上台，说道：“今天，还有个特殊的学生，让我们欢迎 20×5 级服设系优秀毕业生骆明镜同学。”

骆明镜一身学士服，挺拔如树，他走上台，从系主任手里接过他的毕业证书和学位证书，深深鞠躬。

“下面有请骆明镜同学发言。”

许倩倩叼着自己的毕业证使劲拍手。

“大家好，我是骆明镜，服设系 20×5 级毕业生，因为种种原因，今日和学弟学妹们一起毕业了。”骆明镜笑道，“真的，我妹妹也是今年的毕业生，她就在台下。说起来很唏嘘，我妹妹跟我同一天毕业。”

“接到学校的允许毕业通知时，我向我太太抱怨，说仔细想想，很丢脸，我二十七了，才大学毕业。我太太跟我讲，你放轻松，T 大每年没毕业的人太多了，不然 T 大怎么会每年都扩建食堂。”

T 大作为全国一流高校，不好考也不好毕业，这已经是 T 大的一个“传统”了，台下哄堂大笑，纷纷鼓掌。

“十年前……啊，已经十年了。”骆明镜微微叹了口气，“十年前我是刚刚踏入 T 大的新生，那时候的我，还不知道自己将会在十年后才拿到 T 大的毕业证书。我想，如果那时的我知道这张毕业证如此难拿，我可能……会转校去为难隔壁学校。”

隔壁是 T 大多年的竞争对手，多年争抢国内第一的头衔。

台下又是一阵笑声。

“在座的有很多人可能有还不知道我为什么到现在才拿到毕业证。”骆明镜垂眼，微微笑道，“各位同学家长，我要给自己正名，我不是因为没有完成学业而无法毕业，只是命运小小开了个玩笑，阴错阳差，使我现在才拿到毕业证。但……没关系，一切来得刚刚好。”

骆明镜说：“好事不嫌晚，能来就好。在此，我想趁机炫耀一下我现在的生活。”

台下发出善意的嘘声。

骆明镜笑道：“我今天不仅拿了毕业证和学位证，还拿了结婚证。”

台下发出阵阵欢呼，掌声过后，骆明镜又道：“还有，我要当爸爸了。”

毕业生们鼓掌尖叫。

有的家长这才反应过来：“台上这个真是个男孩子？”

身边的其他家长哈哈笑道：“听声音也是男孩子啊，学艺术好多留长发的。”

“最后，我想向这所学校表示感谢，谢谢你陪伴我多年，见证我的成长。我也要感谢郭教授、付老师，感谢敬爱的系主任，感谢所有培养过我、帮助过我的人。”

“还有总裁。”骆明镜双眼闪烁着亮光，“我爱你，以及，毕业快乐，优等生。”

时敏勾起嘴角，双手举过头顶，为他鼓掌。

“和我开始新生活吧，妖精。”时敏喊道。

台下口哨声、掌声一片。

许倩倩抹着激动的泪花，拍着旁边同学的肩膀：“那是我哥！还有我嫂子！”

骆明镜在阵阵掌声中下台，坐在时敏身边，伸手抱她入怀。

“毕业快乐，骆明镜。”

“毕业快乐，让我们开始新生活吧，总裁。”

第十三章

WOJIAFUREN
CAIMAOSHUANGQUAN

他们的婚礼

十月二日，金秋时节，时敏进了产房，骆明镜陪产。

然而观他两人的表情，时敏看起来更像那个陪产的，毕竟她一脸轻松，而骆明镜要比她紧张得多。

待到阵痛密集时，骆明镜帮她擦去额头上的汗珠，时敏白着脸笑了笑，说道："明镜，想看我哭吗？"

骆明镜放低声音，不好意思道："舍不得你哭。"

"满分答案。"时敏抿嘴一笑，胜券在握的表情，"我不会哭的，所以记得帮我擦泪。"

骆明镜轻轻点头："好。"

三个小时后，如骆明镜所想，小棉袄时月明出生。至于生产过程，时敏生完后表示，不愿再提起。

"总裁的尊严碎一地。"这是时敏对生产过程的简短评价。

骆明镜用亲手做的粉色小毯子包裹住自己的女儿，小小的一只，哪里都是可爱的，他抱在怀里，小心翼翼地呵护着，仰起脸对时敏笑，连笑都是轻轻的。

时敏嘴角一挑，笑道："送你的，不必谢我。"

"最珍贵的。"骆明镜几欲落泪，深吸了口气，看着怀中的女儿，轻声细语道，"我家的小公主。"

回家后，骆明镜停止了手头的一切工作，大多数时候，就趴在婴儿床边，目光温柔地看着女儿。

他看不腻，时敏看他也看不腻。于是一个在看女儿，一个在看他。

家里很安静，偶尔，骆明镜会轻声细语，语气满是新奇与自豪："时敏快来，她在吮指头！"

"她在打哈欠！"

"她的指头在动！这么小！"

"时敏，你快来看，她笑了！"

女儿穿着他做的婴儿服，是只倒着的粉色兔子，于是，女儿的两条腿就像个兔子耳朵，一抖一动，看得骆明镜一直在笑，眼里尽是柔和的光。

"好爱她。"他扒着床栏，轻轻说道。

歪在沙发上，正在总结这段时期身体变化的时敏淡淡瞥了他一眼，垂眸笑了起来："值了。"

小公主满月那天，时敏睁开眼睛，喂女儿吃奶，两分钟后，她放弃了这项工作。

她对骆明镜说："冲奶粉去吧。"

正在逗女儿的骆明镜愣在原地，笑容凝在脸上，瞪大了眼睛，不知时敏什么意思。

时敏说："我没奶了。"

骆明镜半张着嘴，比画着时敏傲人的胸脯，不可置信地道："你认真的？"

"对。"

“可是你的胸……”骆明镜仍是不敢相信，最后在时敏笃定没开玩笑的眼神中，他感慨道，“总裁，你的胸……太虚张声势了。”

总裁没奶了，但不能饿到时月明，于是，骆明镜只好亲自上阵，冲奶粉，喂女儿。

可怜时家的小公主，母乳一个月后，是爸爸用奶粉一口口奶大的。

从此，在很长一段时间，时月明半夜嗷嗷哭叫着要奶喝，时敏抱她是不顶用的，必须要骆明镜来。因为，在时月明的认知里，另一个长发没胸的人才会喂她奶喝。

后来，时月明最先会喊的是“爸爸”，因为她断奶前的无数个夜晚，都是骆明镜冲好奶粉，一边说着“爸爸来了，爸爸来了”，一边把奶喂给女儿。

叫爸爸有奶吃，小公主如此想。

时隔数月，骆明镜开了直播，他说：“给大家一个惊喜。”

他离开镜头，过了一会儿，抱着一个大眼睛的漂亮小姑娘，坐了回来。

“介绍一下。”他说，“这是我女儿，小名叫糖糖。她很爱笑，笑起来很可爱……”

糖糖已经会简单地发出几个意义不明的单音节了。

她像个翻版的骆明镜，又比骆明镜的五官柔软多了。

粉丝们说，怪不得叫糖糖，长得就很甜。

时月明笑了起来，“嗷”了一声。

骆明镜笑弯了眼，抱着她，温柔道：“她是我的小公主，看见她，每一天都是开心的。”

时月明大大的眼睛带着笑，发出“啊——依”的声音。

骆明镜柔声回道：“爸爸也爱你。”

又是一年，这年的五月八日，时敏与骆明镜正式举办婚礼。

清早，时楚给时敏化妆，一反常态的安静。

时敏问："伤感？"

时楚言简意赅道："屁。"

"想着也不是。"时敏说，"毕竟只是结婚不是分家。"

"一直想着要把你赶出家门。"时楚嘴硬道，"没想到你自己没出去，还往家里带人，又多了张吃饭的嘴。"

时楚给时敏化完妆，退后两步歪着头打量。

时敏微微一笑，说道："谢谢，哥。"

时楚搓了搓脸，疲惫道："商量一件事。"

"讲。"

"看在咱俩兄妹多年的份上。"时楚说，"扔手捧花时，往杨鹤身上扔。"

时敏愣了愣，忽然笑了起来。

"笑什么？"时楚说道，"她看到时月明，有点心动了。"

"她？向往家庭吗？"时敏问。

"或许吧。"时楚语气低落，"她现在的身体条件，不允许她像之前那么拼了，演艺界更新换代快，她的想法可能变了。"

时敏摇头道："我不扔手捧花。"

"什么？"

"明镜扔。"时敏说，"你做好准备，他家里可还有两个急着结婚的人呢。"

许倩倩和何西！

时楚立刻有了危机感。

于是，在给骆明镜做造型时，时楚憋了好久，终于下定决心，把脸抹下来放一边，和善道："妹夫，有件事，我想拜托你……"

骆明镜笑眯眯道："说吧。"

"手捧花是你来扔吧？"

"最后那项扔花吗？"骆明镜问，"谁接到谁就下一个结婚的那个？"

“对。”

“嗯，是我。”骆明镜说，“时敏她懒，就说让我来。你问这个干什么？想让我扔给你？”

“对。”

“那你可要看准了。”骆明镜说，“我妹夫也很想要呢，肯定会跟你抢。”

时楚问：“你能放水配合一下吗？”

“我要蒙眼睛转身扔的。”骆明镜道，“公平合理。”

时楚气：“你信不信我要在你脑袋上画王八？”

“大喜的日子。”骆明镜根本不惧，笑道，“别让时敏打人，怪吓人的。”

“你变了。”时楚抖着手指着他，“你以前不这样的，跟着我妹妹变坏了！”

礼堂里坐满了来宾，高台四周是火红的玫瑰花。

婚礼主持用三国语言宣布婚礼开始，国内外的宾客们纷纷期待着新娘新郎的出场。

忽然，灯光熄灭，厅内一片漆黑，来宾们也渐渐安静下来。

然后，舞台中央的灯亮了起来，只有一束，打在台上新娘的身上。

时敏穿着洁白的婚纱，婚纱如盛开的花，温柔的轻纱沿着高台边缘倾泻下来，光静静地在她身上流淌，再一层层绽放。

今日，时敏美如画。

来宾们鼓掌，心中却在奇怪，新娘为何不是走红毯而来？而且，新郎呢？

又是一道光，从礼堂的一端，在地上铺开，如同一条光芒铺就的道路，一直延伸到时敏脚下。

来宾们看到了新郎，他穿着裁剪贴身的西装，高而挺拔，长发扎在脑后，一条丝带蒙着眼睛。

一个和新郎五官相像的高个女孩儿，拉着他的袖口，慢慢把他带到这条光芒铺就的路上，松开了手，默默离开。

骆明镜停下脚步，有些茫然无措。他深深吸了口气，慢慢吐出，问道：“时敏，你在哪儿？”

“我就在这里。”不知为何，看着另一端，孤身一人站着的骆明镜，时敏有些想哭。

“我就在这里，骆明镜。离你不远，就在路的前方，快来。”

骆明镜慢慢向前走，光束追着他。

我曾陷入黑暗，不知所措。

我曾孤身一人，看不清脚下的路。

如果那时，我知道路的前方，有一位光芒万丈的姑娘，在命运的拐角等我，成为照亮我人生的光，我会不顾一切奔向你，早一点，再早一点，拥你入怀。

骆明镜越走越快，他笑着，最后几乎是跑着，用尽全力，抱住了向他张开怀抱的时敏。

“谢谢你，爱着我。”

时敏轻轻取下他蒙眼的丝带，温柔的目光交织。

“我会永远都在。”她说。

“我也永远在你身旁。”骆明镜紧紧抱住她，闭上眼睛，笑着，轻声说，“永远爱你。”

婚礼仪式结束后，婚礼主持大喊：“新郎扔花！”

骆明镜重新蒙上眼，转过身去，举起手中的花，说道：“想结婚的，要拼尽全力了！”

他把玫瑰扔了出去。

火红的玫瑰花束在空中划了一条优美的弧线。

骆明镜转过身，看见何西和时楚一左一右，跳起来，拼命将手伸向花束。

而许倩倩和杨鹤，一个笑着为何西加油，一个满脸惊骇，却紧张万分。

人生中，有很多幸福时刻。

初次相遇，一见钟情的那一刻。

孩子出生，啼哭的那一刻。

一片热闹中，骆明镜微微低下头，与时敏深深一吻。

这一刻，在漫长的人生路上，将永远铭记不忘。

FANWAI

番外

一

WOJIAFUREN
CAIMAOSHUANGQUAN

时楚与杨鹤

时楚十九岁那一年发生了很多事。

妈妈与一台打了官司，辞去少儿节目组编导工作，宣布投身娱乐圈，做经纪人。

妹妹时敏被全球顶尖大学录取，一个人扛着行李飞出国求学。

他则在学校食堂吃饭时，偶然间抬头，看到了电视上一闪而过的笑脸。

他掉了手中的勺子，身边的一切景物声音统统消失，只剩自己的心跳。他的脸上没有表情，但心中却发了疯似的，在热血中奔腾，呼啸："她是谁？她是谁？"

那是某台的午间娱乐新闻简报，时楚回过神，颤抖着手抓起手机。

网速慢得让他抓狂，他顾不上吃饭，跑出食堂，站在风口，高举着手机，试图让信号强一点，让他好重看这期的娱乐新闻。

视频极卡，时楚在寒风中吹了快半个小时，终于看到了那个女人。

仍是能令他不自觉屏住呼吸的脸，她骨子里烧着不服输的火，女人的自主倔强，以及野心，都在那双眼睛里，掩藏在浅浅的笑意下。

时楚的手指尖划过她的脸颊，脑中构想着，如何将她的美放大、突出，令她光艳夺目。

她现在的妆容不好，看得出她的化妆师只懂追求目前的流行，廉价的美，千篇一律，遮挡了她眉眼原本该有的妩媚。

这则新闻标题为：话剧《燕归》经典重开，大胆启用新人，注入新血液。

画外音一直在介绍话剧《燕归》，介绍完了，时楚才听到这个叫杨鹤的话剧演员说道："很高兴能和一些老艺术家共同演出，能够学到很多。"

普普通通的一句话，时楚听了三遍。

时楚飞速办了退学手续，回到首都连看了十天《燕归》话剧演出，终于被他爸爸揪回了家。

时爸时枫罕见地怒了："你干什么？你从医大退学了？"

"我报了培训学校。"时楚说，"你不用管我，我有自己的主意。"

"培训学校？"时枫怔道，"戏剧表演吗？"

"化妆造型啊。"时楚像是在发光，他一念成佛了，"我找到自己要走的道了，就那一眼。"

"哪一眼？"

"最美的人。"时楚说，"爸，你相信吗？有的人，她身上会发光。我就看了一眼，就是她了！"

"想好了？"时枫问。

时楚惊奇："爸，你这么平静？我退学了，正经八百的，我现在要去学化妆。"

"然后呢？"时枫面上不动，问道。

"然后去国家剧院，给她当御用化妆师！"时楚指着剧照讲道，"这个妆根本不适合她！不是我夸张，我一眼看见她我就知道她适合什么、她需要什么！爸，你看吧，给她机会，她一定能飞高的！她很有野心，她像我妈一样，身上有种张力！张力！"

"我会把路走好的。"时楚说，"我有自己要做的事情，爸你放心吧！"

"时楚。"时枫说，"你是因为有家里做后盾，所以才这么任性。你知道你放弃的是什么吗？”

“我无所谓我放弃了什么。”时楚瞪眼，“哪怕是金山银山，这些东西我放弃掉，连眼睛都不眨一下！因为我知道我要追求什么！她终于来了，她是我的梦想，我知道你们无法了解，我也没想着让你们了解，我没跟她说过话，但我知道，我了解他。”

“为了让你冷静一下，从现在开始，家里不会帮你一丝一毫。”。

时楚闭上眼，旋即点头：“意料之中，爸爸再见。”

他笑了起来：“爸，我追求梦想去了！”

时楚和杨鹤有过一段最艰难的奋斗时期，全靠自己打拼，厚着脸皮抢资源，抓住一切机会，玩命地付出，他俩都为了梦想而狂热。

只是，时楚的梦想是杨鹤，而杨鹤的梦想，是演戏本身。

后来，杨鹤被知名导演相中，得到了出演大投资电影中女配角的机会。

杨鹤的条件是：“带上楚扬，给他做跟组化妆师的机会。”

“楚扬”是时楚的化名。

导演同意了。

从这部电影开始，他们的事业才踏上正轨。

也就是这部电影，杨鹤在事业上升期，承认了与新锐化妆师的恋情。

时楚二十二岁时，和杨鹤在风雨变幻的娱乐圈站稳了脚，杨鹤拿到生涯第一座最佳女主奖杯后，他用回了自己的原名，带着她回到了家，并请张女士出山，做杨鹤的金牌经纪人。

杨鹤和最大的娱乐公司签约了，身边是最优秀的化妆师和手握顶级资源的金牌经纪人。

她迎来了事业的腾飞期，梦一般的黄金事业期。

然而，她却在时楚再次带她回家见家长时，说道：“我要和时楚分手。”

时楚半点不惊讶，只是笑着，在旁边静静听着。

张女士皱眉：“为什么？”她天天和杨鹤在一起，她知道，这个姑娘和儿子还相爱。

“因为对他不公平。”杨鹤说，“他的所有是我，但我无法给他所有。我在我的追求和他之间选择了很久，但不管怎样选择，对他都不公平。我没有他爱我那么爱他，长痛不如短痛，我要离开。”

“时楚呢？”张女士看向儿子。

时楚淡淡道：“我尊重她的选择。”

因为他知道，杨鹤还爱他，他也知道，她追求的，是更美好的东西。

人都有梦想，有人的梦想是爱，如他。有人的梦想是事业，是表演艺术本身，如她。

在追求梦想的道路上，她选择不去牺牲他，她是正确的，也是温柔的。

“我还喜欢你。”杨鹤说。

时楚笑：“我知道。”

当骆明镜抛来那束玫瑰时，时楚的手在颤抖。

他使劲伸着手，看着那束灼眼的玫瑰，他一定要，一定要……

在宾客的低呼声中，他和何西的手指尖划到了那束玫瑰，玫瑰飞了出去，飞向杨鹤那个方向。

杨鹤下意识地伸出手，抱到了那束玫瑰花。

时楚声音发抖：“鹤子……”

杨鹤怔然许久，走到时楚面前：“给你吧，你不是，一直盼着。”

“有盼头吗？”时楚紧张地问。

杨鹤笑：“你猜？”

她没给答案，宾客不敢乱猜。

唯有时敏，轻轻对骆明镜说：“今年应该能成。”

“她为什么突然转变想法了？”

“因为她……”时敏笑道，“在我哥身上发现了一件东西，我哥一直带着的东西。”

杨鹤重伤养病期间，一日在边疆小医院里醒来，见时楚歪在她病床边，睡着了。

边疆天寒地冻，他的外套却在她床被上盖着。

杨鹤慢慢地扯过衣服，想要给他盖上，却被他胸前口袋的一角硌到了手。

那是两枚婚戒。

杨鹤震惊。

是他当初买的婚戒，已经……十年了。

他每天都带着，每天都放在心口处的口袋里，衣服没有口袋的，他就自己缝一个，如同这件衣服，每天如此，不嫌麻烦。

暖流涌上心头，涌出眼眶。

“时楚。”她轻轻唤道，“你这么好，我该怎么还。”

人生短短几十年，她最初的梦想，无边无际，她穷尽一生，也无法到达终点。

“时楚，我有了新的梦想。”

从此以后，我的梦想，是你。

二

WOJIAFUREN
CAIMAOSHUANGQUAN

他的小女儿

骆合强去世那天，听到消息的骆明镜一脸平静地画着图，泪却掉了下来，滴在图纸上。

坐在桌子上玩玩具的女儿听到声音，转过脸好奇地看着他，张开手让他抱。她紧紧搂着骆明镜的脖子，亲了一下，慢吞吞地说："痛痛飞。"

骆明镜含着泪温柔地笑了起来："爸爸不痛。我的小公主，爸爸有你，永远都不痛。"

又一年春节临近，时月明三岁。

早上起来，骆明镜抱着时月明在门口贴春联，他托起穿着红色福字小棉裙的时月明，父女俩笑着把春联贴好了。

时敏慢慢走上前，伸出手，说道："明镜，来，石头剪子布。"

"你又要决定什么？"骆明镜笑着出拳，他赢了时敏。

时敏笑道："这结果挺好。"

骆明镜好奇道："不打算告诉我你要决定什么吗？"

"没确定，等我晚上回来跟你说。"

时敏匆匆离开，两个小时后，打电话回来："明镜，做点好吃的。"

“是谈成什么好事了吗？”骆明镜语气愉快，“想吃什么？报菜名吧。”

时敏回来时，端着一个白色盒子。

“回来得刚好，饭都好了，快点吧，糖糖都等不及了。”

时敏说：“打开吃。”

“蛋糕？还买了蛋糕。”骆明镜接过盒子，拆开绸带，正要分蛋糕，看到上面的祝贺词，愣了。

他声音都走了调：“这是什么意思？”

蛋糕表面奶油上，写着一行字：

祝贺：又要做爸爸了。

“跟你姓。”时敏微笑，“骆明镜，送你三十岁的礼物。”

这年冬天，他们的小女儿骆雪凝出生，她很乖，长相随爹，性格却像极了时敏，莫名给人沉稳干练的印象。

五年后，骆雪凝穿着蓝衬衫、背带裤，安安静静地坐在沙发上读儿童绘本，而她的姐姐时月明和时楚家四岁半的时小树，缠着骆明镜要他梳头发扎小辫儿。

时月明天生一张微微带笑的脸，举着手说道：“爸爸，我想穿公主裙！”

而时小树作为一个男孩儿，也追在她屁股后面，问骆明镜要裙子：“姑父，要裙子穿！”

最终两个小孩儿如愿以偿，而骆雪凝小朋友，只是懒懒地抬起眼皮，瞥了他们一眼。

“家里以后的顶梁柱。”时敏如此评价自己的小女儿。

果然不差，若干年后，骆雪凝把时敏的娱乐帝国扩张了，侵吞领土无数，做霸道总裁颇有时敏当年风范，甚至青出于蓝而胜于蓝。

就如当年他们称呼时敏时二少一样，骆雪凝也有个诨号，叫“骆少”。

这个长着一张天使般面孔，身材绝佳，拥有温柔好听名字的年轻姑娘，成了家族中最具魄力、野心，最有商业头脑的顶梁柱。

三

WOJIAFUREN
CAIMAOSHUANGQUAN

时小树

时楚和杨鹤有个儿子，比时月明小四岁，大名“时名扬”，小名“时小树”。

时小树同学十七岁时，跟他家的扛把子——天才堂妹骆雪凝，一起奔赴国外求学。

骆雪凝板着一张脸，认真攻读双学位，而时小树却像他爸爸当年那样，中途退了学。

他蓄起长发，身穿汉服，在异国他乡的街头唱歌。

时小树的嗓音透亮空灵，又如烟一般轻薄，带着淡淡的忧愁。

时小树刚刚退学那阵子，在欧洲各个国家的街头唱歌表演，寻找创作灵感。

那一年，骆明镜和时敏受邀参加时装周，在铺满金色梧桐树叶的街头漫步时，听到了似天籁的歌声，难辨雌雄，却有着致命的吸引力。

时敏循声望去，透过墨镜，远远见街对面有个穿红衣的黑色长发男人闭着眼唱歌，她转头对骆明镜说：“你看他像不像你儿子？”

“时敏……”骆明镜认了出来，“他是小树！”

时敏摘下墨镜，惊讶了好久，给时楚打了越洋电话，来了次现场直播。

时小树唱完，睁开眼睛，发现琴盒里有一张人民币。

他惊讶地抬头，看到了姑姑和姑父。

“姑姑，姑父？”

时敏问：“怎么不在学校？”

时小树答：“我退学了。”

骆明镜指着他的打扮：“你的头发……”

“好看吗？”时小树笑了起来，挑了眼线的朱红眼妆也勾了起来，“我想唱歌。”

“这种风格？”

“嗯。”时小树，“回去跟我爸妈说，我找到我要走的路了，我不需要他们支持，只祝福我就好。”

多年以后，时名扬以新锐歌手的身份出道，音乐作品屠遍各国各大音乐榜。

时名扬，这个漂亮的年轻东方男人才气一身，赤子之心澄澈坚毅，声音干净又妩媚，他是来自东方的魔物，充满魔力。这是乐评人对他的评价。

而他，也如他名字一样，名扬四海。